Hanna Staller

Es wird eine Gerechtigkeit geben

*

Die Rache der Altbäuerin

*

Der Fremde, der ihr Vater war

www.karl-mueller-verlag.de

Umschlagfoto: Soheili, München
Satz: ICS Internationale Communikations-Service GmbH, Bergisch Gladbach
Druck und Bindung: GGP Media, Pößneck
Printed in Germany

ISBN 3-8336-0165-5

Hanna Staller

Es wird eine Gerechtigkeit geben

Roman um Hass und Liebe in den Bergen

Zu den weit auseinanderliegenden Bauernhöfen von Altenmarkt stieg ein groß gewachsener Bursch bergan. Büchse, Fernglas und Rucksack ließen ihn leicht als Jäger erkennen. Doch Roman Eichschlager war es nicht von Beruf. Der Sohn und Erbe des Johann Eichschlager, einem wohlhabenden Bauern des Alpendorfs, ging seiner Lieblingsbeschäftigung nur in der Freizeit nach, in der kalten Jahreszeit naturgemäß mehr als in der warmen.

Nachdem er den Hochwald erreicht hatte, blieb Roman stehen – und nicht deshalb, weil ihn etwa Atemnot dazu gezwungen hätte. Vor ihm saßen auf einer Steinplatte zwei hübsche Mädchen.

»Jessas, Roman, kannst du einen erschrecken!« regte sich das blonde Dirndl im Scherz auf. Die beiden waren offensichtlich Schwestern, die Zweite und etwas jüngere hatte allerdings kastanienbraunes Haar.

»Warum erschreck' ich euch denn, Marianne?« lächelte er.

»Na weil du plötzlich wie ein D-Zug daherkommst, und mit der Büchse noch dazu!«

»Ach geh', vor meiner Büchs' muss höchstens der Hirsch Angst haben«, antwortete er belustigt. »Was muss sich da ein Dirndl fürchten? Euch tu' ich bestimmt nichts. Wenn ich euch zwei so anschau', könnt' ich mir direkt überlegen, ob's nicht gescheiter wär', euch Gesellschaft zu leisten, als dem Hirsch nachzurennen.«

»Musst dir's halt wirklich überlegen«, strahlte ihn die blonde Marianne so an, dass es ihm auch im Herzen inwendig ganz heiß wurde.

Er blinzelte sie aus seinen braunen Augen fröhlich an: »Das sagst du bestimmt nur, weil ihr zu zweit seid, gell? Was kann denn ein Bursch mit zwei Dirndln anfangen, ha? Einen Kameraden müsst' ich jetzt dahaben, dann tät's passen!«

Angelika, die jüngere, war wegen des kecken Wortwechsels errötet. Der älteren Schwester aber machte er Spaß. »Nur eine faule Ausrede«, gab sie schlagfertig zurück. »Ich wüsste nicht, warum du lieber mit einer von uns allein als mit uns beiden zusammen sein möchtest. Kannst du uns das vielleicht verraten?«

»Aber ja! Ich kann doch nicht verantworten, dass eine auf die andere am Ende noch eifersüchtig wird!«

»Also eingebildet bist du gar nicht, Roman!« spöttelte Marianne. »Aber bei uns beiden darfst du dir da keine falschen Hoffnungen machen. Die Angelika und ich sind nicht nur Schwestern, sondern auch Freundinnen! Uns bringt kein Mannsbild auseinander.«

»Na siehst du! Und gerade deshalb wäre es mir jetzt recht, wenn ich einen Kamerden dabei hätte« antwortete er prompt. »So muss ich halt doch jagern gehen. Pfüat euch, ihr zwei!«

»Pfüat dich, du Schwindler!« rief Marianne ihm nach.

Roman wandte sich um und runzelte im gespielten Ernst die Stirn: »Was sagst du da, Dirndl?«

»Dass du ein arger Angeber bist, sag' ich dir ins Gesicht! Erst tust du so, als tät' es dir gefallen bei uns, und dann rennst du davon. Sag' gleich, dass es überhaupt kein Dirndl gibt, was dich davon abhalten kann, deinen Hirschen nachzulaufen!«

Mit ein paar Sprüngen stand Roman vor ihr. »Für so eine Anschuldigung zahlst du jetzt aber!« funkelte er sie an. Und schon hatte er ihr Köpferl in den Händen und drückte ihr ein Bussel auf die roten Lippen.

Die verdutzte Angelika bekam auf die gleiche Art auch eins.

Dann eilte der Bursch mit langen Schritten weiter.

❀

Marianne und Angelika waren die Töchter vom Jakob Haberfellner, einem kleineren Bauern von Altenmarkt. Der Jakob besserte sein bescheidenes Einkommen auf, indem er gelegentlich für den Gutsbesitzer Luitpold Hohenreith arbeitete. Der besaß mehr Felder, Wiesen und Wälder als alle Bauern von Altenmarkt zusammen.

Am Tag nach jener Begegnung mit dem jagdnärrischen Roman musste Marianne dem Vater ein warmes Mittagessen zur Arbeitsstelle tragen.

Das hübsche Mädchen ging mit dem in Tücher gewickelten Suppentopf zur Bachbrücke hinunter, deren Geländer der Vater zu reparieren hatte. Er freute sich über ihr Kommen, machte sich gleich über die gute und noch ausreichend warme Rahmsuppe her und plauderte dabei ein wenig mit seiner älteren Tochter. Gern hatte er beide, aber die blonde Marianne war schon immer sein besonderer Liebling gewesen.

Mit dem guten Gefühl, etwas für die Gesundheit des Vaters getan zu haben, machte Marianne sich dann auf den Rückweg. Bald kam ihr der junge Jägersmann von gestern wieder in den Sinn.

Ach, wie gut das Bussen von ihm geschmeckt hatte!

Und wie süß ihr nachher ums Herz gewesen war!

Ob der Roman es ernst meinte, als er von einer Fortsetzung sprach?

Aber vielleicht war das alles für ihn ganz einfach nur ein Spaß gewesen. Hatte er nicht der Angelika auch so ein Busserl gegeben?

Aus diesen Gedanken wurde Marianne durch das dröhnende Stampfen von Pferdehufen gerissen. Sich umblickend erkannte sie den flott herantrabenden Gutsbesitzerssohn Richard Hohenreith. Unmittelbar neben ihr hielt er den schwarzen Rappen an.

Der junge Herr war ein nicht großer, jedoch

athletisch gebauter Mensch. Sein breit und eher derb geschnittenes Gesicht war von einem fuchsroten Backenbart umrahmt. Jetzt blickte er auf das verlegen grüßende Dirndl herunter und forderte es gebieterisch auf:

»Komm, kannst mitreiten!«

»Das geht doch nicht!« antwortete Marianne verwirrt und ging rasch weiter.

Er folgte ihr. »Wenn ich dir sag', dass ich dich mitnehme, dann geht es«, lachte er. »Komm, ich helf' dir herauf. Kannst bei mit sitzen. Ich halte dich schon, du fällst nicht herunter.«

»Dankschön, ich geh' lieber zu Fuß, Herr Richard!«

»Wie du nur redest, Marianne! Musst gar nicht ›Herr Richard‹ zu mir sagen. Du gefällst mir, Dirndl. Wenn du nicht mitreiten willst, können wir ja auch ein bisserl miteinander rasten. Komm dort hinüber zu den Birken. Ich erzähl' dir was Schönes!«

»Ich bin nicht müde und muss nicht rasten«, wehrte sie sich entschlossen. »Ich hab' dem Vater das Essen gebracht und muss jetzt schnell heim. Sonst schimpft die Mutter mit mir. Die Arbeit wartet auf mich.«

»Geh, niemand wird mit dir schimpfen, wenn du sagst, dass ich dich aufgehalten hab', Marianne.« Er versperrte ihr mit dem Gaul den Weg. »Du gefällst mir, hast du's nicht gehört? Muss ich das zweimal sagen?«

»Lassen Sie mich heimgehen!« bat das Mädchen jetzt schon ziemlich angsterfüllt. »Bitte, Herr Richard!«

»Freilich lass ich dich heimgehen«, grinste er. »Aber vorher unterhalten wir zwei uns ein bisserl. Da drüben, wo sowieso keiner zuschauen kann. Es wird dir gefallen, ich sag's dir!«

»Ich – ich weiß nicht, wovon Sie reden«, stammelte Marianne und wurde ganz blass. Auch ihr war schon zu Ohren gekommen, was einige Mädchen von Altenmarkt mit dem jungen Herrn erlebt hatten. Es war schrecklich, wenn er einmal auf ein Dirndl scharf war . . .

»Du wirst es gleich wissen«, drängte er, sprang vom Pferd und schickte sich an, es an den Stamm einer jungen Fichte zu binden.

Diesen Moment nutzte Marianne. Sie lief los, so schnell sie nur konnte.

»Du bleibst da!« schrie Richard Hohenreith wütend hinter ihr her. Er band sein Pferd hastig wieder los, schwang sich hinauf und galoppierte hinter dem in wilder Angst flüchtenden Mädchen her.

Marianne hatte keine Chance ihm zu entkommen. So schnell konnte sie nicht rennen, dass er sie nicht im Nu einholte. Schon hörte sie das Stampfen der Hufe ganz nahe hinter sich. Eine lähmende Angst packte sie. Ihre Beine wurden schwach, die Füße auf einmal schwer wie Blei. Wie ein schwarzes Gebirge sperrte ihr das riesige Ross den Weg. Sie taumelte.

Aber da – neben dem Schnauben des Rappen war da plötzlich noch ein anderes, stärkeres Geräusch. Ganz nahe. Eine schwere Zugmaschine brauste heran, gesteuert von Roman Eichschlager, der von einem der Heuschober des Hofes Futter nach Hause fuhr.

Roman hielt an. Richard Hohenreith stieß einen Fluch aus. »Blöder Bauer, musst du wie ein Irrsinniger daherfahren? Der Teufel soll dich holen!«

Ohne ihn zu beachten, sprach Roman das zitternde Mädchen an: »Grüß dich, Marianne! Magst vielleicht mitfahren mit mir?«

»Ja – ich bitt' dich!« brachte sie mit Mühe heraus. Vor Schreck halb ohnmächtig, erkannte sie beinahe nicht, wer es war, der sie da vor dem Zugriff des Wüstlings rettete.

Roman sprang vom Fahrersitz, packte sie und hob sie hinauf. Dann war auch er oben und fuhr los.

Richard Hohenreith starrte den beiden mit zusammengepressten Lippen finster nach.

»Na warte, du Gans, ich krieg' dich schon noch!« murmelte er. »Und dir, du dreckiger Bauer, zahl' ich das noch heim!«

Als der Vater von der Arbeit für den Gutsherrn

nach Hause gekommen war und die Familie um den alten schweren Tisch beim Abendbrot saß, hatte Marianne den Schock dieses schrecklichen Erlebnisses noch nicht überwunden. Sie war ungewöhnlich blass und sah kaum von ihrem Teller auf.

Jakob Haberfellner sah die ältere Tochter forschend an. »Ist was passiert, weil du so komisch dreinschaust?«

Das Mädchen schüttelte den Kopf. »Nein, Vater, nur ein bisserl Kopfweh hab' ich halt.« Marianne genierte sich, den Eltern zu erzählen, was sie mit dem jungen Gutsherrn erlebt hatte.

»Der Herr Richard hat mich heute bei der Arbeit kontrolliert«, berichtete Jakob Haberfeilner, als ob er da irgendeinen Zusammenhang ahnte. »Gleich nachdem du mir das Mittagessen gebracht hast. Der ist kein Guter, sag' ich euch. Nicht einmal gegrüßt hat er. Angeschaut hat er mich, als ob ich der letzte Dreck wäre. Ein Malheur ist's, dass so einer der Nachfolger vom alten Herrn Luitpold wird.«

»Der Herr Gerald wär' besser gewesen«, bestätigte Resi, die Haberfellner-Bäuerin.

»Aber den hat der Richard doch hinausgebissen, hab' ich einmal gehört«, fragte ihre jüngere Tochter Angelika neugierig. »Ist das wahr, Mutter?«

»Genaues weiß man da nicht, Kind. Aber es könnte schon stimmen. Jedenfalls ist der ältere

Hohenreith-Bub weg von daheim. Und der war nicht so hochnäsig.«

»Echte Brüder sind die zwei ja gar nicht«, bemerkte der Bauer. »Der Gerald ist der Sohn vom Herrn Luitpold und seiner ersten Frau, die schon lange gestorben ist. Dann hat er die andere geheiratet, und die hat den Richard mit in die Ehe gebracht.«

»Aber die ist doch auch schon gestorben«, sagte Angelika. »Und trotzdem hat der alte Herr es zugelassen, dass der Richard den Gerald verdrängte?«

»Ja, das kann man wirklich schwer verstehen« antwortete der Vater. »Seinen wirklichen Sohn benachteiligt er zugunsten des anderen.«

»Ich hab' einmal gehört, dass die zweite Frau Hohenreith einen besonders großen Einfluss auf den alten Herrn gehabt hat«, warf die Mutter ein. »Direkt hörig soll er gewesen sein. Und wahrscheinlich ist sie auch jetzt noch die Stärkere, auch wenn sie schon tot ist. So etwas soll ja vorkommen. Davon wird der Richard profitieren, meine ich.«

»Und der Gerald hat sich so einfach verdrängen lassen?« erkundigte sich Angelika, während Marianne noch immer blass und lustlos in ihrem Essen herumstocherte.

»Der hat das sicher nicht ausgehalten«, sagte Jakob Haberfellner. »Der Herr Gerald war ein feiner Mensch im Vergleich zu dem anderen. Der hat einen immer freundlich gegrüßt. Und oft, bevor man selber dazugekommen ist. Als ob er einen Respekt gehabt hätte vor jedem älteren Menschen. Wenn der mit einem geredet hat, da hat man nie zu spüren bekommen, dass er ein besserer Herr ist. Um Rat hat einen der Herr Gerald fragen können. Ob man nicht glaubt, dass die Arbeit vielleicht besser auf eine andere Art gemacht werden soll und nicht so, wie er sie anschafft. Ein Segen für das ganze Dorf wäre es gewesen, wenn er, der Herr Gerald, der Nachfolger geworden wäre und nicht der andere, der Richard!«

»Und wo ist der Gerald jetzt?« fragte Angelika.

»Darüber wird allerhand erzählt. Einmal heißt es, er lebt jetzt in Wien, ist ganz arm und bringt sich nur mit Not durch. Dann hab' ich auch schon gehört, dass er in Kärnten als Gutsverwalter arbeitet. Und unlängst hat jemand behauptet, dass er nach Amerika ausgewandert ist, um nur ja recht weit weg zu sein von daheim.«

»Wie arm!« flüsterte Angelika voll Mitgefühl.

»Ach, wenn es solchen Herrn schlecht geht, dann haben sie es immer noch besser als wir«, sagte Resi Haberfellner, die Bäuerin. »So plagen und sorgen muss sich ja doch keiner von den Herrschaften, wo immer er ist.«

»Aber wir sind wenigstens nicht von daheim vertrieben, Mutter!« widersprach das Dirndl.

»Das könnte vielleicht noch viel schlimmer sein als Armut!«

»Wenn du unbedingt willst, kannst du dir ja den Kopf über die feinen Herrschaften zerbrechen«, tadelte die Mutter. »Hast du was davon?«

Der Bauer hob beschwichtigend die schweren Hände: »Na, ganz egal kann uns auch wieder nicht sein, was bei denen los ist! Vom Richard hat das Dorf nichts Gutes zu erwarten, sag' ich euch noch einmal. Ich möchte nicht wissen, was der schon bis heute alles verbrochen hat. Wer traut sich denn vor Gericht zu gehen gegen ihn?«

»Da hast du wieder Recht«, stimmte seine Frau ihm zu. »Die Leiterin hat mir erzählt, wie ihre Tochter zu dem ledigen Kind gekommen ist. Die Kathi hat als Dienstmadel im Herrenhaus gearbeitet. Als sie das Zimmer vom Richard aufgeräumt hat, da hat er das arme Dirndl überfallen. Als die Kathi dann schwanger war, ist sie hinausgeschmissen worden. Der junge Herr hat sie glatt ausgelacht, als sie ihm gesagt hat, dass es sein Kind ist, das sie kriegt. Er hat es nicht anerkannt und zahlt nichts. Und die Eltern trauen sich nicht, zum Gericht zu gehen, weil der Leitner doch im Sägewerk vom Gutshof arbeitet. Wenn der aufmuckt, fliegt auch er noch hinaus. Und die Wohnung haben die Leitnerischen doch auch vom Gutsherrn. Die sitzen glatt auf der Straße, falls sie was sagen.«

»Ich tät' den Richard umbringen, wenn er mir

so etwas antut!« fuhr jetzt Marianne ganz erregt auf. »Oder mich selber, wenn's passiert, ohne dass ich's verhindern kann!«

❁

»Wo gehst du denn hin?« fragte Angelika die Schwester, nachdem sie gemeinsam die Küche in Ordnung gebracht hatten. Marianne kam in ihrer schönen selbst gestrickten Wollweste von der Kammer herunter, auch die besseren Schuhe hatte sie angezogen.

Sie zögerte eine Sekunde lang. Gern gab sie ihr Geheimnis nicht preis – aber konnte sie es der Schwester, die ihr so vertraut und wohlgesinnt war, verheimlichen? Und würde Angelika nicht vielleicht doch eifersüchtig sein?

Marianne gab sich einen Ruck und sagte es: »Der Roman wartet auf mich. Wir haben uns heute zufällig getroffen, als ich beim Vater war ...«

Für einen Moment schien Angelika betroffen. Doch dann lächelte sie: »Aha, die Fortsetzung, ich weiß schon! Na, dann geh halt ...«

Den ganzen Abend schon hatte Marianne die Minuten gezählt. Zuerst war ihr noch die scheußliche Begegnung mit dem jungen Gutsherrn auf der Seele gelegen. Aber seit sie sich bei Tisch Luft gemacht hatte, dachte sie nur mehr an das Stelldichein mit dem feschen Roman.

»Hast Zeit heute, wenn's finster wird?« hatte

er sie lächelnd gefragt, als er sie nach dem Zwischenfall im Dorf absteigen ließ.

Sie war noch ganz durcheinander gewesen, doch schließlich versprach sie, nach acht Uhr zum Hansl-Marterl zu kommen. Es war zum Andenken an einen armen Hüterbuben errichtet worden. Die Inschrift lautete:

»Der Ochs zerdrückte hier sein Leben, jetzt tut's den Hansl nicht mehr geben«.

Marianne kam ein wenig außer Atem hin. Es war schon völlig dunkel geworden, aber der aufgehende Mond begann wieder ein mildes Licht über die bereits herbstlichen Wiesenmatten zu legen.

Eine schlanke, große Gestalt löste sich von den schwarzen Tannen, vor denen das Hans-Marterl stand. Mariannes Herz klopfte noch schneller. Und da eilte ihr auch schon der Roman entgegen. Er legte den Arm um sie und freute sich:

»Das ist aber schön, dass du wirklich gekommen bist!«

»Hab's dir ja versprochen«, antwortete sie leise.

Er drückte sie an sich. »Du weißt ja noch, dass ich gestern auf eine Fortsetzung gehofft hab'?«

»Gesagt hast du es. Aber dabei hättest du auch die Angelika meinen können. Der hast du doch auch ein Busserl gegeben.«

»Quasi nur aus Verlegenheit, weil ihr ja zu zweit wart!« lachte er. »Und so ein ganz richtiges

Busserl war das ja noch gar nicht. Das möchte ich jetzt gar so gern nur dir geben, denn gedacht hab' ich bei der Fortsetzung nur an dich, Marianne. Glaubst du's mir?«

Sie erglühte und zuckte wortlos mit den Schultern.

Da drehte er sie so zu sich herum, dass sie Brust an Brust standen. Ganz nahe. Und dann nahm er wie gestern ihren Kopf in beide Hände und küsste sie auf die vollen Lippen – erst behutsam, dann ganz fest und feurig.

Marianne überließ ihm die Lippen gern. So wunderbar süß war das! Und schließlich warf sie die Arme um seinen Nacken und erwiderte seine Küsse mit der ganzen reinen Seligkeit eines Mädchens, das zum ersten Mal Liebe fühlt . . .

Als sie dann eng umschlungen auf der Bank unter den Tannen saßen, fragte Roman:

»Du bist doch schon neunzehn, glaub' ich, und noch nie hab' ich dich mit einem Burschen gehen gesehen. Bin ich denn wirklich der allererste bei dir?«

»Ja, Roman.« Sie drückte ihre heiße Wange an seinen Hals.

»Na so etwas!« wunderte er sich. »Es hätte ja leicht sein können, dass ich's nicht mitgekriegt hab', wo ich doch beim Militär war. Ich hätte dich nicht allein herumlaufen lassen, wenn ich da gewesen wär‹!«

»Bin auch gar nicht allein herumgelaufen! Bisher sind die Angelika und ich immer miteinander ausgegangen, wenn's die Mutter erlaubt hat.«

»Und da haben unsere Burschen zugeschaut? Da haben sich nie zwei gefunden, die euch auseinandergebracht haben? Hergott, solche Deppen!«

»Wär's dir vielleicht lieber gewesen, wenn ich vorher einen anderen mit mir hätte anbandeln lassen?«

»Um Himmels willen nein!« Er küsste sie leidenschaftlich und so lange, bis sie ganz außer Atem waren.

»Und jetzt musst du mir noch sagen, wie das heute mit dem Herrn Richard war!« verlangte er später energisch. »Du warst ja ganz durcheinander und hast nachher kein Wort reden wollen! Gell, er ist gemein zudringlich geworden, der Sauhund?«

Sie nickte. »Scheußlich war das, Roman. Ich war schon ganz fertig. Wenn du nicht geholfen hättest Heilige Maria, das wär' schlimm geworden . . .«

»So ein Schwein, so ein dreckiges!« knurrte Roman. »Mit dem rechne ich noch ab, wenn ich ihn einmal erwisch', den feinen Herrn!«

»Ich bitt' dich, Roman, lass dich auf nichts ein!« flehte ihn das Mädchen erschrocken an. »Es ist ja Gott sei Dank noch gut ausgegangen, und in Zukunft sehe ich mich schon besser vor, damit er mich nicht mehr allein erwischen kann.«

»Der soll bloß aufpassen!« Romans Grimm verflog nicht so rasch. »Er soll ja nicht glauben, dass wir Bauern uns alles gefallen lassen müssen! Einmal erwischt es ihn, diesen sauberen Herrn! Irgendeine Gerechtigkeit wird es auch für so einen geben!«

Marianne versuchte, ihn kosend zu besänftigen, aber er war zu aufgebracht. »Man erfährt ja nicht alles, was der Richard schon verbrochen hat«, stieß er heraus. »Die meisten trauen sich ja nicht zu reden, wenn er ihnen was angetan hat. Aber lange kann das nicht mehr so weitergehen. Dass wir die Gemeindejagd haben, passt ihm auch nicht. Dabei ist das Hohenreith-Revier bald doppelt so groß wie unseres. Der Richard will einfach alles haben. Aber einmal stopfen wir ihm schon noch was ins Maul, dass er genug hat von allem ...«

Grimmig redete sich Roman den Zorn von der Seele. Dann schwieg er eine Weile und bat schließlich: »Entschuldige, Marianne! Kannst du verstehen, dass mich das gewaltig aufregt, wenn er jetzt auch, noch dich belästigt?«

»Ja, ja, aber ich möcht' jetzt nicht mehr daran denken«, antwortete sie und bot ihm sehnsüchtig die Lippen.

»Bist du bös' auf mich, weil ich jetzt mit dem Roman geh‹?« fragte Marianne die Schwester beim Melken.

»Aber nein, ich wünsch' euch alles Gute!« antwortete Angelika aufrichtig.

»Und ich wünsch' dir, dass du auch so einen Liebsten wie den Roman kriegst«, sagte Marianne dankbar. »Ich hab' nicht gedacht, dass es so schön sein kann, wenn zwei sich richtig lieb haben.«

»Das ist wohl ein großes Glück« gab Angelika zu. Sie lächelte ein wenig melancholisch. »Vielleicht ist das gar nicht jedem vergönnt . . .«

»Aber wir zwei haben das Glück bestimmt, Schwesterherz! Du wirst schon sehen! Eines Tages wirst du heimkommen und mir erzählen, dass auch für dich einer da ist, an den du Tag und Nacht denken musst.«

»Das erzähle ich dir dann ganz sicher«, lächelte Angelika. »Aber weißt du, was doch ein bisserl schad ist? Jetzt kommen wir zwei heuer nicht mehr dazu, uns ein paar Edelweiß zu holen, wie wir es noch jedes Jahr getan haben, ehe der Schnee gekommen ist.«

»Wir können ja beide mit dem Roman hinaufgehen«, fiel Marianne ein. »Stört es dich, wenn er dabei ist?«

»Mich stört er nicht – aber ich werde wohl ihn stören, wenn er nicht mit dir allein sein kann.«

»Geh, red nicht so! Gleich heute Abend frag' ich ihn. Du wirst sehen, dass er einverstanden ist. Dann gehen wir am Sonntag in der Früh hinauf, ja?«

»Mir soll's recht sein. Aber wenn er lieber allein mit dir gehen will, bin ich auch nicht bös . . .«

Am nächsten Morgen berichtete Marianne: »Du, ich hab' mit dem Roman geredet. Er hat nächsten Sonntag sowieso keine Zeit. Die haben da eine goldene Hochzeit in der Verwandtschaft, und da muss er mit seinen Eltern hinfahren. Dann gehen wir zwei allein zum Edelweiß, ja?«

»In Ordnung!« freute sich Angelika.

Sie hatten Glück mit dem Wetter. Nachdem es noch am Samstag geregnet hatte, brach am Sonntag ein strahlend klarer Morgen an. Die Schwestern beeilten sich, mit der Stallarbeit fertig zu werden. Dann machten sie sich frohgemut auf den Weg.

»Wie lange bleibt ihr aus?« rief ihnen die Mutter nach.

»Spätestens zum Füttern sind wir wieder da!« antwortete Marianne. Die Mädchen winkten fröhlich zurück und marschierten mit ihren festen Bergschuhen los.

Resi Haberfellner schaute den beiden stolz nach. Es war ein schönes Bild, wie ihre Töchter da einträchtig den Berg hinaufgingen. Anständig, brav und hübsch waren sie, man konnte schon seine Freude haben an solchen Kindern!

Nach zwei Stunden zügigen Gehens erreichten die Schwestern die Felsregion. Das Wetter schien zu halten, was es am frühen Morgen versprochen hatte. Am Himmel zeigte sich keine einzige

Wolke. Nirgends war Nebel. Die Luft war selten klar, die Fernsicht wundervoll. Überwältigend schön lag die bereits vom Schnee bedeckte Gipfelkette der Hohen Tauern vor den Augen der Schwestern.

Auch direkt über ihnen war schon Schnee gefallen. Gipfel und Grate leuchteten blendend weiß. Nur die untere Hälfte der Felsen war noch schneefrei.

»Höchste Zeit, dass wir gegangen sind«, meinte Angelika. »Nächsten Sonntag liegt da vielleicht überall schon Schnee.«

»Ein paar Edelweiß werden wir auch im unteren Teil finden«, sagte Marianne. »Was meinst du, wie gehen wir es an?«

»So schwierig sind da die Wände noch nicht, dass wir uns anseilen müssen«, überlegte die jüngere Schwester. »Wir können uns teilen, damit wir eher was finden. Die eine geht da hinauf, die andere dort drüben.«

Marianne gab ihr Recht. Wenn sie sich das Gebiet aufteilten, waren die Chancen größer, noch ein paar Edelweiß zu finden. Sie vereinbarten, bis zur Schneegrenze hinaufzusteigen und sich nachher wieder hier unten zu treffen.

Wo das Klettern noch nicht schwierig war und auch ungeübte Leute aufsteigen konnten, gab es nur mehr wenig Edelweiß. Marianne hielt sich hier nicht lange auf. Sie strebte den Gipfelpfad entlang nach oben. Hinter einem Plateau wurde die Wand dann ganz steil. Dort trauten sich die Touristen gewöhnlich nicht mehr hinauf. Und dort hatten die Schwestern schon oft Glück gehabt.

Das Plateau, auf dem sich sogar noch ein paar verkrüppelte Latschen in den Fels krallten, war nicht groß. Auf der einen Seite ging es hier fast senkrecht hinunter. Ehe Marianne weiterkletterte, guckte sie dort über den Rand, ob da nicht etwa einige der begehrten weißen Samtsterne zu entdecken waren.

Da zuckte sie plötzlich zusammen. Hinter ihr hatte eine Stimme »Grüß dich, Marianne« gesagt.

Und diese Stimme war die des jungen Herrn Richard.

Sie fuhr herum. Da saß er mit dem Gewehr auf den Knien und rauchte eine Zigarette.

»Grüß Gott!« murmelte sie, und eine kalte Faust packte ihr Herz.

Er schaute sie spöttisch an. »Was suchst du denn da?«

»Ein paar Edelweiß, wenn ich welche finde.«

»Ja hab' ich dir das erlaubt? Es ist doch mein Besitz, auf dem du hier herumsteigst, oder?«

Sie senkte den Kopf und antwortete nicht. Fieberhaft überlegte sie, wie sie jetzt von ihm wegkommen konnte.

»Ich hab' dich was gefragt«, erinnerte er sie barsch.

»Entschuldigen Sie, Herr Richard! Dann geh' ich halt gleich wieder hinunter.« Sie wollte das Plateau überqueren, um zum Steig zu gelangen.

Richard Hohenreith sprang auf und stellte sich ihr in den, Weg. »Nur langsam, Dirndl! Wir beide hatten ja unlängst noch etwas vor miteinander. Aber irgendetwas ist damals dazwischengekommen, wenn ich mich nicht täusche. Jetzt ist die Gelegenheit günstig. Hier stört uns keiner.«

Marianne blickte ihn entsetzt an. Sie wurde blass und wich zurück.

»Was hast du denn?« grinste er und legte das Gewehr weg. »Du brauchst doch keine Angst zu haben vor mir. Ich will ja nur freundlich sein zu dir. Ganz besonders freundlich, weil du mir so besonders gut gefällst, Marianne. Komm, zier dich nicht!«

»Meine Schwester ist in der Nähe!« brachte sie heraus. »Ich schrei' wenn Sie mich nicht in Ruh' lassen!«

»Aha, die Schwester«, grinste er. »Nicht schlecht, die Ausrede. Nur glaube ich sie dir halt nicht. Diesmal hab' ich dich, da kannst du machen, was du willst!«

»Angelika!« rief Marianne, so laut sie nur konnte. »Angelika, komm schnell!«

Der junge Herr lachte. »Na, wo ist sie denn, deine Schwester? Ich höre ja gar keine Antwort. Soll ich auch einmal rufen? Oder wollen wir das

Theater lieber sein lassen? Geh, mach keine Umstände, es nützt dir nichts.«

»Angelika! Angelika!« schrie Marianne verzweifelt in die Richtung, wo sich die Schwester befinden musste.

»Jetzt ist aber Schluss!« herrschte er sie an und ging auf sie los. »Ich hab' dir schon gesagt, dass du mir heute nicht mehr auskommst!«

In panischer Angst sprang Marianne zur Seite und versuchte, an ihm vorbei zum Steig zu kommen. Aber er war auf der Hut. Mit einem Satz versperrte er ihr den Weg.

»Na, was jetzt?« grinste er. »Glaubst du mir noch immer nicht, dass ich dich hab'? Gib's auf, Dirndl, und komm her! Vielleicht schenk' ich dir einmal was, wenn du jetzt recht nett zu mir bist!«

»Nein! – Niemals!« keuchte Marianne angsterfüllt und sah sich um. Gab es denn wirklich keine Rettung mehr vor diesem schrecklichen Mann?

»Stell dich nicht so an«, schlug er ihr vor. »Du hast es doch sicher schon getan. Warum nicht auch mit mir? Es ist mir lieber, du kommst freiwillig her, als dass ich dich packen muss.«

»Nein, nein!« schluchzte sie verzweifelt auf. »Ich bitte Sie, Herr Richard, lassen Sie mich gehen! Bitte!«

»Ich hab' dir schon gesagt, was ich will. Und das passiert jetzt, da kannst du machen, was du willst. Du kommst mir nicht aus.«

»Lieber will ich tot sein!« stieß sie heraus. »Fassen Sie mich nicht an, oder ich springe da hinunter!«

Sie wies hinter sich auf den Plateaurand, hinter dem der Abgrund war.

»Auch damit kannst du mich nicht täuschen«, antwortete er ungeduldig. »Deswegen bringst du dich schon nicht um. Aber jetzt haben wir lange genug geredet. Mir reicht's!«

Er ging mit ausgebreiteten Armen auf sie zu, so dass sie ihm nicht entwischen konnte.

»Nicht . . . bitte nicht!« wimmerte sie und wich bis an den Felsrand zurück. »Angelika!« schrie sie noch einmal verzweifelt, dann griffen seine gierigen Hände nach ihr.

Marianne drehte sich blitzschnell um und sprang.

Ihr Körper flog erst turmhoch zum nächsten Vorsprung der Felsen hinunter, prallte dort auf und kollerte dann, sich überschlagend, das steile Kar hinab. Unten, wo sich die Schwestern getrennt hatten, blieb Marianne regungslos liegen.

Richard Hohenreith war erstarrt. Dann beugte er sich über den Rand und spähte hinunter. Unbehagen überkam ihn.

»So eine blöde Gans!« murmelte er. »Was mache ich jetzt bloß?«

Die ersten Hilferufe hatte Angelika gehört. Erschrocken begann sie abzusteigen, um zu Marianne zu eilen. Von ihrem gegenwärtigen Standort konnte sie nicht quer durch die Felswände hinübergelangen. Auch konnte Angelika nicht sehen, wo die Schwester sich jetzt befand.

Während Angelika angsterfüllt und vor Anstrengung keuchend hinunterkletterte, hörte sie nichts mehr. Nicht einmal denken konnte sie richtig. Auf die bange Frage, was Marianne zugestoßen sein konnte, so dass sie um Hilfe rufen musste, fand sie keine Antwort. Nur schnell – schnell zu ihr! hämmerte es in ihrem Kopf.

Als Angelika endlich das Kar erreichte, von dem sie aufgestiegen waren, konnte sie das Gebiet sehen, das Marianne gewählt hatte. Dort oben lag das Plateau, das auch Angelika gut kannte. Wahrscheinlich musste die Schwester dort irgendwo sein.

Für ein paar stechende Atemzüge lang blieb Angelika stehen, bevor sie den zum Plateau führenden Gipfelsteig in Angriff nahm. Sie blickte hinauf und schrie mit aller Kraft:

»Marianne! Ich komm' schon!«

In diesem Moment meinte sie oben die Gestalt eines Mannes zu sehen. Aber nur eine Sekunde, dann war er weg.

Heilige Maria – was bedeutete denn das?

Und dann sah Angelika etwas, was ihr das Blut in den Adern stocken ließ:

Da drüben lag – Marianne!

Die rote Wolljacke leuchtete – das hellblonde Haar – da war kein Irrtum möglich. Die leblose Gestalt, die da zwischen zwei größeren Felsblöcken im Geröll lag, war zweifellos die Schwester.

Angelika hetzte hin. Der zerschlagene und aus vielen Wunden blutende Körper lag auf der Seite, das Gesicht nach unten. Mit zitternden Händen fasste Angelika den Kopf der Schwester an und drehte ihn etwas herum.

Da kam ein röchelndes Stöhnen aus Mariannes Mund, zugleich trat blutiger Schaum aus. Die Augen öffneten sich und blickten Angelika an, unsagbares Weh ausdrückend.

»Marianne!« rief Angelika angstvoll. »Was ist mit dir?«

Der blutende Mund öffnete sich und zuckte, aber nur ein leises Stöhnen drang heraus. Und dann doch noch ein paar mit letzter Kraft geformte Worte:

»Der Richard ... er hat mich ... oben ...«

Dann schloss Marianne für immer die Augen. Ihr Kopf sank zur Seite. Aus dem geöffneten Mund kam kein Laut mehr.

Wild aufweinend drückte Angelika ihre Stirn an die Brust der Toten. Ein Strom heißer Tränen stürzte aus ihren Augen.

Ich muss Hilfe holen! schoss es ihr durch den Kopf. Vielleicht kann ihr doch noch geholfen werden!

Der Gedanke riss sie aus der Lähmung. Sie

richtete sich auf und bettete Mariannes Körper so, als würde sie nur ruhen. Und dann begann Angelika, taumelnd und immer wieder stürzend, talwärts zu laufen.

❀

Am Nachmittag wurde das tote Mädchen ins Dorf hinuntergetragen. Mit finsterem, kalkweißem Gesicht ging Vater Haberfellner hinter den Männern, die die traurige Aufgabe übernommen hatten. Im Trupp waren auch zwei Gendarmen. Sie hatten oben fotografiert und Skizzen angefertigt.

Nachdem Angelika bereits angegeben hatte, was die letzten Worte der Schwester gewesen waren, wurde die Leiche vorerst nicht zur Bestattung freigegeben. Es kam die Anordnung, sie zur Untersuchung ins Gerichtsmedizinische Institut einzuliefern.

Während die Bäuerin vollkommen gebrochen auf der Ofenbank saß und der Vater sich in dumpfer Verzweiflung im Stall zu schaffen machte, musste Angelika den Beamten noch einmal erzählen, was vor dem Tod der Schwester war:

»Ihr zwei seid also allein miteinander hinaufgegangen?«

»Ja.«

»Habt ihr unterwegs jemanden getroffen?«

»Nein.«

»Auch niemanden gesehen?«

Das Mädchen schüttelte den Kopf.

»Aber ihr seid nicht beisammen geblieben!«

»Wenn wir getrennt suchen, werden wir eher ein Edelweiß finden, haben wir uns gedacht.«

Angelika begann, wieder zu weinen. Sie schluchzte: »Wenn wir beieinander geblieben wären, würde die Marianne wahrscheinlich noch leben . . .«

»Ihr seid aber nicht beieinander geblieben. Und was war dann?«

»Ich bin auf der anderen Seite hinaufgestiegen. Zu ihr hab' ich nicht hinübersehen können. Aber wo sie war, hab' ich ja gewusst.«

»Und wie lange hat das gedauert, bis Sie die Schwester plötzlich schreien gehört haben?«

»Eine halbe Stunde vielleicht. Ich hab' nicht auf die Uhr geschaut. Meine hab' ich daheim gelassen, weil ich sie nicht verlieren wollte.«

»Und was haben Sie da plötzlich gehört? – Sagen Sie es genau!«

»Angelika! hat die Marianne geschrien – Angelika, komm schnell!«

»Sind Sie sicher, dass es genau diese Worte waren?«

»Ja. Nachher ist das Echo gekommen und hat alles durcheinander geworfen, aber vorher hab' ich genau gehört, was sie gerufen hat.«

»Und was war dann?«

»Erschrocken bin ich. Und gleich hinuntergestiegen, natürlich. Direkt hinüberklettern ist dort nicht möglich.«

»Und dann haben Sie nichts mehr gehört?«

»Nein. Vielleicht hat sie noch öfter gerufen, aber ich hab' ja Lärm gemacht, wie ich mich schnell hinuntergearbeitet hab'. Und gekeucht hab' ich auch.«

»Und was war, als Sie unten ankamen?«

»Ich wollte gleich den Gipfelpfad hinauf, den die Marianne gegangen ist. Aber einen Moment lang hab' ich verschnaufen müssen. Dabei hab' ich hinaufgeschaut zum Plateau, weil ich sie dort vermutet hab'. Und da ist jemand oben am Rand gestanden, ist aber gleich wieder verschwunden.«

»Und wer war das?«

»Der Herr Richard wird's wohl gewesen sein, wenn ...«

»Was heißt, er wird es wohl gewesen sein? Haben Sie ihn erkannt?«

»Also ganz genau nicht. Aber nachdem die Marianne es dann gesagt hat, wird er es schon gewesen sein. Wer denn sonst?«

»Sie müssen einen Unterschied machen zwischen dem, was Sie glauben, und zwischen dem, was Sie deutlich gesehen haben. Hätten Sie an den Herrn Hohenreith gedacht, wenn Ihre Schwester seinen Vornamen nicht genannt hätte?«

Angelika zuckte ratlos mit den Schultern. »Könnte sein, oder auch nicht.«

»Also schließen Sie nur daraus, aber Sie wissen es nicht. Sagen Sie jetzt noch einmal die Worte, die Sie von Ihrer Schwester gehört haben, bevor sie gestorben ist!«

»Sie hat gesagt: ›Der Richard hat mich oben ...‹ Und dann hat sie nicht mehr reden können.« Angelika schluchzte auf.

»Wie viele Männer, die Richard heißen, kennen Sie?«

Angelika schloss die verschwollenen, vom vielen Weinen entzündeten Augen und dachte kurz nach.

»Nur drei«, antwortete sie dann. »Den jungen Herrn Hohenreith, den Fuchsgruber-Richard, und dann noch den Fahrer vom Postbus. Wie der sonst heißt, weiß ich nicht.«

»Kann die Marianne noch einen anderen Richard gekannt haben?«

»Ich glaub' nicht.«

»Und warum denken Sie, dass Ihre Schwester mit ihren letzten Worten ausgerechnet den jungen Herrn Hohenreith gemeint hat?«

»Na, weil es doch bei uns sonst keinen gibt, der einem Dirndl was antun könnte!« rief Angelika erregt.

»Jetzt müssen Sie uns schon sagen, was Sie meinen, wenn Sie von etwas antun reden!«

Angelika hob den Kopf und schaute dem einvernehmenden Beamten empört ins Gesicht: »Vor dem Herrn Richard ist keine Frau und kein

Dirndl sicher, wenn es ihm einfällt. Sie wissen schon, was ich meine, Herr Inspektor! Jeder im Dorf kann Ihnen das sagen!«

»Ist das nicht nur ein Gerede, weil der junge Herr den Leuten einfach nicht sympathisch ist?«

»Ein Gerede?« mischte sich da plötzlich die Bäuerin von der Ofenbank her ein. »Fragen Sie einmal die Leitner-Kathi, was er ihr angetan hat! Schlimmer als der kann ein Mann ja gar nicht mehr sein!«

»Aber der Leumund von ihm ist einwandfrei, er hat keine einzige Vorstrafe«, gab der Beamte zu bedenken. »Nicht eine einzige Anzeige liegt gegen ihn vor!«

»Weil die Leute Angst haben vor dem Herrn!« sagte in diesem Moment Jakob Haberfellner von der Tür her. »Jetzt hören Sie sich einmal etwas an, Herr Inspektor!«

Der Bauer drehte sich zu dem jungen Mann um, der hinter ihm in die Stube trat. Es war Roman.

»Wer sind denn Sie?« fragte ihn der Beamte.

»Roman Eichschlager heiß' ich, und die Marianne war mein Dirndl«, antwortete der Bursch. In seinem Gesicht mischte sich Trauer und Grimm.

»Und was können Sie uns zu der Angelegenheit sagen?«

»Dass der Richard hinter der Marianne her war. Sie hat eine schreckliche Angst vor ihm gehabt. Ich selber hab' sie unlängst im letzten Moment vor ihm retten können.«

»Wann und wie war das?«

»Am Montag bin ich um Futter gefahren«, begann Roman und berichtete, was sich da zugetragen hatte.

❁

Die Beamten fuhren anschließend zum Gutshof. Er lag vom Dorf abgesondert auf einer Anhöhe. Das Herrenhaus war so groß wie ein kleines Schloss.

Ein Bediensteter hieß die Beamten in der mit zahlreichen Trophäen geschmückten Eingangshalle zu warten. Draußen dunkelte es schon.

Nach einer Weile kam Richard Hohenreith die Treppe herunter. Er trug einen bequemen Hausrock, der seine gedrungene Gestalt noch wuchtiger erscheinen ließ.

»Unerwarteter Besuch«, lächelte er. »Was kann ich für Sie tun, meine Herren?«

Die Beamten zeigten ihre Ausweise.

»Kriminalpolizei?« Richard stellte sich überrascht. »Ein Novum für dieses Haus, tatsächlich! Hat einer von unseren Leuten etwas verbrochen?«

»Nein, Herr Hohenreith. Wir wollen Sie persönlich um einige Auskünfte bitten.«

»Na, da bin ich aber gespannt. Aber bitte nehmen Sie doch Platz, meine Herren! Vielleicht dort am Kamin. Darf ich Ihnen etwas zu trinken anbieten? Einen Kognak vielleicht?«

»Besten Dank!« Die Beamten setzten sich in die Ledersessel am kalten Kamin. Und zwar so, dass die Wandleuchte dann das Gesicht des jungen Herrn erhellen musste.

»Nun, um was geht es, wenn ich fragen darf?« lächelte er, nachdem auch er Platz genommen hatte

»Heute Vormittag ist ein junges Mädchen aus Altenmarkt verunglückt. Weil Fremdverschulden nicht ganz ausgeschlossen ist, müssen wir Ermittlungen einleiten.«

»Aber was habe denn ich damit zu tun?« Unmut stand in Richards breitem Gesicht.

»Wir müssen so viele Befragungen als nur möglich durchführen – Routinearbeit, Herr Hohenreith. Dafür haben Sie doch sicher Verständnis. Bitte sagen Sie uns, wo Sie heute Vormittag waren.«

»Ach, Sie meinen, dass ich vielleicht etwas beobachtet habe? Nein, meine Herren, da muss ich Sie leider enttäuschen. Aber was ist denn eigentlich passiert? Welches Mädchen ist verunglückt?«

»Marianne Haberfellner, Herr Hohenreith. Kannten Sie das Dirndl?«

Richard legte die Finger an die Schläfe und tat, als müsste er nachdenken. »Ach ja«, sagte er dann vergnügt, als wäre ihm die Lösung eines

Rätsels gelungen. »Den Haberfellner kenne ich natürlich, der arbeitet doch gelegentlich für uns. Und die Marianne wird eine seiner beiden Töchter sein. Nur ob es die blonde oder die brünette ist, fällt mir jetzt nicht ein.«

»Marianne war die blonde der beiden Schwestern, Herr Hohenreith.«

»Was heißt das, sie war? Ist sie denn tot?«

»Ja, Herr Hohenreith.«

»Tut mir leid für die Leute«, murmelte Richard. »Das wird die Familie Haberfellner natürlich arg treffen, nicht wahr?«

»Gewiss, Herr Hohenreith. Aber jetzt bitten wir Sie doch um Auskunft, wo Sie heute Vormittag waren.«

Richard runzelte die Stirn. »Das finde ich zwar leicht merkwürdig, dass Sie ausgerechnet mich sozusagen überprüfen wollen, aber ich sage es Ihnen gern: Heute Vormittag war ich auf der Jagd.«

»Und wo?«

»In unserem Revier, natürlich. Wo denn sonst?«

»Und in welcher Gegend Ihres Reviers?«

»Im Steinwald. Jetzt ist Hirschbrunft, falls Sie das nicht wissen. Und da bin ich hinter einem starken Zwölfender her.«

»Sie besitzen doch sicher eine Karte oder einen Plan von dieser Gegend. Dürfen wir Sie bitten, uns damit zu helfen?«

»Aber selbstverständlich!« Richard erhob sich bereitwillig und kam bald mit einer Bergkarte zurück. Er breitete sie vor den Beamten aus und wies mit dem Finger auf eine Stelle:

»Hier ist der Steinwald!«

»Dann werden Sie freilich nicht in der Lage sein, uns helfen zu können. Das Unglück mit dem Mädchen ist nämlich hier passiert.« Der Beamte zeigte hin. »Wie lange geht man eigentlich, wenn man vom Steinwald zu dieser Felswand kommen will?«

Richard dachte nach. »Also zwei Stunden mindestens.«

»Und Sie haben sich nur im Steinwald aufgehalten und sind nicht in diese Gegend hier gekommen?«

»Ich war nur im Steinwald. Ich habe Ihnen doch schon gesagt, dass ich den alten Zwölfender erwischen will. Da renne ich dann doch nicht wie ein aufgescheuchter Tourist durch die Gegend!«

»Pardon, wir sind keine Jäger und haben da nicht viel Ahnung. Gibt es irgendeinen Zeugen dafür, dass Sie im Steinwald und nicht hier in den Felswänden waren? Hat Sie jemand im Steinwald gesehen?«

»Herrgott, jetzt hört der Spaß aber auf, mein Herr!« fuhr Richard den Beamten an. »Wie soll ich denn diese seltsame Art von Befragung verstehen? Wenn ich einmal sage, dass ich nur im

Steinwald war, dann möchte ich schon sehr bitten, dass Sie das zur Kenntnis nehmen. Sie reden doch nicht mit irgendeinem Halbtrottel aus dem Dorf!«

»Es tut uns wirklich Leid, wenn Ihnen unsere Fragen nicht angenehm sind, Herr Hohenreith. Aber bitte verstehen Sie – wir müssen unsere Pflicht tun. Und deshalb müssen wir Sie noch etwas fragen: Kannten Sie die Marianne Haberfellner nicht doch näher, als Sie vorhin gesagt haben?«

»Was soll denn das?« entrüstete er sich. »Glauben Sie vielleicht, dass ich mich für Bauernmädchen interessiere?«

»Kann so etwas nicht vorkommen, Herr Hohenreith? Schon so mancher vornehme Herr soll, wenn auch nur' vorübergehend, Schwächen für Mädchen aus dem Volk gezeigt haben, wenn sie besonders hübsch waren!«

»Also ich für meine Person kann Ihnen da nicht dienen?« lachte Richard überheblich. »Für Amouren oder Gspusis dieser Art habe ich keine Zeit, und außerdem bin ich mir zu gut dafür. Ich hab's nicht nötig, mich mit Frauenzimmern unter meinem Niveau abzugeben.«

»Das gilt auch für die Marianne Haberfellner?«

»Absolut!"

»Aber am Montag hat es zwischen Ihnen und ihr doch eine merkwürdige Begegnung gegeben,

Herr Hohenreith. Vorhin haben Sie so getan, als kannten sie das Mädchen gar nicht. Warum sagen Sie uns nicht die Wahrheit?«

»Ich hatte etwas mit der Haberfellner-Tochter?« staunte Richard. »Warten Sie, lassen Sich mich mal nachdenken! Am Montag soll das gewesen sein? – Ach ja, da fällt mir was ein: Da hat mich so ein Dorfmädchen angesprochen, als ich auf meinem Pferd unterwegs war. Vermutlich hat sich das dumme Ding eingebildet, bei mir etwas erreichen zu können. Sogar in die Zügel hat mir das Dirndl gegriffen, um mich nicht weiterreiten zu lassen. Ich war richtig ärgerlich, meine Herren! Und das soll die Marianne gewesen sein? Na ja, schon möglich, so genau kenne ich unsere Bauernmädchen nun auch wieder nicht!«

»Es ist dann ein Jungbauer mit dem Traktor hinzugekommen, Herr Hohenreith. Vielleicht erinnern Sie sich.«

»Aber ja! Als dieses Mädchen bemerkt hat, dass bei mir nichts zu machen ist, hat es sich auf diesen Burschen geworfen! Die beiden sind dann miteinander abgefahren.«

»Der Bursch stellt den Vorfall anders dar, Herr Hohenreith. Angeblich haben Sie das Mädchen schlimm bedrängt. Die Marianne war noch nachher außer sich vor Angst. Sie wollte aufpassen, dass sie Ihnen nie wieder allein begegnet.«

»So eine niederträchtige Gemeinheit!« brauste Richard auf. »So ein verlogener Saukerl! Na der hört etwas von mir, wenn ich ihn erwische! Vielleicht verklage ich ihn sogar. Das ist doch ehrenrührig, wenn er solche Lügen über mich verbreitet, nicht wahr?«

»Gewiss, wenn es nicht den Tatsachen entspricht. Aber jetzt werden Sie doch sicher verstehen, dass wir Sie zu der Sache befragen müssen, Herr Hohenreith.«

»Na selbstverständlich, meine Herren! Ihnen mache ich durchaus ja auch keinen Vorwurf. Nur diesen Kerl werde ich zur Rechenschaft ziehen!«

»Das ist Ihre Sache, Herr Hohenreith. Nur gibt es da noch eine Aussage, die uns veranlasst hat, Sie zu befragen. Unmittelbar nach dem Absturz ist die Schwester zu der Sterbenden gekommen. Die Marianne hat da noch ein paar Worte sagen können. Und die bedeuten, dass es ein gewisser Richard war, der ...«

»Jetzt machen Sie aber wirklich einen Punkt, meine Herren!« rief er empört. »Meine Geduld hat ihre Grenzen. Hier in meinem Haus lasse ich mir nicht alles gefallen! Ich habe keine Ahnung, was eine Sterbende noch vernünftig sagen kann. Und was ihre Schwester da herauszuhören vermag. Die wird doch kaum richtig bei Verstand gewesen sein, nachdem die andere heruntergefallen war. Aber warum soll denn da unbedingt jemand schuld sein? Es ist doch nicht erst einmal passiert, dass jemand beim Klettern verunglückt!«

»Unsere Aufgabe ist weder leicht noch angenehm, Herr Hohenreith! Wenn Sie sich das überlegen, werden Sie Nachsicht haben mit uns. Zu der Sache ist zu bemerken, dass die Schwestern Haberfellner nicht irgendwelche bergunerfahrene Sommerfrischler sind. Nach Aussage der Eltern sind sie gern und oft geklettert. Und übrigens ist der Bereich, wo sich das Unglück zugetragen hat, für Einheimische kaum gefährlich.«

»Jetzt sagen Sie selbst, dass es ein Unglück war!« triumphierte Richard. »Warum suchen Sie unbedingt einen Schuldigen?«

»Nicht nur deshalb, weil die letzten Worte des armen Mädchens darauf hinweisen, Herr Hohenreith! Die Angelika Haberfellner hat dort oben, von wo ihre Schwester heruntergestürzt ist, einen Mann gesehen. Und eigenartigerweise ist der sofort verschwunden. Er hat nicht zu helfen versucht, er wollte nicht gesehen werden. Was sagen Sie dazu, Herr Hohenreith?«

Einen Moment lang war ein Flackern in Richards Augen. Doch er hatte sich sofort wieder in der Hand. »Was soll denn ich dazu sagen?« fragte er zurück. »Ich war nicht dort und habe keine Ahnung, was für ein Mann das gewesen sein könnte. Aber vielleicht war es der Bursch, dieser Eichschlager Roman, der mit der Marianne beisammen war.«

»Sie sagten vorhin selbst, dass die beiden sich gut verstanden. Warum sollte er sie hinunterwerfen? Oder warum sollte sie aus Angst vor ihm hinunterspringen?«

»Keine Ahnung! Fragen Sie ihn selbst!«

»Roman Eichschlager war zu dieser Zeit nachgewiesen dreißig Kilometer von hier entfernt bei der goldenen Hochzeit seines Onkels.«

»Interessiert mich nicht.«

»Aber vielleicht interessiert es Sie, was die tote Marianne einmal zuhause gesagt hat: Sie wollte lieber sterben, als sich von Ihnen mit Gewalt nehmen lassen!«

»Von mir?« Richard erhob sich mit Würde: »Meine Herren, das geht zu weit! Bitte, verlassen Sie mein Haus!«

»Wie Sie wünschen!« Auch die Beamten standen auf. »Wenn wir weitere Auskünfte von Ihnen brauchen, werden wir Sie eben zu uns bitten müssen, Herr Hohenreith . . .«

Er sah Ihnen mit verkniffenen Lippen nach, bis das Scheinwerferlicht ihres Autos nicht mehr zu sehen war. Dann ging er hinauf und schenkte sich einen großen Kognak ein.

Nachdem er ihn hinuntergestürzt hatte, schaltete er die Fernsehshow ein, um sich abzulenken. Dass drüben in der Bibliothek der Vater am

Schachtisch vergeblich auf ihn wartete, kümmerte Richard nicht.

❁

»Nicht einmal verhaftet haben sie ihn!« knurrte Jakob Haberfellner.

Die Familie saß wie gelähmt um den Tisch. Auch Roman war da. Er hatte einfach gesagt: »Ich weiß nicht, ob es euch recht ist, aber ich hab' die Marianne heiraten wollen. Mir war es wirklich ernst mit ihr. Wenn sie jetzt nicht mehr lebt, habe ich diejenige verloren, die ich mir als meine Bäuerin erhofft habe . . .«

Jakob Haberfellner hatte ihm wortlos die Hand gedrückt. Die Resi war mit Tränen in den Augen dagestanden. Ihr stummes Nicken bedeutete, dass sie den sympathischen Burschen zur Familie zählen wollte.

Jetzt stieß Roman heraus: »So darf er nicht davonkommen, der Richard! Ich schwör es euch, ich lass es nicht zu!«

»Was willst du denn machen, wenn sie ihn nicht packen?« stöhnte der Vater auf.« Unsereiner wäre schon hinter Schloss und Riegel. Aber der Richard ist halt ein feiner Herr, für den gelten andere Regeln.«

»Ich kann mir nicht vorstellen, dass sie die Untersuchung gegen ihn fallen lassen«, meinte Angelika. »Das gibt es doch nicht! Wo doch die Marianne noch gesagt hat, dass sie seinetwegen . . .«

Tränen stürzten ihr wieder aus den Augen, sie schluchzte laut auf und konnte nicht mehr weiterreden.

»Im ganzen Dorf gibt es keinen einzigen Menschen, der nicht überzeugt ist, dass der Richard sie in den Tod getrieben hat«, sagte Roman verbittert. »Entweder hat er sie so bedrängt, dass sie aus Angst hinuntergesprungen ist, oder er hat sie hinuntergestoßen, weil sie sich gewehrt hat. Da gibt's doch nichts anderes!«

»Wir haben den Gendarmen doch gesagt, was ihre Meinung war: Lieber bringt sie ihn oder sich selbst um, bevor sie tut, was er will!« erinnerte Jakob Haberfellner. Er starrte Angelika an: »Du hast ihn doch gesehen, wie er oben gestanden ist und ihr nachgeschaut hat! Er war es doch, gell?«

»Sicher war er es, Vater! Nur hab' ich's nicht ganz genau gesehen, weil er dann gleich verschwunden ist!«

»Man müsste die Leitner Kathi dazu bringen, dass sie den Gendarmen sagt, wie er sie überfallen hat«, sagte die Bäuerin. »Als er ihr die Vaterschaft von ihrem Kind abgestritten hat, war sie ja gleich still.«

»Sie wird sich halt gefürchtet haben«, bemerkte der Hausherr. »Wie hätte sie beweisen sollen, dass er ihr Gewalt angetan hat? Da hätten die Gendarmen dem feinen Herrn sicher mehr geglaubt als dem armen Dirndl. So ist das halt auf unserer Welt, ihr seht es ja.«

»Ich geh' sofort zur Kathi und rede mit ihr!« sagte Angelika erregt. »Sie muss jetzt die Wahrheit sagen, damit dieser Verbrecher gepackt werden kann.«

»Du hast Recht«, pflichtete ihr Roman bei. »Das ganze Dorf ist jetzt gegen ihn. Auch die Kathi muss reden. Ich gehe mit dir, Angelika. Wir müssen etwas tun!«

»Ach, was nutzt das denn jetzt noch, wo das Kind tot ist«, schluchzte die Bäuerin auf. »Lebendig wird sie nicht mehr davon, unsere Marianne. Und jetzt dürfen wir sie nicht einmal begraben. Wer weiß, was sie jetzt mit ihr dort machen, wo sie sie hingebracht haben!«

Sie warf sich über den Tisch und weinte haltlos.

»Es wird eine Gerechtigkeit geben«, murmelte der Bauer finster, während sich Angelika und Roman auf den Weg machten. »Es muss eine geben!«

❁

Das Häuschen, in dem die Leitner Kathi mit ihrem Kind bei der Mutter wohnte, war das kleinste im Dorf. Die Leitnerin war nie verheiratet gewesen. Als junges Dirndl war sie mit einem Holzknecht gegangen, der kein eigenes Zuhause besaß. Die Hoffnung des Paares, es einmal zu einem gemeinsamen Heim und zum Ehestand zu bringen, hatte sich nicht erfüllt. An einem kalten

Wintertag kam Kathis Vater beim Holzfällen ums Leben.

Jetzt arbeitete die Leitnerin noch immer als Taglöhnerin. Und auch die Tochter half einmal da, einmal dort aus, seit der junge Gutsherr sie ins Unglück gebracht und dann hinausgeworfen hatte. Gemeinsam schafften es die beiden Frauen, sich und das Kind durchzubringen.

Als Roman und Angelika eintraten, saßen sie strickend am Tisch. Die Küche war durch eine Petroleumlampe beleuchtet. Zum elektrischen Licht hatte es die Leitnerin noch nicht gebracht. Die Zuleitung des Stroms war für sie einfach unerschwinglich.

»Guten Abend«, grüßte Angelika. »Seid bittschön nicht bös, dass wir noch so spät kommen. Ich hab' schon befürchtet, dass ihr gar nicht mehr auf seid.«

Die beiden Frauen erhoben sich mit ernsten Gesichtern. »Ich hab' von eurem Unglück schon gehört«, sagte die Leitnerin und drückte Angelika die Hand. »Mein Gott, wie grausam das Schicksal sein kann! So ein junges Dirndl hat sterben müssen – die arme Marianne!«

Nachdem auch Kathi der ehemaligen Schulkameradin das Beleid ausgesprochen hatte, setzte man sich.

»Der Roman ist ja mit der Marianne gegangen, sie haben heiraten wollen«, erklärte Angelika die Begleitung des Burschen. »Ihr werdet ja auch schon gehört haben, dass es kein gewöhnlicher Unglücksfall war, bei dem die Marianne ums Leben gekommen ist. Der Richard war schuld.«

»Was der nur für ein Mensch ist«, murmelte die Leitnerin. »Ja, wir haben da schon etwas gehört.«

Während die Kathi, ein stattliches Mädchen mit einem anmutigen Gesicht, bekümmert auf ihre Hände starrte, berichtete Angelika kurz, warum man den jungen Herrn verdächtigte. Dann sagte sie erregt:

»Und jetzt haben sie ihn nicht einmal verhaftet! Könnt ihr euch das vorstellen?«

»Man kommt halt gegen so einen Herrn nicht an«, seufzte die Leitnerin.

»Aber soll er denn schon wieder so einfach davonkommen?« empörte sich Roman. »Der Saukerl hat schon so viel auf dem Kerbholz! Wenn ich nur daran denke, was er der Kathi angetan hat!«

»Davongekommen ist er bisher nur, weil niemand den Mund richtig aufgemacht hat«, sagte Angelika. »Aber damit muss jetzt Schluss sein. Wenn alle, an denen er etwas verbrochen hat, jetzt reden, werden sie ihn nicht mehr so einfach laufen lassen können. Bisher stehen die Gendarmen auf dem Standpunkt, dass der Richard einen einwandfreien Leumund hat. Das ist doch unglaublich!«

»In der ganzen Gegend gibt es keinen schlimmeren Menschen als ihn«, bestätigte die Leitnerin.

»Kathi«, sprach Angelika die junge Mutter direkt an, »du musst doch auch schauen, dass du zu deinem Recht kommst!«

Das Mädchen schloss die Augen, als wäre da ein jäher Schmerz. Es antwortete nicht.

»Er zahlt dir doch keinen Groschen für das Kind!« sagte Roman. »Mit Gewalt ist er über dich hergefallen, der Lump! Ins Unglück hat er dich gebracht, und dann noch gemein beschimpft und hinausgeschmissen! Willst du dir das wirklich gefallen lassen?«

»Unglück . . .« flüsterte Kathi. »Unglück möchte ich dazu nicht mehr sagen. Meine kleine Traudl ist doch kein Unglück, Roman!«

»So meine ich das doch nicht«, stellte Roman klar. »Aber so reich seid ihr doch nicht, dass ihr auf Alimente ganz einfach verzichten könnt'. Die stehen dem Kind doch zu! Denk doch an die Zukunft von der Traudl – du wirst das Kind doch etwas lernen lassen wollen! Und alles kostet viel Geld, Kathi! Du bist arm, und der Vater ist enorm reich. Warum soll er da nicht zahlen, wie es sich gehört?«

Das Mädchen zuckte ratlos mit den Achseln und antwortete nicht.

»Wir haben halt gedacht, dass wir nicht durchkommen, wenn wir ihn auf Alimente verklagen«, erklärte die Leitnerin. »Wenn er sagt, dass er es nicht war – was soll man da machen?«

»Das ist ja die zweite Sache, die sich die Kathi nicht gefallen lassen darf«, sagte Roman grimmig. »Der Saukerl fällt über ein junges, unschuldiges Dirndl her, und dann streitet er es ab. Ja noch mehr – er hat die Kathi sozusagen als ein verkommenes Frauenzimmer hingestellt, das von weiß Gott welchem Mannsbild schwanger geworden ist und ihm dann das Kind unterschieben wollte! Das ist doch eine ganz große Gemeinheit, oder? Das darf man sich nicht gefallen lassen! So wie auch wir keine Ruhe geben werden, bis er für den Tod von der Marianne zur Verantwortung gezogen wird!«

»Ich weiß nicht, ob das noch einen Sinn hat«, zweifelte die Leitnerin. »Er wird sich nichts nachweisen lassen, was die Kathi betrifft. Vielleicht habt ihr mehr Glück.«

»So sollst du nicht reden, Leitnerin«, mahnte Roman. »Es soll heute schon Methoden geben, mit denen man genau nachweisen kann, ob einer der Kindesvater ist oder nicht. Nur ein bisserl Courage muss man halt haben und sich rühren. Sonst kommt man nie zu seinem Recht. Und das wäre doch bitter nötig für euch, oder?«

»Nein!« entschied Kathi plötzlich. »Ich will das nicht.«

»Heilige Maria, bist du denn dumm?« staunte

Angelika. »Du schädigst doch dein Kind und dich selber, wenn du nichts tust!«

»Es ist vorbei, ich will meine Ruh' haben«, murmelte das Mädchen. »Ich mag das alles nicht. Ich hab' meine Traudl und mag an gar nichts Schlechtes mehr denken.«

»Es ist doch nichts Schlechtes, wenn du schaust, dass du die Zukunft von der Traudl sichern kannst«, redete Angelika auf sie ein. »Das Kind hat ein Recht auf Zahlungen. Du könntest es noch bereuen, wenn du darauf verzichtest!«

Kathi sah sie erregt an: »Hast du eine Ahnung, wie das damals war? Wenn dich einer packt und auf's Bett schmeißt, während du aus Angst und Ekel fast stirbst – wenn du noch so viel bittest, und er lässt dich nicht aus – wenn er grob ist wie ein Vieh – dann ist das etwas, was du hinter dich bringen musst! Und ihr wisst ja nicht, wie gemein er mich beschimpft hat, als ich ihm dann gesagt hab', dass das Kind kommt. Du dreckige Hur'! hat er gebrüllt. Ich soll mit so einer Schlampen ins Bett gegangen sein? Mir schiebst du deinen Bankert nicht unter, du Miststück! Wirklich, genauso ist er über mich hergefallen und hat mich hinausgeworfen. Und dann hat er mir noch gedroht, dass er mich wegen Ehrabschneidung verklagt und bestrafen lässt, wenn ich den Mund nicht halte!«

»Erwürgen könnt' ich dieses Schwein!« stöhnte Roman auf.

»Und was wird denn sein, wenn ich jetzt zu Gericht gehe?« fragte Kathi. »Da erlebe ich dann das alles noch einmal! Und man wird dem Herrn glauben und nicht mir. Nein, ich tu's nicht, da könnt ihr machen, was ihr wollt!«

Angelika und Roman mussten weggehen, ohne etwas erreicht zu haben.

»Es ist ja nicht zu fassen«, sagte er bedrückt. »Da begeht der Saukerl so eine Untat, und das Opfer will ihn gar nicht belangen. Genauso wird es bei den anderen auch sein. Ich versteh' die Welt nicht mehr!«

»Ein bissen verstehe ich die Kathi schon«, meinte Angelika niedergeschlagen. »Wenn ein Dirndl einmal so etwas erlebt hat . . .«

»Herrgott – und der Marianne hat er das Gleiche antun wollen«, stieß Roman heraus. »Dafür muss er gepackt werden! Und wenn's keine andere Gerechtigkeit gibt bei meiner Seele, dann rechne ich allein mit ihm ab!«

❀

An einem nebeligen Herbstmorgen kamen die beiden Ermittlungsbeamten wieder vor dem Herrenhaus angefahren. Auf ihre Frage nach Richard Hohenreith sagte man ihnen, er befinde sich in den Stallungen.

Im Pferdestall war Richard gerade dabei zu kontrollieren, ob sein Rappe vom Knecht auch fein gesäubert und gestriegelt worden war. Er trug Stiefel und Reithosen und hatte offenbar vor, auszureiten.

Als er die Beamten erblickte, kniff er die Augen zusammen.

»Was wollen denn Sie schon wieder hier?« herrschte er sie an. »Habe ich Ihnen nicht mein Haus verboten?«

»Soweit wir informiert sind, ist es noch das Haus Ihres Herrn Vaters«, entgegnete der leitende Kriminalbeamte ruhig. »Hier, bitte lesen Sie das!«

Er zog ein amtliches Schreiben aus der Tasche und reichte es Richard.

Der junge Herr las und wurde blass: »Soll das etwa ein Haftbefehl sein?« knirschte er. »Gegen mich? Sind Sie denn wahnsinnig?«

»Sie haben uns bei der ersten Einvernahme nicht die Wahrheit gesagt. Es gibt einen glaubwürdigen Zeugen, dass Sie zur fraglichen Zeit doch in der Nähe des Mädchens waren, und nicht im Steinwald, wie sie steif und fest behaupteten. Das macht Sie höchst verdächtig, Herr Hohenreith. Wir müssen Sie wegen Fluchtgefahr festnehmen.«

»Verdammt – was fällt Ihnen denn ein, Sie komischer Mensch? Und wie reden Sie denn eigentlich mit mir? Ich bin kein Tagedieb, merken sie sich das!«

Richard schrie es wütend heraus.

»Erstens handelt es sich hier um eine sehr

rechtmäßige gerichtliche Entscheidung«, antwortete der Beamte gelassen. »Zweitens sind auch wir keine Tagediebe, Herr Hohenreith. Wir reden Sie korrekt an und erwarten von Ihnen dasselbe. Und jetzt geben wir Ihnen zehn Minuten Zeit, um Ihr Köfferchen zupacken.«

Einen Augenblick lang schien es, als würde sich Richard auf ihn stürzen. Der jüngere Beamte griff bereits unter den Überrock, um die Pistole zu ziehen. Aber da beherrschte sich Richard noch. Mit einem Fluch stampfte er an den beiden vorbei.

»Auch wenn es Ihnen nicht angenehm ist, wir müssen Sie leider in Ihre Wohnung begleiten«, musste er sich noch sagen lassen.

Zähneknirschend ließ er es sich gefallen, dass ihn die Beamten nicht mehr aus den Augen ließen. Er richtete seine Sachen zusammen und fragte dann: »Kann ich wenigstens mit meinem Vater allein reden? Ich muss ihm doch sagen, dass ich verreise. Es wird doch nicht länger als zwei, drei Tage dauern, nicht wahr?«

»Das hängt nicht von uns ab, Herr Hohenreith. Aber bitte, an einem kurzen Gespräch mit Ihrem Vater wollen wir Sie nicht hindern.«

Luitpold Hohenreith war nach dem Frühstück in sein Arbeitszimmer gegangen. Als Richard eintrat, sah er vom Schreibtisch auf: »Ach, du bist nicht ausgeritten, mein Sohn?«

Ungeachtet ihres Alters war den beiden Männern auf den ersten Blick anzusehen, dass sie grundverschieden waren: Richard grob von Wesen und Gestalt – der alte Herr feingliedrig und auch fein in seinem Gesichtsausdruck.

»Ich habe es mir überlegt, Vater«, antwortete Richard. »Du erinnerst dich, dass ich nach Innsbruck fahren wollte. Eben ist mir eingefallen, dass ich das besser jetzt mache, bevor noch viel Schnee kommt. Dann will ich mich persönlich um die Wildfütterung kümmern. Ein paar Tage werde ich wohl ausbleiben. Vorerst brauchst du mich doch nicht unbedingt, nicht wahr?«

»Fahr zu, fahr zu, mein Lieber«, schmunzelte der alte Herr. Er vermutete, dass Richard von einem weiblichen Wesen in die Stadt gelockt würde. Und das war schließlich nicht schlecht. Es wurde sowieso Zeit, dass sich der Junge eine Frau suchte.

»Dann – auf Wiedersehen, Vater!« Richard beeilte sich, das Arbeitszimmer zu verlassen.

❀

»Sie geben also zu, dass Sie an diesem Sonntagvormittag nicht im so genannten Steinwald sondern im Felsbereich waren, wo Marianne Haberfellner zu Tode kam?« fragte der mit der Untersuchung des Falls beauftragte Richter beim ersten Verhör im Landesgericht.

»Es wird wohl ein Fehler von mir gewesen sein, dass ich es nicht gleich gesagt habe«, bekannte Richard mürrisch. »Aber ich habe mit dem Tod des Mädchens nicht das Geringste zutun, Herr Rat!«

»Das werden wir noch herausbekommen, Herr Hohenreith. Aber warum haben Sie denn nicht gleich die Wahrheit gesagt? Das führt doch zur Annahme, dass Sie ein schlechtes Gewissen hatten!«

»Wer setzt sich denn gern einem solchen Verdacht aus, Herr Rat?« Richard brachte ein Lächeln zustande. »Ich bin unschuldig und wollte nicht erst lange peinlichen Befragungen dieser Art ausgesetzt sein. Das ist der Grund, warum ich ausgesagt habe, dass ich damals im Steinwald war.«

»Das ist gar nicht gut für Sie, Herr Hohenreith.« Der Richter runzelte die Stirn. »Was sollen wir Ihnen jetzt überhaupt noch glauben?«

»Dass ich mit dem Tod des Mädchens nicht das Geringste zu tun habe«, sagte Richard hastig.

Der Richter beobachtete ihn durch die randlosen Brillengläser aufmerksam. Er fragte: »Sie waren also in dieser Gegend, als die Sache mit dem Mädchen passiert ist. Haben Sie denn davon überhaupt nichts gesehen?«

»Nein, Herr Rat!«

»Und auch nichts gehört? Keinen Hilferuf?«

»Nein, Herr Rat«, leugnete Richard beharrlich.

»Aber das Mädchen hat sehr laut um Hilfe gerufen. Die Schwester hat das gehört. Und Sie nicht?«

»Ich habe nichts gehört. Sonst wäre ich doch selbstverständlich sofort hingegangen und hätte zu helfen versucht.«

»Seltsam, Herr Hohenreith! Die Schwester war in der Nähe und hat den Ruf gehört. Sie waren auch dort – und wollen nichts gehört haben. Das erinnert mich stark an Ihre Behauptung, überhaupt nicht dort gewesen zu sein!«

»Herr Rat, ich habe wirklich nichts gehört. Warum wollen Sie mir das nicht glauben. Ich bin doch ...« Richard fiel gerade noch ein, dass er jetzt besser nicht mehr auf seine Glaubwürdigkeit als Ehrenmann pochen durfte, nachdem man ihm bereits eine Lüge nachgewiesen hatte. »Ich bin doch selber entsetzt, dass da so ein Unglück passieren konnte«, fügte er etwas zögernd hinzu.

»Was haben Sie denn dort überhaupt getan?« erkundigte sich der Untersuchungsrichter.

»Einen Gamsbock wollte ich schießen. Ich habe mit dem Feldstecher die Wände abgesucht, und als ich da keine einzige Gams gesehen habe, bin ich wieder weggegangen. Wahrscheinlich war ich schon wieder fort, als das Unglück passiert ist. Ja, Herr Rat, so wird es gewesen sein. Ich habe die beiden Mädchen doch überhaupt nicht gesehen, als ich dort war. Wahrscheinlich sind sie erst nach mir hingekommen. Und deshalb konnte ich auch keinen Hilferuf hören!«

Richard glaubte sich jetzt herausgeredet zu haben. Ja, das war die Lösung für ihn! Er blickte den Untersuchungsrichter hoffnungsvoll an.

»Ich bin nicht bereit, Ihnen das abzunehmen«, kam die enttäuschende Antwort. »So könnte es gewesen sein, das wäre sehr angenehm für Sie. Und gerade deshalb glaube ich Ihnen diese Version nicht. Ich gehe davon aus, dass Sie am Absturz der Marianne Haberfellner beteiligt waren. Warum hätte sie sonst ihrer Schwester noch im Sterben gesagt, dass Sie es waren?«

»Ich kann mir das überhaupt nicht erklären!« regte sich Richard auf. »Ich kenne diese Angelika kaum, und sie will mir die Schuld am Tod ihrer Schwester anhängen. Das ist schon ein starkes Stück, Herr Rat!«

»Sie haben ja auch behauptet, die Marianne nicht zu kennen und mit ihr keinen Kontakt gehabt zu haben. Und doch konnte Ihnen nachgewiesen werden, dass Sie die Marianne sehr wohl kannten und mit ihr eine Auseinandersetzung hatten. Das haben Sie auch nur zugegeben, weil es einen Zeugen dafür gibt!«

Jetzt traten Schweißperlen auf Richards Stirn. Er zog das Taschentuch und wischte sie ab.

»Herr Rat«, presste er heraus, »Sie müssen doch verstehen, dass einem Mann in meiner Position so ein Verdacht höchst peinlich ist. Wer macht in so einem Fall schon Aussagen, die belastend sind, wenn man unschuldig ist? Aber was ich zu der Sache gesagt habe, das ist garantiert wahr: Das Mädchen hat mich belästigt, und nur deshalb ist es zu dieser Auseinandersetzung bei meinem Ausritt gekommen. Es tut mir Leid, dass ich einer Toten das nachsagen muss, aber so war es und nicht anders!«

»Ich finde es nicht sehr glaubhaft, dass es ein Bauernmädchen wagt, ausgerechnet Sie mit einem unsittlichen Ansinnen zu belästigen«, bemerkte der Untersuchungsrichter sarkastisch. »Sie gelten doch als hoher Herr im Dorf, Herr Hohenreith. Und überdies soll der Vater des Mädchens für Sie gearbeitet haben, die Familie war also in einem bestimmten Ausmaß sogar materiell abhängig von Ihnen. Sehe ich das richtig?«

»Der Jakob Haberfellner ist von uns nur gelegentlich beschäftigt worden, Herr Rat. In der Hauptsache lebt er von seiner eigenen Wirtschaft, er ist doch selbst Bauer.«

»Aber ein sehr armseliger, Herr Hohenreith! Und gerade an jenem Tag hat er wieder für Sie gearbeitet und die Brücke repariert. Die Tochter hat ihm das Mittagessen gebracht. Und dabei soll es ihr eingefallen sein, Ihren Zorn herauszufordern? Nein, Herr Hohenreith, das kann ich einfach nicht glauben.«

»Herr Rat, Sie schockieren mich! Ich gebe Ihnen mein Wort als Ehrenmann, dass die Sache so und nicht anders war, wie ich sie berichtet habe!«

»Sie sagen das über ein Mädchen, das einen tadellosen Ruf besaß, Herr Hohenreith! Marianne Haberfellner war kein leichtsinniges Dirndl. Niemand weiß da etwas von Beziehungen mit Männern. Erst unmittelbar vor ihrem Tod hat sie zum ersten Mal in ihrem jungen Leben begonnen, mit einem Burschen zu gehen. Darüber gibt es völlig übereinstimmende Aussagen. Und ausgerechnet so ein noch völlig unerfahrenes Mädchen soll den zufällig daherreitenden Herrn Hohenreith anhalten und zu verführen versuchen? Nein, mein Herr, alles spricht da gegen Ihre Darstellung!«

»Ich sage die Wahrheit, ich schwöre es Ihnen, Herr Rat!«

»Das wird sich noch herausstellen. Aber weil wir gerade über den Ruf sprechen. Wie schätzen Sie das ein, Herr Hohenreith, ist Ihr Ruf in Altenmarkt und Umgebung auch so gut wie der des Mädchens?«

»Herr Rat!« protestierte Richard empört. »Ich muss schon bitten! So ein Vergleich!«

»Ja, so ein Vergleich, Herr Hohenreith! Über die Moral der Marianne Haberfellner hat man im Dorf eine sehr hohe Meinung, wie mir berichtet wurde. Über Ihre Moral weniger! Man hat Angst vor Ihnen. Besonders die weiblichen Einwohner. Es soll da schon allerhand gegeben haben. Jedenfalls stehen Sie in dem Ruf, hinter jedem Kittel her zu sein, wenn die Trägerin nur halbwegs hübsch ist. Und wenn Sie ihren Willen durchsetzen wollen, sind Ihre Methoden nicht besonders sanft und kultiviert. Was sagen Sie dazu?«

»Eine niederträchtige Verleumdung, Herr Rat! Ich verklage jeden wegen Ehrabschneidung, der solche infame Lügen über mich verbreitet!«

»Sie hatten also noch nie irgendwelche Affären mit Mädchen von Altenmarkt?«

»Keine Einzige, Herr Rat!«

»Sie haben sich kein einziges Mal ein Dorfmädchen geholt?«

»Nie, niemals!«

»Und wie war das mit der Kathi Leitner? Das Dirndl war bei Ihnen als Zimmermädchen beschäftigt. Dann ist sie plötzlich schwanger gewesen. Von Ihnen, hat man gehört. Aber Sie haben das Dirndl hinausgeworfen und das Kind nicht als Ihres anerkannt. Wer hat damals gelogen – die Kathi Leitner oder Sie?«

»Herr Rat, das ist schon kaum mehr erträglich, wie Sie da mit mir reden! Ich bin völlig unbescholten, ich bin ein Hohenreith!«

»Dennoch befinden Sie sieh in einem Untersuchungsverfahren«, lächelte der Richter. »Ich verlange Antworten von Ihnen. Einer muss gelogen haben, dieses Zimmermädchen oder Sie. Nun?«

»Dieser Trampel natürlich! Lässt sich von irgendeinen Mannsbild schwängern und will das Kind dann mir unterschieben! Ein glatter Erpressungsversuch war das!

Die Leitner Kathi hat sich wahrscheinlich eingebildet, ich zahle schon aus Angst, dass überhaupt darüber geredet wird. Aber da hat sich dieses Saumensch getäuscht. Mit mir macht man das nicht! Und bitte, Herr Rat, dieses Miststück hat es auch gar nicht gewagt, mich zu verklagen. Sagt das nicht alles?«

Der Richter blickte auf die Uhr. »Na, das wär's fürs Erste, Herr Hohenreith. Wir können uns ja noch öfter unterhalten. Sie bleiben natürlich in Haft.«

»Das können Sie doch mit mir nicht machen!« flehte Richard. »Ich bin unschuldig, ich bin unbescholten! Niemand kann mir etwas nachweisen!«

»Die Untersuchung wird weitergeführt, bis wir zu einem klaren Ergebnis kommen.«

»Mein Gott, untersuchen können Sie doch Herr Rat! Aber solange müssen Sie mich doch nicht einsperren! Ich nehme mir meinen Anwalt! Ich zahle auch eine Kaution, selbstverständlich! Ich habe ja ein reines Gewissen!«

»Über die Kaution kann man allenfalls reden«, antwortete der Richter. »Benachrichtigen Sie einmal Ihren Anwalt ...«

Der Leichnam der armen Marianne wurde zur Beerdigung freigegeben. Bei der gerichtsmedizinischen Untersuchung waren keine Spuren festgestellt worden, die auf Gewaltanwendung durch fremde Hand schließen ließen. Der Körper der Toten wies nur die furchtbaren Verletzungen vom Absturz auf.

Das Begräbnis fand an einem sonnigen, jedoch kalten Oktobertag statt. Die Anteilnahme der Dorfbevölkerung war ungewöhnlich groß. Alle Familien trauerten mit den Angehörigen des armen Dirndls, das aus der Blüte des Lebens gerissen worden war.

Roman folgte dem Sarg unmittelbar hinter der Familie Haberfellner, und auch am Grab stand er bei ihr. Nicht wenige junge Leute, die von seiner Beziehung zur Marianne gewusst hatten, drückten auch ihm unter Beileidsworten die Hand, als wäre er mit dem Mädchen bereits regelrecht verlobt gewesen. Dass er sich so zu seiner verlorenen Liebsten bekannte, verschuf ihm allgemeinen Respekt.

Noch an diesem Tag lief eine Nachricht von Haus zu Haus: Richard Hohenreith war wieder daheim – als freier Mann! Man hatte ihn aus der Haft entlassen.

Als Roman es hörte, wurde er blass. »Das gibt's doch nicht!« murmelte er.

Abends nach dem Vieh füttern ging er noch einmal zum Haberfellner-Hof hinüber.

»Habt ihr es auch schon gehört?« fragte er die stumm um den Tisch sitzende Familie.

»Was?« Der Hausherr fragte es nicht besonders interessiert.

»Der Richard ist frei! Sie haben ihn ausgelassen!«

»Nicht möglich!« Das Gesicht Jakob Haberfellners verdunkelte sich.

»Ja, er ist schon wieder gesehen worden. Auf einem schwarzen Ross reitet er schon wieder herum.«

»Aber wie können Sie ihn denn auslassen, bevor das Urteil gesprochen ist?« rief Angelika fassungslos.

»Das gibt es«, erinnerte sich ihr Vater. »Wenn einer angeklagt ist, kann er bis zum Tag der Verhandlung auf freiem Fuß bleiben. Aber meistens erlauben sie ihm das nur, wenn es um nichts Besonders geht.

»Das er am Tod von unserem Kind schuld ist, das ist vielleicht nichts Besonderes?« schluchzte Resi Haberfellner auf. »Ja was muss denn da einer noch anstellen, dass sie ihn einsperren?«

»Einer?« knurrte Roman. »Der Richard ist halt nicht irgendeiner. Ein vornehmer Herr ist er, Erbe von einem großen Besitz! Und viel Geld ist da! So einer wird halt nicht wie unsereiner behandelt. Wenn ich im Wirtshaus einem anderen beim Raufen die Nase einschlage, lassen sie mich bestimmt bis zum Verhandlungstag dunsten. Ich bin ja auch nur ein gewöhnlicher Bauer! Unsereiner wird nicht mit Glashandschuhen angefasst wie die feinen Herrn!«

»Ob die Untersuchung weitergeht oder nicht, das müsste man wissen!« überlegte Jakob Haberfellner laut.

»Was heißt das, Vater?« fragte Angelika.

»Wenn die Untersuchung eingestellt ist, kommt es zu keiner Anklage. Wenn sie noch läuft, können sie ihn noch immer vor Gericht stellen. Dann kann er verurteilt werden, auch wenn er vorläufig frei herumlaufen darf. Dann kann man noch immer hoffen, dass es ein Recht gibt für ihn!«

»Ein Recht . . . ein Recht!« knurrte Roman. Er hatte sich hingesetzt und stützte trübsinnig den Kopf in die Hände. »Jetzt glaub' ich bald nicht mehr daran. Ihr werdet sehen, wie sich der feine Herr herauswindet, dieser Saukerl, dieser Verbrecher. Dabei hat er sie in Wirklichkeit umgebracht, die Marianne. Ein Mörder ist er. Ein ganz gemeiner Mörder!«

»Das er das ist, glaub' ich genauso wie du«, wies ihn der Hausherr zurecht. »Aber jetzt dürfen wir die Hoffnung noch nicht aufgeben, dass ihm sein gerechtes Urteil gesprochen wird. Da wissen wir noch zu wenig.«

»Sollst Recht haben und ich Unrecht«, erwiderte Roman deprimiert. Eine Weile saß er mit gesenktem Kopf da und schwieg wie die anderen.

Aber dann richtete er sich plötzlich auf und sah einen nach dem anderen finster an:

»Das eine sag' ich euch noch einmal, Leute: Wenn sie dem Richard nicht die Strafe geben, die ihm gebührt, mach' ich mich selber zum Richter. Sollen sie dann nachher tun mit mir, was sie wollen!«

❀

Hoch über Altenmarkt saß ein Mann von etwa dreißig Jahren auf einem noch schneefreien Stein und schaute versonnen ins Tal hinunter. Sein Interesse schien vornehmlich dem Gutshof und Herrenhaus von Hohenreith zu gelten.

Der junge Mann trug einen nicht mehr neuen Jägeranzug, dem jedoch immer noch beste Qualität anzusehen war. Auch das Gesicht war nicht bäuerlicher Art. Der schmale Kopf, die etwas weich blickenden Augen sowie die eher feinen Gesichtszüge erinnerten an den alten Gutsherrn Luitpold Hohenreith.

Es war ein frostklarer Sonntag. Jetzt um die Mittagszeit vermochte die Sonne den Sitzenden noch zu wärmen. Seinen kurzen Lodenüberrock hatte er ausgezogen und als Sitzunterlage verwendet.

Zur selben Stunde wanderte ein Mädchen vom Dorf herauf. Es war nicht mehr blutjung, wohl schon in der zweiten Hälfte der zwanzig. Einen Ehe- oder Verlobungsring gab es noch nicht an der schmalen Hand, die keine Spuren von harter Bauernarbeit zeigte.

Zum Steig, auf dem die Bergwanderin hinaufschritt, saß der Mann gedeckt hinter niederen Krüppelfichten. Dennoch wurde sie seiner gewahr. Sie zuckte zusammen, ihr Schritt stockte.

»Grüß Gott«, sagte er freundlich und stand auf. »Sie sind doch das Fräulein Hutter, die Lehrerin, wenn ich mich nicht täusche?«

»Oh, der Herr Gerald Hohenreith!« rief sie erleichtert aus.

»Ich habe Sie doch hoffentlich nicht erschreckt, Fräulein Hutter?« erkundigte er sich besorgt.

»Nur bis ich Sie erkannt habe«, lächelte sie und reichte ihm die Hand, »Aber man ist es schon gar nicht mehr gewohnt, Sie daheim zu sehen«, fügte sie hinzu.

»Daheim ...« Ein schmerzliches Lächeln huschte um seinen Mund. Einen Augenblick lang schien es, als wollte er etwas dazu sagen, aber dann schwieg er. Eine Art Verlegenheit stand jetzt in seinem Gesicht.

»Ich wollte den schönen Tag nützen«, sagte sie rasch. »Wenn erst der Schnee bis ins Tal kommt, kann man sowieso nicht mehr wandern. Wenigstens nicht ohne Ski.«

»Ja, richtig«, antwortete er zerstreut. »Ich habe mir das auch gedacht und bin deshalb noch einmal hergekommen. Wahrscheinlich zum letzten Mal in diesem Jahr.«

Sie wusste nicht, was sie dazu sagen sollte. Natürlich war ihr bekannt, dass Gerald Hohenreith schon längere Zeit nicht mehr daheim lebte. Es hieß, sein Bruder habe ihm das Vaterhaus arg verleidet. Aber es würde ihm wohl nicht angenehm sein, wenn man in irgendeiner Weise darüber zu sprechen anfing. In offene Wunden sollte man nicht rühren, und das war wohl eine bei Gerald Hohenreith . . .

Er blickte sie forschend an. »Ich möchte Sie nicht aufhalten, wenn Sie allein weitergehen wollen, Fräulein Hutter. Aber wenn ich Ihnen noch ein bisschen Gesellschaft leisten dürfte, wäre ich sehr dankbar. Ich habe schon sehr lange nicht mehr jemanden aus meinem Heimatdorf gesprochen.«

»Ihre Gesellschaft ist mir durchaus angenehm«, sagte sie aufrichtig freundlich.

»Oh, das ist lieb von Ihnen!« Er nahm den Überrock auf, warf ihn über die Schulter und ging neben ihr her.

»Darf ich fragen, wo Sie jetzt leben?« erkundigte sie sich.

»In Osttirol. Ein Studienfreund besitzt dort ein größeres Forstgut. Er hat mir Arbeit, Wohnung und Familienanschluss gegeben. Ich könnte mich dort zuhause fühlen. Und doch plagt mich immer wieder das Heimweh, zieht es mich hierher. Ich weiß nicht, ob Sie das verstehen können.«

»Doch, sicher!« stimmte sie ihm eifrig zu. »Ich

bin sehr glücklich, dass ich in meiner engeren Heimat meine Anstellung bekommen habe. Gewiss könnte ich auch anderswo arbeiten und leben, aber am liebsten möchte ich hier bleiben.«

»Ihr Herr Vater ist der Tierarzt, nicht wahr?«

»Ja, in Bruckdorf drüben. Dort bin ich aufgewachsen. Aber Altenmarkt und Bruckdorf gehören ja irgendwie zusammen. Dasselbe Tal, dasselbe Bergpanorama ...«

»Das ist es«, lächelte er melancholisch. »Es mag noch anmutigere Täler und noch höhere Berge geben als unsere hier. Aber das sind eben unsere! Man kommt nicht los davon, wenn man mit unserem Bergland einmal so verwachsen ist.«

Jetzt hätte sie ihn fragen müssen, ob es wirklich keine Möglichkeit für ihn gäbe, wieder hierzu leben. Er war doch der leibliche Sohn und Erbe des Gutsherrn Luitpold Hohenreith! Warum ließ er sich von dem Stiefbruder vertreiben? Und warum hatte der Vater so etwas geduldet?

Ursula Hutter schwieg. Sie scheute davor zurück, unangenehm neugierig zu wirken und leidvolle Erinnerungen wachzurufen.

Doch da begann er unerwartet selbst darüber zu reden. »Sie werden sich vielleicht wundern, wenn ich zu Ihnen so offen über meine Empfindungen spreche. Normalerweise tu' ich das nicht. Aber jetzt drängt es mich sehr danach. Und zu

Ihnen habe ich Vertrauen. Wir kennen uns zwar nicht näher, aber ich weiß, wer Sie sind. Mit Ihrem Herrn Vater hatte ich schon oft zu tun, ich schätze ihn sehr. Bei Ihnen muss ich nicht befürchten, dass Sie überall herumerzählen, was ich mir da vom Herzen rede.«

»Gewiss nicht!« bestätigte sie lächelnd.

»Danke.« Er überlegte kurz und fragte dann: »Wahrscheinlich denken Sie jetzt, dass ich es nicht unbedingt nötig hätte, anderswo zu leben, nicht wahr?«

»Sie werden Ihre Gründe haben, Herr Gerald.«

»Es freut mich, dass Sie mich mit meinem Vornamen ansprechen, wie es die Leute hier immer getan haben. Darf ich das bei Ihnen auch tun?«

»Aber gern. Ich heiße Ursula.«

»Ein schöner Mädchenname. Er passt gut zu Ihnen.«

»Mir gefällt er auch ganz gut«, bemerkte sie in scherzendem Ton. Doch war sie jetzt schon gespannt, wie er seine Abwesenheit von Gut Hohenreith begründen würde. Ob er das überhaupt noch tun wollte?

»Sehen Sie, Ursula«, begann er da auch schon zu reden, »früher hätte ich mir in meinen bösesten Träumen nicht einfallen lassen, dass es einmal so kommen könnte. Hat sich eigentlich herumgesprochen, dass ich mich mit Richard, meinem Stiefbruder, zerstritten habe?«

Sie nickte. »Man redet davon. Um was es dabei gegangen ist, wissen die Leute allerdings nicht. Es heißt nur, der Herr Richard hätte sie hinausgebissen. Und das glauben die Leute gern. Ihr Stiefbruder ist im Dorf nicht beliebt. Viele Leute haben Angst vor ihm.«

»Und sagen sie auch, warum sie ihn fürchten?«

»Genaues hört man da selten. Er gilt nur als ungeheuer brutal, er soll Mädchen Schlimmes angetan haben. Da ist doch jetzt der traurige Fall mit der Marianne Haberfellner.«

»Was ist da geschehen?«

»Das wissen Sie noch gar nicht? Richard war doch sogar ein paar Tage in Haft deswegen!«

»Oh Gott, mein armer Vater!« murmelte Gerald bestürzt. »Bitte, erzählen Sie!«

Während sie ausführlich über Mariannes Tod und den schlimmen Verdacht gegen Richard berichtete, hörte Gerald sichtlich erregt zu. »Mein Gott«, wiederholte er dann seufzend, »was wird da auf meinen Vater noch alles zukommen!«

»Und Ihr Herr Vater ist da völlig blind?« wagte Ursula zu fragen. »Er steht auf Richards Seite gegen Sie, obwohl doch nur Sie sein wirklicher Sohn sind?«

»Für Außenstehende mag das kaum zu begreifen sein«, antwortete Gerald bekümmert. »Sie wissen wahrscheinlich, dass meine Mutter ganz jung gestorben ist. Mein Vater heiratete ein zweitesmal. Ich verarge ihm das überhaupt nicht. Er war ja noch nicht alt. Und außerdem hat er dabei sicher auch an mich gedacht. Er hat gehofft, mir eine zweite Mutter geben zu können.«

»Und ist diese Frau das geworden?«

»Irgendwie ja, wenngleich sie natürlich nicht so war wie meine wirkliche Mama. In mir war alle Bereitschaft, diese Frau gernzuhaben und zu respektieren. Und auch sie mochte mich wohl. Was allein sie betrifft, hat mein Vater da sicher keine schlechte Wahl getroffen.«

»Und wie hat sie ihren Sohn Richard gesehen, den sie in die Ehe mitgebracht hat?‹

»Er machte ihr immer Schwierigkeiten. Richard war jähzornig, heimtückisch and verlogen, solange ich mich zurückerinnern kann. So blind kann eine Mutter gar nicht sein, dass sie da überhaupt nichts bemerkt. Oft hatte sie Tränen in den Augen, wenn Richard wieder einmal etwas Böses angestellt hatte. Und doch war sie seine Mutter. Sie konnte natürlich die Hoffnung nicht aufgeben, dass irgendwann das Gute in ihm durchbrechen wird.«

»Das ist nur verständlich«, bemerkte Ursula. »Wie könnte eine Mutter anders denken?«

»Leider hat sich Richard bis heute nicht geändert«, fuhr Gerald fort. »Sie sollen nicht glauben, dass ich, als er mit seiner Mutter in unser Haus kam, auf ihn eifersüchtig gewesen wäre. Wir waren nahezu gleichaltrig. Ich war glücklich, endlich einen Bruder zu haben. Den hatte ich mir nämlich schon lange gewünscht.«

»Ich wäre auch nicht gerne ohne Geschwister aufgewachsen«, sagte sie. »Es hat auch bei uns Zank gegeben, aber im Grunde liebten wir uns heiß. Wenn es drauf ankommt, halten wir eisern zusammen.«

»Wie schön!« lächelte Gerald in seiner melancholischen Art. »Wie wunderbar wäre es gewesen, wenn Richard sich mit mir nur halbwegs gut verstanden hätte. Aber das klappte von Anfang an nicht. Er war schon als Kind brutal. Was er wollte, setzte er rücksichtslos durch, auch auf Kosten anderer. Er wurde eine bittere Enttäuschung für mich.«

»Vielleicht wollte er Sie am Ende auch deshalb verdrängen, um den ganzen Besitz zu erben?«

»Ich fürchte ja. Bei mir war das anders. Ich war immer bereit, in ihm meinen Bruder zu sehen. Ich hätte mir vorstellen können, dass wir beide auf Hohenreith leben, auch wenn wir einmal verheiratet sind und Familie haben. Hohenreith trägt das, der Besitz wirft genug dafür ab. Nur Richard denkt da wohl anders.«

»Nun ja, Ihr Vater hat ihn adoptiert, er wird einmal etwas erben. Doch nur die Hälfte, nicht wahr? Sie haben doch ihren gesetzlichen Erbanspruch!«

»Im Grunde ja. Aber es gibt da Ausnahmebestimmungen, und auf die spekuliert Richard offenbar. Unter bestimmten Voraussetzungen kann ich enterbt werden.«

»Aber das wird Ihr Vater doch bestimmt nicht tun!«

»Ich weiß es nicht«, murmelte Gerald. »Manchmal glaube ich schon, dass Richard ihn auch dazu bringen wird. Einerseits hat er mich von daheim vertrieben, andererseits kann er mein Fortsein als Waffe gegen mich verwenden. Ich habe ja keinerlei Kontakt mehr mit meinem Vater. Das könnte mir als grober Undank angelastet werden, obwohl ich diesen Zustand nicht gewollt habe und sehr darunter leide.«

»Sie sind kein so brutaler Mensch wie Richard«, bemerkte Ursula. »Aber haben Sie sich in diesen Auseinandersetzungen nicht allzu weich verhalten? Sie haben sich wahrscheinlich sehr verletzbar gezeigt, das wird Richard erkannt und ausgenützt haben!«

»Da werden Sie wohl Recht haben. Aber wenn Brutalität ein gewisses Ausmaß erreicht oder gar übersteigt, wird man einfach wehrlos. Man kann unmöglich mit gleicher Münze heimzahlen. Stellen Sie sich nur folgende Situation vor: Da verschwindet eine sehr wertvolle silberne Besteckgarnitur. Am Ende behauptet Richard, ich hätte sie entwendet und verkauft, um zu Geld zu kommen.«

»Unfassbar!« staunte Ursula. »Das wird wohl er selber getan haben!«

»Durchaus möglich, ja sogar wahrscheinlich. Aber ich wusste nichts davon, also konnte ich auch nicht zurückschlagen und ihn beschuldigen. Aber mit solchen Mitteln führte Richard ständig Krieg gegen mich. Einmal mit kleinen, das andere Mal wieder mit großen Sachen.«

»Und Ihr Vater hat ihm da mehr geglaubt als Ihnen?«

»Nein, das zu denken weigere ich mich noch immer. Aber mein armer Vater war da innerlich arg in der Klemme. Er hat Richards Mutter wirklich geliebt. Vor ihrem Tod musste er ihr versprechen, das Sorgenkind nicht fallen zu lassen. Er kann Richard nicht verstoßen. Dieses Versprechen ist wie ein Gelübde für meinen Vater.«

»Und Ihnen gegenüber fühlt er keine ähnliche Verpflichtung? Sie sind doch sein wirklicher Sohn! Und er hat doch auch Ihre Mutter geliebt? Wie kann er Sie denn so benachteiligen?«

»Ich war nie ein Problemkind. Mit mir gab es keine Schwierigkeiten, nicht in der Schule, nicht bei der Arbeit, nicht im Familienleben. Sie sind Lehrerin, sie haben viel mit Kindern und Eltern zu tun, Sie wissen vielleicht, wie das ist. Problemkinder wachsen den Eltern oft mehr ans Herz. Und so ist es auch bei Richard gekommen. Mein Vater war bei ihm einfach unglaublich nachsichtig. Und dazu kommt noch, dass mein Vater so edel denkt, dass er Gemeinheiten einfach nicht für möglich hält.«

»Aber Ihnen scheint er doch zugetraut zu haben, was Richard ihm einflüsterte!«

»Nein, nein, das kann ich mir wirklich nicht denken. Aber Richard übte den stärkeren Druck auf ihn aus. Da gab Vater stets nach. Er ist alt und lebt schon nicht mehr richtig auf dieser Welt. Richard hatte ein relativ leichtes Spiel mit ihm.«

»Mein Gott, Sie erklären mir das alles, aber es geht mir einfach nicht in den Kopf«, sagte Ursula. »In mir wehrt sich alles dagegen, zu glauben, dass es bei diesem Zustand bleiben kann. Sie dürfen es Richard nicht so leicht machen! Ein bisschen wenigstens müssen Sie um Ihr Recht kämpfen! Das wäre doch letzten Endes auch im Sinn Ihres Vaters. Er kann doch nicht daran interessiert sein, dass sein eigener Sohn völlig hinausgedrängt wird, dass der Böse über den Guten siegt!«

Sie hatte es mit flammendem Eifer gesagt, ihre Wangen glühten. Gerald betrachtete sie von der Seite und lächelte bewegt: »Sie sind lieb, sie meinen es gut mit mir, Ursula. Und wahrscheinlich haben Sie sogar Recht. Aber ich weiß eben noch nicht, wie ich das machen soll. Lassen wir das Thema jetzt, wahrscheinlich bin ich Ihnen damit schon allzu viel auf die Nerven gegangen.«

»Nein, überhaupt nicht.« widersprach sie schnell.

»Ich möchte doch mit Ihnen nicht nur über

derart unangenehme Sachen reden«, beharrte er herzlich. »Lassen wir das für heute. Ich bin Ihnen sehr dankbar, dass ich mein Herz ausschütten durfte. Erzählen Sie mir jetzt, wie Sie hier leben. Wie wohnen Sie? Haben Sie Freunde? Verheiratet sind Sie doch noch nicht – ich habe Sie da etwas leichtfertig mit ›Fräulein‹ angesprochen, weil ich das so gewohnt war.«

»Da haben Sie nicht danebengegriffen«, lächelte sie. »Ich bin noch nicht verheiratet.«

»Und werden Sie es bald sein? Verzeihen Sie bitte meine Neugierde!'

»Ich verzeihe sie. Nein, zufällig ist mir noch kein Mann über den Weg gelaufen, bei dem mir solche Gedanken gekommen wären. Finden Sie das anormal?«

»Nein, da müsste ich mich ja selber als anormal einschätzen«, lachte er auf. »Ich hatte zwar schon ein paar Freundschaften mit jungen Damen, aber keine war überwältigend.«

»Auch nicht für die Damen?« fragte Ursula.

»Nein, richtiges Herzeleid hat es in keinem Fall und auf keiner Seite der Beteiligten gegeben, wenn die Beziehung im Sande verlief. Ehrlich gesagt wäre es mir lieber gewesen, wenn ich schon ein Mädchen gefunden hätte, das meine große Liebe geworden wäre.«

»Liebe ist vielleicht gar keine so ganz einfache Sache«, meinte sie ernst.

»Und sicher schwer zu finden«, ergänzte er,

»falls man nicht zu jener Sorte Menschen gehört, denen das Glück immer in den Schoß fällt, ob sie sich nun darum anstrengen oder nicht . . .«

So plauderten sie noch eine ganze Weile und vermieden es, noch einmal auf Gerald Hohenreiths Schicksalsfragen zurückzukommen. Dann musste er an die Heimfahrt nach Osttirol denken.

»Es war schön, Ihnen zu begegnen«, lächelte Gerald beim Abschied.

»Sie kommen doch wieder einmal in die Gegend?« hoffte Ursula.

Er blickte ihr ernst in die Augen: »In Zukunft wird es mich noch stärker hierher ziehen – wo ich doch immer daran denken werde, dass ich wieder mit Ihnen sprechen könnte!«

»Wenn Sie kommen, dann rufen Sie mich vorher an«, sagte sie fröhlich. »Sie können mich jeden Vormittag in der Schule erreichen.«

»Das mache ich bestimmt!« freute er sich.

Auf dem kleinen Hof von Jakob Haberfellner herrschten unverminderte Trauer über Mariannes Tod – und Verbitterung darüber, dass der Schuldige noch immer frei herumlief. Arrogant trabte er auf seinem schwarzen Ross durch die Gegend. Wer ihm begegnete und nicht rechtzeitig auswich, musste zur Seite springen, um nicht niedergetrampelt zu werden.

»Jetzt ist er noch bösartiger und brutaler als früher«, berichtete Roman bei einem seiner häufigen Besuche auf dem Haberfellner-Hof. »Gestern hat er den alten Fuchsgruber davongejagt, obwohl der schon seit dreißig Jahren auf dem Gutshof arbeitet. Weil die Enkelin vom Fuchsgruber den Herrn Richard angeblich nicht genügend ehrerbietig gegrüßt hat!«

»Das schaut ihm ähnlich!« sagte Jakob Haberfellner grimmig. »Dabei wird der wirkliche Grund ein ganz anderer gewesen sein. Der Fuchsgruber war in der letzten Zeit öfter krank. Der hat sich nämlich auch beim schlimmsten Wetter nie geschont. Jetzt hat er den Rheumatismus so stark, dass er in der Früh oft nicht mehr aufstehen kann. Deswegen wird der Herr eine Ausrede gesucht haben, um den Fuchsgruber loszuwerden.«

»Die Anni hat ihn bestimmt gegrüßt, wie es sich gehört!« zürnte Angelika. »Die Anni weiß doch ganz genau, dass sie den Herrn Richard nicht reizen darf, solange ihr Großvater auf dem Gut angestellt ist!«

»Man sieht es wieder einmal«, seufzte Resi Haberfellner, die in den letzten Wochen ein ganz schmales und faltiges Gesicht bekommen hatte. »So ein Herr, wie der Richard, der kann machen, was er will. Gegen den gibt es kein Recht!«

»Das darfst du noch nicht sagen!« wies das der Bauer zurück. »Noch wissen wir nicht, ob es eine Gerichtsverhandlung geben wird oder nicht.«

»Wir müssen etwas tun«, warf Angelika ein. »Das Gericht muss erfahren, was für ein Mensch er ist!«

»Aber es traut sich doch keiner den Mund gegen ihn aufzumachen!« antwortete ihr Vater deprimiert. »Das habt ihr doch bei der Leitner-Kathi erlebt!«

»Vielleicht sind nicht alle so wie sie«, überlegte Roman. »Bei der Kathi kann man es noch verstehen, wenn sie das alles vergessen will. Aber da gibt es ja noch andere Dirndln und Weibsbilder, die er überfallen oder belästigt hat.«

»Du glaubst doch nicht, dass dir die als Zeugen gehen?« zweifelte die Bäuerin. »Die genieren sich doch alle. Wenn so eine vor Gericht aussagen soll, schämt sie sich zu tode!«

»Ja, mag sein. Aber es wird Männer geben, die dem Richard nicht verziehen haben, was er mit ihrer Frau oder mit ihrer Braut gemacht hat. Wenn die hören, dass jetzt auch andere reden, damit der Richard endlich gepackt wird, werden sie nicht länger schweigen.«

»Wie war das mit der Thaller-Paula?« fragte Angelika.

»Die hat der Richard angeblich bei der Heuarbeit allein erwischt. Niedergeworfen hat er sie, obwohl sie damals schon schwanger war nach ihrer Hochzeit mit dem Hans. Nur gelacht hat der Richard, als sie ihm das gesagt und ihn angefleht hat, damit er ihr nichts antut! Gerade noch im letzten Moment ist ihr Mann, der Hans, dazugekommen. Der hat den Richard fürchterlich geschlagen, obwohl eigentlich der Richard der Stärkere gewesen wäre. Seine fürchterliche Wut hat dem Hans eine Riesenkraft gegeben. Ein paar Wochen lang hat sich dann der Richard im Dorf nicht sehen lassen können, weil er gelb und blau war im ganzen Gesicht . . .«

»Das könnte doch der Thaller-Hans aussagen!« Angelika sah Roman, der das erzählt hatte, triumphierend an.

»Ich rede mit ihm«, versprach Roman.

»Und was war denn mit der kleinen Geißwinkler-Greti?« fragte Jakob Haberfellner. »Der hat er doch auch etwas angetan!«

»Die war erst fünfzehn Jahre alt«, berichtete die Bäuerin. »Da ist die Greti auf dem Brückengeländer gesessen und hat auf ihre Freundin gewartet. Die Mutter von dem Dirndl hat es mir später einmal genau erzählt. Auf einmal ist der Herr Richard angeritten gekommen. Gerade neben der Greti ist er stehen geblieben und hat sie unsittlich angefasst. Vor lauter Angst und Abscheu hat sich das Dirndl rücklings von der Brücke in den Bach hinunter fallen lassen. Einen Arm hat sie sich dabei verstaucht.«

»So ein Verbrecher!« empörte sich Roman. »Und die haben ihn auch nicht angezeigt?«

»Ach wo. Der Vater von der Greti arbeitet doch im Hohenreith-Sägewerk. Er hat die Stelle nicht riskieren können.«

»Mit dem Geißwinkler rede ich auch«, sagte Roman entschlossen. »Der geht doch sowieso schon in die Rente. Da muss er doch nicht mehr so viel Angst haben!«

»Mir fällt da noch etwas ein«, meinte Jakob Haberfellner. »Die Geschichte mit dem Kurzmader-Karl. Der ist mit seinem nervösen Ross nach Bruckdorf hinübergefahren. Dort, wo es hinuntergeht, ist der Richard mit der Flinte auf einem Hochstand gesessen. Der Richard hat genau gewusst, wie scheu die Stute vom Kurzmader ist. Er hat sie ihm nämlich deshalb verkauft und diese Eigenschaft verschwiegen. Und als der Kurzmader da unter dem Richard vorbeigekommen ist, hat der Richard aus Bosheit einen Schuss abgegeben. Die Stute ist gleich wild durchgegangen, den ganzen Hang hinunter. Der Kurzmader hat sich nur mehr herunterfallen lassen können. Im Wald unten ist das Ross mit dem Wagen in die Bäume gerast. Der Wagen war Kleinholz, und die Stute hat sich allerhand gebrochen. Der Kurzmader hat sie schlachten lassen müssen.«

»Und er hat den Richard auch nicht verklagt?« regte sich Angelika auf.

»Er hat befürchtet, dass er ihm nichts beweisen kann. Dann hätte er die Prozesskosten zahlen müssen und erst nichts davon gehabt«, antwortete der Vater. »Aber ich rede' mit ihm. Vielleicht geht er uns als Zeuge vor Gericht, damit wir beweisen können, was für einen Charakter der feine Herr hat.«

»Prima«, freute sich Roman. »Aber da fällt mir ja noch etwas ein: Der Richard hat doch sogar den eigenen Bruder vertrieben. Da muss er doch auch eine Risensauerei gemacht haben. Ob sich nicht auch mit dem Herrn Gerald etwas machen lässt?«

»Da müsste man erst wissen, wo der überhaupt ist«, meinte Jakob Haberfellner. »Aber der Herr Gerald ist wahrscheinlich ein allzu feiner Mensch, als dass er mit seinen Familiengeschichten vor Gericht geht ...«

Schon am nächsten Abend ging Roman zum Thallerhof. Um nicht gleich gegen den Widerstand der Paula ankämpfen zu müssen, bat er den Hans um eine kurze Unterredung unter vier Augen.

»Um was geht's denn?« erkundigte sich der junge Bauer, als sie allein in der Stube saßen.

»Du weißt, dass sie den Richard, diesen Saukerl, aus der Haft entlassen haben. Jetzt fürchten wir, dass er sich vielleicht wieder herauswinden könnte. Aber das darf ihm nicht gelingen, wo er doch die Schuld am Tod von der Marianne hat. Angeblich ist er auf freiem Fuß, weil er noch nicht vorbestraft und sozusagen unbescholten ist. Dabei weiß man ja bei uns im Dorf, was für ein Verbrecher er ist. Nur hat sich bisher niemand den Mund aufzumachen getraut, auch wenn er das Opfer war.«

»Das stimmt«, bestätigte der Thaller-Hans grimmig.

»Würdest du uns als Zeuge gehen, wenn wir angeben, wie er damals die Paula überfallen hat?«

Der Hans überlegte kurz, dann streckte er dem Besucher die Hans bin: »Na klar, Roman! Ich bin ja auch überzeugt, dass er die Marianne auf dem Gewissen hat. Wenn ich was dazu beitragen kann, dass er verurteilt wird, tu' ich's gern.«

Roman schüttelte die dargebotene Hand. »Ich dank' dir, Hans!« freute er sich. »Wenn jetzt auch noch andere mitmachen, denen er was angetan hat, so wird das bestimmt helfen. Das Gericht muss sehen, was er für einer ist.«

»Ich hab' ihn damals nur deshalb nicht verklagt, weil ich ihn doch niedergeschlagen und ganz schön verletzt hab«, sagte der sympathische junge Bauer. »Mir hat das gereicht, ich hätte vielleicht auch eine Strafe bekommen, wenn es zur Verhandlung gekommen wäre. Und die Paula war damals arg empfindlich. Wir haben Angst gehabt, sie könnte das Kind verlieren. Auch deshalb wollte ich ihr jede weitere Aufregung ersparen.«

»Das verstehe ich.«

»Wen wollt ihr denn noch gegen den Richard aussagen lassen?«

»Die Geißwinkler-Greti und ihren Vater womöglich. Und . . .«

In diesem Augenblick flog die Tür auf. Die Paula stand mit hochrotem Gesicht vor den beiden Männern.

»Da wird nichts draus!« rief sie erregt. »Ich hab' gehört, was du dem Roman versprochen hast, Hans! Glaubst du ich will, dass alle das hören und die Sache dann auch noch in der Zeitung steht? Das darfst du mir nicht antun, Hans! Du hast schon abgerechnet mit dem Herrn Richard. Wenn er die Marianne auf dem Gewissen hat, wird er schon nicht davonkommen. Aber das ist eure Sache, Roman! Meine Kinder sollen nicht erfahren, was dieser Mensch mit ihrer Mutter gemacht hat!«

»Paula, ich bitte dich!« versuchte Roman sie umzustimmen. »So bedenk' doch, was . . .«

»Ich hab's schon bedacht!« fuhr sie ihm zornig in die Rede. »Trau' dich ja nicht, meine Angelegenheiten ohne meine Erlaubnis vors Gericht und in die Öffentlichkeit zu bringen!«

»Jetzt hör' einmal mich an, Paula!« mahnte ihr Mann. »Diesem Verbrecher muss ein für allemal das Handwerk gelegt werden! Können wir das verantworten, dass er auch diesmal nicht gepackt wird? In ein paar Jahren fällt er dann vielleicht über unsere eigene Tochter her. Oder schon morgen über die Evi, deine Nichte! Willst du das?«

»Ich will nicht, dass dann über mich geredet wird!« beharrte die junge Bäuerin eigensinnig. »Und dabei bleibt's!«

»Und ich sag' dir, dass ich gegen den Verbrecher aussagen werde!« herrschte der Hans sie an. »Da gibt's irgendwelche Möglichkeiten, dass so eine Aussage vertraulich behandelt wird und nicht in die Zeitungen kommt. Das muss man jetzt einfach tun, das wirst du selbst noch einsehen, wenn du einmal in Ruhe darüber nachgedacht hast!«

»Darüber reden wir zwei schon noch unter uns!« antwortete sie aufgeregt und schlug die Tür hinter sich zu.

»Tut mir leid, dass ich euch zwei jetzt zum Streiten gebracht hab«, murmelte Roman.

»Mach' dir nichts draus!« Der Hausherr schlug ihm auf die Schulter. »Es bleibt bei dem, was wir ausgemacht haben. Mit der Paula komm' ich da schon noch klar...«

Zur gleichen Zeit redete Jakob Haberfellner mit dem Kurzmader-Karl, der nach dem boshaften Schreckschuss des Herrn Richard das Unglück mit seiner Stute gehabt hatte.

»Es war schon eine Gemeinheit, dass er sie mir

ohne Warnung verkauft hat!« brummte der grauhaarige Bauer, und seine Frau nickte dazu. »Man hat dem Ross das ja nicht gleich ansehen können, es hat beim ersten Anschaun einen guten und recht ruhigen Eindruck gemacht. Aber schon am ersten Tag hab' ich im Stall versehentlich den Blecheimer umgetreten, da hat es natürlich gescheppert. Du hättest sehen sollen, wie wild da die Rosi geworden ist. So hat sie nämlich geheißen, die Stute. Direkt in die Luft ist sie vor Aufregung gegangen, und so viel Angst hab' ich in den Augen von einem Pferd überhaupt noch nie gesehen.«

»Hast du's dem Herrn Hohenreith nicht gleich zurückgebracht?« fragte der Haberfellner.

»Aber ja. Ich hab' ihm gesagt, dass ich so ein schreckhaftes Pferd nicht brauchen kann. Doch der Richard hat mich nur ausgelacht. Er nimmt es schon zurück, hat er gesagt, aber das Geld gibt er mir nicht mehr. Gekauft ist gekauft, hat er gesagt. Er hat dreckig gegrinst und gemeint, er könnte die Rosi ja verwursten lassen, wenn ich sie weghaben will. Eine Stange Wurst zum Kosten würde er mir dann schicken.«

»Herrgott, so einen gemeinen Kerl müsste man doch gleich ungespitzt in der Erdboden hauen!« stieß Jakob Haberfellner heraus. »Wie kann in einem Menschen so viel Niedertracht stecken? Und das will ein feiner Herr sein!«

»Also hat er genau gewusst, was mit der Rosi

los ist«, erzählte der Kurzmader-Karl weiter. »Aber was hätte ich jetzt mit ihr machen sollen? Eine Menge Geld hatte sie mich gekostet, und so ist mir nichts anderes übrig geblieben, als es halt dennoch zu probieren, mit ihr. Ich hab' recht aufgepasst, dass nur ja nichts passiert, was sie erschrecken könnte . . .«

Der Bauer holte tief Luft, dann sagte er: »Eine Zeit lang ist es gut gegangen mit ihr. Die Rosi war brav und hat gut gezogen, wenn ich sie eingespannt hab'. Bis ich dann mit ihr nach Bruckdorf gefahren bin. Natürlich hab' ich nicht geschaut, ob da einer auf dem Hochstand sitzt, es hätte ja auch weiter nichts gemacht. Aber plötzlich hat es direkt über mir gekracht. Der Schuss war schrecklich laut. Bevor ich noch etwas denken konnte, ist mir die Rosi schon durchgegangen. In einem Tempo, dass ich's dir gar nicht sagen kann. Und unten war der Wald, du kennst die Stelle ja. Die Wegbiegung ist dort auch noch, wo die hohen Fichten anfangen.«

»Du hättest hin sein können«, murmelte der Haberfellner.

»Na klar. Das hab' ich Gott sei Dank gleich gewusst. Natürlich hätte ich mich beim Abspringen auch erschlagen können bei diesem Tempo. Dort liegen ja Felsbrocken neben dem Fahrweg. Aber mir ist nichts anderes übrig geblieben, ich bin abgesprungen. Dann hat es mich hingehaut, dass ich geglaubt hab', es ist aus mit mir. Doch mein Schutzengel muss auf Draht gewesen sein. Abgeschunden war ich, aber sonst ist mir nichts passiert.«

»So ein Segen!«

»Ja, mein Lieber. In diesem Moment war mir eigentlich noch gar nicht so richtig klar, warum es gekracht hat. Es hätte ja auch ein Blitz sein können. Ich hab' nur der Rosi und dem Wagen nachgeschaut, und dabei ist mir das Herz still gestanden. So etwas hast du noch nicht gesehen. Sie ist da hinuntergerast, als wären die Wölfe hinter ihr her. Dann hat es einen schrecklichen Knall gegeben. Aber den hab' ich ja schon erwartet. Es hat nicht anders kommen können. Die Rosi war hin, und der Wagen natürlich auch . . .«

Der Kurzmader seufzte bei dieser Erinnerung schwer auf, dann berichtete er weiter:

»Da hab' ich plötzlich eine Stimme gehört. Ist vielleicht was passiert? hat einer gefragt. Und wie ich zum Hochstand hinaufschau', sitzt der Herr Richard droben und grinst mich höhnisch an.«

»Jessas, ich weiß nicht, was ich da gemacht hätte!« empörte sich Jakob Haberfellner.

»Ich hab' ihn angeschrien: Warum haben Sie denn geschossen, wo Sie doch ganz genau wissen, was mit der Rosi los ist? Umgebracht hätten Sie mich bald! hab' ich geschrien. Verklagen werde ich Sie jetzt, Herr Richard!«

»Und was hat er da gesagt?«

»Laut aufgelacht hat er. Ich werde doch von meinem Hochstand noch auf einen Fuchs schießen dürfen, hat er gesagt. Was kann denn ich dafür, wenn du dein Pferd nicht in der Hand hast, du blöder Bauer!«

»Ich könnte ihn umbringen!« knurrte Jakob Haberfellner. »Und genauso gemein hat er es mit meiner armen Marianne gemacht. Sie hat es ja noch selbst sagen können, dass er es war. Ein kalter Mörder ist er, der Richard!«

Eine Minute lang herrschte Schweigen in der Küche vom Kurzmader-Hof. Dann murmelte die Bäuerin: »Vielleicht erwischt es den feinen Herrn wenigstens jetzt. Der Krug geht solange zum Brunnen, bis er bricht, sagt man.«

»Er wird nur dann verurteilt werden, wenn wir zusammenhalten«, erklärte Mariannes Vater. »Deshalb bin ich zur dir gekommen, Karl. Der Richard gilt noch als ein Mensch mit tadellosem Leumund, obwohl er doch schon so viel verbrochen hat. Wirst du vor Gericht erzählen, was er dir angetan hat?«

»Das mach' ich, Jakob. Nur wird er es natürlich abstreiten. Ich hab' doch keinen Beweis dafür, dass er mich mit Absicht geschädigt hat. Sonst wäre ich ja schon damals vor Gericht gegangen.«

»Das Gericht muss jetzt endlich erfahren, was für einen Ruf dieser Herr in Wirklichkeit hat«, beharrte der Haberfellner. »Bisher ist darüber ja noch nie ganz öffentlich geredet worden!«

»Mit mir kannst du rechnen, Jakob«, erklärte sich der Kurzmader-Karl einverstanden. »Wenn er dein armes Dirndl auf dem Gewissen hat, muss man ja etwas tun gegen ihn . . .!«

❀

Die Geißwinkler-Greti spielte mit ihrem Verlobten und den Eltern Karten, als Roman und Angelika hereinkamen.

»Jetzt stören wir euch zur unrechten Zeit, gell?« erkundigte sich Roman besorgt.

»So wichtig ist das Spielen auch wieder nicht«, lächelte der alte Geißwinkler, der wegen seiner Glatze auch im Haus den Hut aufzubehalten pflegte.

Roman kam schnell zur Sache und erklärte den Leuten sein Anliegen. »Ihr werdet euch da doch hoffentlich nicht ausschließen?« fragte er am Ende.

Die Greti, ein üppiges blondes Dirndl, hatte die Augen niedergeschlagen und wagte ihren Verlobten Toni nicht anzublicken. Sie genierte sich offenbar ganz schrecklich.

Ihr Vater schob sich den Hut auf dem Kopf hin und her. »Ich verstehe das schon«, meinte er, »dass ihr alles tun wollt, damit der Herr Richard seine Strafe kriegt, nachdem er jetzt sogar schon ein Menschenleben auf dem Gewissen hat. Aber ob es hilft, wenn wir die Geschichte mit der Greti jetzt aufwärmen, weiß ich nicht. Mir könnte das schaden, wo ich doch im Sägewerk arbeite. Wenn der Richard freikommt, jagt er mich davon. Und so eine Stelle krieg' ich nirgends mehr, wo ich doch schon alt bin.«

»Aber hast du nicht schon um die Rente eingereicht, Geißwinkler-Vater? Was kann dir da noch passieren? Der Richard wird lange sitzen müssen. Er kann dir dann gar nichts mehr anhaben.«

»Gell, Greti, du bist doch auch dafür, dass er bestraft wird, nachdem er dir das angetan hat!« drängte Angelika das verschämt dasitzende Dirndl.

Greti zuckte mit den Schultern. »Ich weiß nicht. Ich geniere mich zu Tod, wenn ich nur daran denke. Und ob es dem Toni recht wäre, weiß ich auch nicht.« Sie sah den Verlobten verlegen an.

»Ich bin vom Hohenreith nicht abhängig«, sagte Toni stolz. »Das wisst ihr ja.«

»Aber wehe, wenn der Herr Richard trotzdem freikommt!« meinte der alte Geißwinkler besorgt. »Da können wir alle was erleben. Der wird wüten, sag' ich euch. Glaub' ja nicht, Toni, dass der sich nicht bei jedem von uns rächen kann. Du bist Fahrer bei der Milchgenossenschaft. Und wer hat dort was zu reden? Der Hohenreith! Der hat seine Hände überall drin. Oder er hat gute Bekannte, die ihm einen Gefallen tun müssen. Dem kommst du nicht aus, wenn er dich einmal im Visier hat!«

»Vielleicht hast du teilweise Recht, Geißwinkler-Vater«, bemerkte Roman rasch. »Nur gehst du davon aus, dass der Richard nicht abgeurteilt wird. Und das müssen wir verhindern, deshalb bitten wir euch doch um Hilfe. Wenn jeder mittut, der schon geschädigt worden ist, werden die Herren vom Gericht sich das entsprechende Bild von ihm machen und ihn nicht mehr laufen lassen. Und dann braucht sich keiner von uns mehr zu fürchten!«

»Wenn er einmal als Verbrecher festgenagelt ist, wird er vielleicht überhaupt von hier verschwinden«, ereiferte sich Angelika. »Ihr müsst doch daran denken, dass er auch seinen Bruder, den Herrn Gerald, vertrieben hat. Der wird dann sicher zurückkommen und das Gut übernehmen!«

»Und wenn dich das geniert, Greti«, spielte Roman seine letzte Trumpfkarte aus, »kann man ja verlangen, dass du unter Ausschluss der Öffentlichkeit aussagen darfst. Und du musst vielleicht auch selber gar nicht hin. Dein Vater kann ja sagen, was da passiert ist.«

Das Mädchen zierte sich: »Aber muss denn das wirklich sein? Vielleicht hilft das gar nichts!«

Angelika packte sie am Arm: »Greti, du hast die Marianne gut gekannt. Der Richard hat sie auf dem Gewissen! Verstehst du nicht, dass jetzt alle gegen ihn aufstehen müssen? Du bist noch mit dem Leben davongekommen – die Marianne nicht!«

Greti hielt Angelikas flehendem Blick nicht stand. Sie schaute auf ihre Hände und flüsterte:

»Na ja, das ist ja wahr... Vergriffen hat er sich an mir... Von mir aus sagt es halt vor Gericht.«

❀

Richard Hohenreith hatte es mit Hilfe seines versierten Anwalts durchgesetzt, gegen Zahlung einer hohen Kautionssumme freigelassen zu werden. Indessen bereitete die Staatsanwaltschaft die Anklage vor. Sie lautete auf Nötigung und fahrlässige Tötung unter besonders gefährlichen Umständen.

Die Verhandlung fand an einem nebeligen Februartag im Landesgericht statt. Der kleine Saal war dicht mit Zuschauern besetzt. Die meisten waren aus Altenmarkt angereist. Roman hatte Mariannes Eltern und Angelika mit seinem Auto nach Innsbruck gefahren. Die Mutter und Angelika trugen schwarze Kleider, die beiden Männer schwarze Trauerbinden am Ärmel ihrer Lodenanzüge.

Richard Hohenreith saß in einem eleganten dunkelblauen Anzug gelassen mit übergeschlagenen Beinen auf der Anklagebank. Die Leute aus dem Dorf würdigte er keines Blickes. Ehe die

Verhandlung eröffnet wurde, flüsterte er mit seinem Verteidiger. Es hatte sich bereits herumgesprochen, dass dieser Anwalt ein ebenso renommierter wie teurer Advokat aus Wien war. Ein Hohenreith konnte sich ihn leisten.

Geschäftsmäßig wurde von der Protokollbeamtin die Anklageschrift verlesen. Richard Hohenreith wurde beschuldigt, die neunzehnjährige Marianne Haberfellner fahrlässig getötet zu haben. Auf einer Felsplatte, die dem Mädchen keine Fluchtmöglichkeiten bot, habe er es bedrängt und ihm Gewalt anzutun versucht. In der Not und Abwehr sei das Mädchen zu nahe an den Abgrund geraten und zu Tode gestürzt. Besonders verwerflich habe der Angeklagte sich auch noch dadurch verhalten, dass er keine Hilfe leistete und sich der Verantwortung entzog ...

»Nicht wegen fahrlässiger Tötung – wegen Mord müssten sie ihn verurteilen!« flüsterte Angelika dem Vater erregt ins Ohr.

Der Vorsitzende ließ den Angeklagten vortreten und fragte ihn, ob er sich im Sinne der Anklage schuldig bekenne.

»Nicht schuldig!« antwortete Richard hochmütig.

Der Staatsanwalt begann mit dem Verhör. Er wollte wissen, warum der Angeklagte, wenn er wirklich unschuldig sei, seine Anwesenheit am Tatort geleugnet und erst dann eingestanden habe, nachdem sich ein Zeuge dafür gefunden hatte.

Richard verantwortete sich wie vor dem Untersuchungsrichter. Das wäre vielleicht ein Fehler gewesen, aber er habe es unbedingt vermeiden wollen, mit der Sache in Verbindung gebracht zu werden.

Der Staatsanwalt fragte ihn, ob er das Mädchen schon bei anderer Gelegenheit belästigt habe.

Das bestritt Richard entschieden.

Darauf wurde Roman Eichschlager in den Zeugenstand gerufen. Er erzählte dem Gericht, wie er selbst Marianne vor dem sie verfolgenden Angeklagten rettete, wie sie vor Angst zitterte und Richard Hohenreith in Zukunft nie wieder allein begegnen wollte.

»Waren Sie nicht selbst auf das Mädchen scharf?« fragte dann der Verteidiger den Zeugen.

»Die Marianne und ich wollten heiraten«, antwortete Roman.

»Wie lange waren Sie denn schon verlobt?«

»Noch gar nicht, aber das stand unmittelbar bevor.«

»Geben Sie zu, dass Sie mit der Marianne damals, als Sie sie angeblich vor dem Herrn Hohenreith gerettet haben, noch gar nicht gegangen sind, wie man hier eine Liebschaft so nennt?«

»Da hat es gerade angefangen«, antwortete Roman.

»Hohes Gericht«, sagte darauf der Herr Verteidiger triumphierend, »die Aussage des Zeugen hat überhaupt kein Gewicht, sie beweist nichts. Es belastet den Herrn Höhenreith nur aus Eifersucht. Wie wir wissen, war es das Mädchen selbst, das sich an den Herrn Hohenreith herangemacht hat. Und das hat den Zeugen, der das Mädchen selber haben wollte, auf die Palme gebracht . . .«

Ein zorniges Raunen wurde unter den anwesenden Leuten von Altenmarkt laut.

»Entweder Sie verhalten sich ruhig, oder ich lasse den Saal räumen!« drohte der Vorsitzende energisch

»Herr Hohenreith ist ein Ehrenmann mit einem tadellosen Leumund«, fuhr der Verteidiger fort, »warum sollte er, der Umgang mit besten Kreisen hat, einem einfachen Bauernmädchen nachstellen? Können Sie mir das erklären, Herr Zeuge?«

»Der Herr Richard hat nicht nur der Marianne nachgestellt«, antwortete Roman erregt.

»Gibt es Beweise für diese lächerliche Behauptung?«

»Herr Vorsitzender, ich beantrage die Anhörung von Zeugen zu dieser Frage!« meldete sich der Staatsanwalt.

Dem Antrag wurde stattgegeben. Hans Thaller wurde in den Zeugenstand gerufen. Er schilderte, wie Richard seine Frau überfiel und nicht einmal von ihr ablassen wollte, als sie ihn anflehte, sie wegen ihrer Schwangerschaft in Ruhe zu lassen.

Der Verteidiger versuchte, diese Aussage zu entkräften, indem er sich vom Hans Thaller sagen ließ, wann denn das geschehen sei und warum keine Anzeige erfolgte. Wohl deshalb, weil da gar nichts anzuzeigen war . . .?

Johann Geißwinkler wurde als Zeuge nicht zugelassen. Seine Tochter Greti müsste persönlich aussagen, wenn der Angeklagte ihr etwas angetan hätte. Der Verteidiger benützte diesen Erfolg und sprach von einem organisierten Kesseltreiben gegen seinen Mandanten, bei dem nur böswillig erfundene Gerüchte ins Treffen geführt würden . . .

Schließlich wurde der Bauer Karl Kurzmader über sein Erlebnis mit dem jungen Gutsherrn befragt. Doch auch ihn stellte der Verteidiger als unglaubwürdig hin. Hätte sich Richard Hohenreith wirklich etwas zuschulden kommen lassen, wäre ja zweifellos eine Anzeige möglich gewesen . . .

Bis zu diesem Punkt der Verhandlung war es nur um Indizien gegangen. Die steinernen Gesichter der beiden Richter und auch die Schöffen ließen nicht erkennen, ob sie den belastenden Aussagen Glauben schenkten oder nicht. Aber dann wurde Angelika in den Zeugenstand gerufen. Nur mit ihrer Aussage war eine Beweisführung möglich. Sie hatte den Mann auf dem Felsplateau gesehen, sie hatte die letzten Worte ihrer Schwester gehört, die Anklage der Sterbenden gegen Richard . . .

Der Verteidiger trieb auch sie in die Enge: »Haben Sie den Mann genau erkannt, den Sie da oben auf dem Rand des Felsplateaus kurz gesehen haben wollen?«

»Er ist doch sofort verschwunden, aber es könnte der Herr Richard gewesen sein?«

»Haben Sie sofort an den Herrn Hohenreith gedacht?«

»Nein, aber als die Marianne seinen Namen genannt hat, war es mir sofort klar.«

»Sie haben ihn nicht erkannt, aber dann war es Ihnen sofort klar«, spottete der Verteidiger. »Waren sie eigentlich sehr aufgeregt, als Sie die abgestürzte Schwester fanden?«

»Natürlich! Ich hatte ja schon eine schreckliche Angst um sie, als ich ihren Hilferuf gehört hab'. Und dann liegt sie auf einmal in diesem Zustand vor mir, wie tot und ganz blutig. Da bin ich vor Schreck selber fast ohnmächtig geworden.«

»Und in diesem Zustand wollen sie aus dem Mund ihrer sterbenden Schwester, aus dem bereits Blut stürzte, genau diese Worte gehört haben?« rief der Verteidiger scharf. »Wie ernst soll man denn so eine Behauptung überhaupt nehmen?«

Nachdem die Zeugeneinvernahmen beendet waren, konnten Ankläger und Verteidiger ihre Plädoyers halten. Der Staatsanwalt bezeichnete die Indizien als völlig ausreichend für einen Schuldspruch und beantragte fünf Jahre Freiheitsentzug. Der Verteidiger erklärte, es gäbe nicht den kleinsten Beweis für eine Schuld des Angeklagten. Die Indizien hätten sich als äußerst fragwürdig und brüchig herausgestellt. Trotz aller Versuche, den guten Ruf des Herrn Hohenreith zu untergraben – es gäbe zweifellos viel Neid gegenüber dem zukünftigen Gutsherrn – sei sein Ansehen untadelig, sein Leumund einwandfrei. Im Sinne einer unantastbaren Rechtsordnung könne er, der Verteidiger, nur den Freispruch beantragen.

Richter und Schöffen zogen sich zur Beratung zurück. Aufgewühlt warteten die Leute aus Altenmarkt bis die Herren wieder in den Saal kamen. Stehend hörten alle, welches Urteil der Vorsitzende verkündete:

Freispruch aus Mangel an Beweisen!

❁

»Ich kann's noch immer nicht glauben«, stöhnte Jakob Haberfellner auf, während sie in Romans Auto heimwärts fuhren.

»Diesem arroganten Verteidiger könnte ich die Augen auskratzen!« erregte sich Angelika. »Habt ihr gesehen, wie vergnügt er dem Richard gratuliert hat?«

»Solche Herren können anstellen, was sie wollen«, seufzte Resi Haberfellner. »Da haben die Richter gleich ein Nachsehen, wenn einmal so einer vor ihnen steht.«

»Das darfst du auch wieder nicht sagen, Mutter«, widersprach ihr Mann. »Die Richter werden halt auch ihre Vorschriften haben. Ohne Beweis haben sie ihn nicht schuldig sprechen dürfen – auch wenn sie selber glauben, dass er es ist. Unser Pech ist es, dass man diesem Menschen nichts nachweisen kann.«

»Aber sie wollten ihm ja auch gar nichts nachweisen lassen!« erinnerte Angelika. »Was der Thaller-Hans und der Kurzmader-Karl ausgesagt haben, ist ihnen beim einen Ohr hinein und beim anderen herausgegangen. Und den alten Geißwinkler haben sie überhaupt nicht angehört!«

»Und wie dieser Verteidiger den Roman hingestellt hat!« ärgerte sich die Bäuerin. »So eine Unverschämtheit von dieser Brillenschlange!«

»Es gibt halt in Wahrheit kein Recht für alle«, murmelte Roman, der bis dahin finster geschwiegen hatte. »Gewonnen hat heute derjenige, der in Wirklichkeit ein Mörder ist. Aber ich lass das nicht gelten, das schwör ich euch.«

»Könnt ihr euch vorstellen, wie der Richard jetzt herumreiten und sich überall aufspielen wird?« meinte Angelika verzweifelt. »Noch viel arroganter und gemeiner als früher! Jetzt hat er es uns erst recht bewiesen, wer hier der Herr ist! Unsere Marianne hat er umgebracht, und jetzt kann er uns auch noch auslachen!«

»Und rächen wird er sich auch überall«, sagte Jakob Haberfellner besorgt. »Ich hab' den Geißwinkler überredet, dass er uns als Zeuge geht für die Greti. Der Richard wird ihn jetzt sofort hinauswerfen, noch ehe der Johann in der Rente ist. Herrgott, jetzt krieg' ich direkt ein schlechtes Gewissen!«

»Aber das ist doch nicht die Hauptsache, Vater!« erwiderte Roman gereizt. »Wenn's drauf ankommt, stell' ich den Geißwinkler für seine letzten Monate bei uns auf dem Hof ein. Da brauchst du gar kein schlechtes Gewissen zu haben. Für das, was der Richard der Greti angetan hat, ist der Saukerl ja auch noch ungestraft. Und das ist die Hauptsache! Eine Schandtat nach der anderen hat der Richard verbrochen – bis er dann auch noch die Marianne ums Leben gebracht hat. Und dennoch ist er frei und lacht über uns!«

»Da hat der Roman Recht«, stimmte Angelika ihm aufgeregt zu. »Im Vergleich mit dem ist alles andere gar nicht so wichtig.«

Jakob Haberfellner widersprach dem: »So denken wir wegen unserer Marianne, und das werden die Leute hoffentlich auch verstehen. Nur diejenigen, die jetzt unter seiner Wut erneut zu leiden haben werden, die sind arm dran.«

»Aber Vater«, ärgerte sich Angelika, »was kann er schon dem Thaller-Hans anhaben? Der hat seinen eigenen Hof und hängt überhaupt nicht von ihm ab!«

»Du wirst dich noch wundern, Kind, was für eine Macht so ein Herr überall hat! Soviel ich gehört hab', hat der Hans um eine Subvention angesucht. Die kann er jetzt garantiert vergessen. Der Hohenreith hat überall Einfluss!«

»Aber der alte Herr Luitpold ist doch noch da«, warf die Resi ein, »und der war immer so ein feiner und gerechter Mensch. Lässt er denn diesen Richard machen, was der will?«

»Der Herr Luitpold ist ihm gegenüber viel zu schwach, Mutter. Der ist froh, wenn er sich um nichts mehr kümmern muss. Gesund ist er auch nicht mehr. Es heißt, dass er nur noch mit seiner Musik und dem Schachspielen eine Freud' hat. Das Jagern hat er auch schon lange aufgegeben. Nominell ist er noch der Chef dort, aber in Wirklichkeit ist er doch längst abgetreten. Und deshalb kann der Richard machen, was er will.«

»Und ich sage euch, dass auch sein Stünderl noch schlagen wird!« stieß Roman wild heraus. »Ich rechne schon noch mit ihm ab!«

»Ich bitte dich, Roman«, mahnte die Bäuerin »sei vernünftig und bring' dich nicht ganz ins Unglück, Bub! Unsere Marianne ...« Resi Haberfellner schnupfte auf, »... wird so und so nicht mehr lebendig ...«

❁

In diesen Tagen, da im Dorf über kaum etwas anderes als über den Freispruch geredet wurde, dachte die Lehrerin Ursula Hutter besonders viel an Gerald Hohenreith.

Ihre Hoffnung, er würde sich eines Tages wieder melden und eine Zusammenkunft vereinbaren, hatte sich nicht erfüllt. Auch zu Weihnachten war kein Lebenszeichen von ihm gekommen. Sie selbst hätte ihm gern eine Glückwunschkarte geschrieben, aber sie kannte seine Adresse in Osttirol nicht.

Ob er schon vergessen hatte, wie schön vertraut sie miteinander gesprochen hatten, und wie nahe sie sich innerlich bei dieser Begegnung auf dem Berg gekommen waren?

Als sie an einem besonders kalten Februartag nach dem Unterricht in ihr Untermieterzimmer kam, hatte ihr die Hauswirtin einen Brief auf den Tisch gelegt. Die Handschrift auf dem länglichen Umschlag war ihr fremd, auf der Rückseite stand kein Absender.

Ursula öffnete das Kuvert und blickte auf die Unterschrift: Der Brief kam von Gerald Hohenreith!

»Liebe Ursula«, las sie, »Sie werden denken, ich hätte die gemeinsame Wanderung im Herbst und das Gespräch mit Ihnen vergessen, das für mich so wichtig war. Ich wollte auch wiederkommen und Sie wie vereinbart vorher anrufen, doch dann hatte ich Pech. Noch vor Weihnachten stürzte ich beim Skifahren, es gab komplizierte Knochenbrüche. Meinen Gips habe ich erst gestern herunterbekommen. Richtig marschieren kann ich freilich noch nicht, ans Skilau-

fen ist in diesem Winter nicht mehr zu denken. Also kann ich auch nicht gut dahin kommen, wohin mich das Heimweh zieht.

Aber ich habe nicht nur gewöhnliches Heimweh, ich sehne mich auch danach, Sie wiederzusehen. Während ich in der Klinik lag, war das Denken an Sie meine tägliche Lieblingsbeschäftigung. Nach dieser einzigen Begegnung mit Ihnen sind sie ein besonders wichtiger Mensch für mich geworden. Ich empfinde das so, ich kann nicht anders, auch wenn das nach einem einzigen Gespräch merkwürdig sein mag.

Weil ich also nicht nach Altenmarkt kommen kann – nur in ein Gasthaus möchte ich mich dort nicht setzen – frage ich schüchtern an, ob wir uns nicht an einem Sonntag in Innsbruck treffen könnten. Haben Sie Lust? Wenn ja, was ich inständig hoffe, dann rufen Sie mich bitte an, die Telefonnummer steht unten. Es grüßt sie herzlichst Ihr Gerald Hohenreith.«

Eine heiße Freude wallte in Ursula auf.

❁

Das erste Opfer des rachsüchtigen Richard Hohenreith wurde wegen seiner versuchten Zeugenaussage der alte Geißwinkler-Johann. Verbittert kam er zum Haberfellnerhof und erzählte:

»Jetzt ist passiert, was ich befürchtet hab' – rausgeschmissen hat er mich fristlos!«

»Fristlos – das gibt es doch gar nicht, wenn du nichts angestellt hast«, sagte der Hausherr.

»Ah, der Herr Richard ist schlau, der weiß schon, wie man so etwas macht. Die große Gemeinheit kommt ja erst: Er behauptet, ich hätte Holz gestohlen! Kannst du dir das vorstellen?«

»Unglaublich!« sagte Jakob Haberfellner verblüfft.

»Ja. Stell dir vor, er lässt mich heute in die Kanzlei kommen, schaut mich verächtlich von oben bis unten an und fragt: ›Wo sind die Bretter, die Sie unlängst nach der Arbeit weggeschafft haben?‹ Ich weiß nicht, was er meint und frage zurück: Was denn für Bretter, Herr Richard? Und da brüllt er mich auch schon an: ›Ich werde Ihnen schon helfen, Sie dreckiger Holzdieb! So missbrauchen Sie mein Vertrauen! Ich könnte Strafanzeige gegen Sie erstatten, aber das ist mit zu viel Arbeit. Sie sind fristlos entlassen, Geißwinkler!‹ schreit er mich an . . .«

»Und du hast gar nichts dagegen gesagt?«

»Freilich, Jakob! So etwas lass ich mir doch nicht einfach sagen. Mein ganzes Leben lang hab' ich ehrlich gearbeitet. Und bevor ich meinem Brotgeber was stehle, gib' ich ihm lieber noch was dazu, auch wenn er ein reicher Herr ist und ich ein armer Teufel. Aber du kennst mich ja, ich brauch' dir das nicht erst zu erzählen. Jedenfalls hab' ich den Herrn Richard gefragt: ›Mit Verlaub, wenn ich fragen darf, wo fehlen denn überhaupt Bretter? Und wenn welche fehlen, dann müssten Sie mir erst nachweisen, dass ich sie genommen hab' ...«

»So ist's richtig, Johann!« nickte der Haberfellner. »Und was hat er da gesagt?«

»Du hättest ihn sehen müssen. Ich hab' geglaubt, er frisst mich vor Wut. ›Halt's Maul!' hat er gebrüllt. ›Ich hab' einen Zeugen‹, hat er behauptet. ›Und nicht so einen miesen wie dich, den das Gericht nicht einmal anhört! Ich könnte dich einsperren lassen‹, hat er gesagt, ›aber du bist mir zu dreckig, dass ich mich länger mit dir beschäftigen will. Nur sehen will ich dich hier nicht mehr. Hinaus mit dir!' hat er mich angefahren, ist auf mich losgegangen, so dass mir nichts anderes übrig geblieben ist, als zu parieren.«

»Jessas, ist das ein Mensch!« stöhnte Jakob Haberfellner. »Aber er wird dich nur kündigen können, Johann. Fristlos entlassen darfst du dich nicht lassen. Noch dazu mit einer solchen gemeinen Verleumdung!«

»Du glaubst vielleicht, ich geh' zu Gericht, Jakob?« Der Alte schob sich den Hut ins Gesicht. »Gegen den Herrn Richard nicht, da komm' ich ja doch nicht durch ...!«

Dem Johann Geißwinkler konnte noch geholfen werden. Roman machte sein Versprechen wahr und beschäftigte ihn die letzten Monate bis zur Rente auf dem Eichschlager-Hof.

Härter traf es den Verlobten von der Geißwinkler-Greti. Völlig unerwartet verlor er seine Stelle als Lastwagenfahrer bei der Milchgenossenschaft. Eine verständliche Begründung enthielt die Kündigung nicht. Da stand nur etwas von einer ›notwendigen Neuorganisation des Personalstandes‹. Aber nur der Toni erhielt diesen Brief.

Da bezweifelte niemand, dass der einflussreiche junge Gutsbesitzer dahinter steckte. Erst hatte sich der Herr Richard an der Greti schuldig gemacht, jetzt verfolgte er auch noch ihren Verlobten, nachdem Richard schon Gretis Vater wegen der – freilich nicht zustandegekommenen – Zeugenaussage bestraft hatte. Und so einen Posten erhält Toni in dieser Gegend so schnell nicht wieder. Als Lkw-Fahrer konnte er nur weit entfernt vom Heimatdorf unterkommen. Gemeinsam wohnen konnten er und die Greti nach der Hochzeit nicht mehr in Altenmarkt.

Die böseste Tat leistete sich Richard als Rache für eine der Zeugenaussage gegen die Familie vom Thaller-Hans. Roman erfuhr davon beim Heimgehen nach dem sonntäglichen Kirchgang.

»Du kennst doch meine Anna-Tante?« fragte der Hans ihn grimmig.

»Na freilich. Die wohnt doch in dem einschichtigen Häuserl da drüben. Die Witwe vom alten Revierjäger ist sie, gell?«

»Ja. Vierzig Jahre hat sie in dem Häuserl gewohnt. Als der Onkel gestorben ist, haben wir ihr gesagt, sie soll zu uns ziehen. Aber sie wollte nicht. ›Da hab' ich mit dem Stefan gelebt, da will ich auch sterben‹, hat sie gesagt. Wie ein Schmuckkasterl hat sie mit dem seligen Onkel das Häuserl hergerichtet gehabt. Und weißt du, was jetzt ist?«

»Nein. Was denn?«

»Der Richard lässt das Haus abreißen!«

»Ja Herrgott, wie kann er denn das?«

»Grundstück und Anwesen gehören dem Hohenreith. Der alte Herr und schon sein Vater haben dort immer einen Revierjäger hausen lassen und auch die Witwe, wenn der gestorben ist. Das waren ja noch Menschen, die alten Hohenreith. Aber jetzt ist der Richard draufgekommen, dass die Anna meine Tante ist. Deshalb muss das Haus weg. Unter dem Vorwand, dass dort ein Winterstadl hingebaut werden soll.«

»Und wie nimmt die Tante das auf?«

»Jetzt will sie schnell sterben, hat sie gesagt. Sie ist schon bei uns. Aber mit keinem Menschen redet sie mehr. Und essen will sie auch nicht. Dabei ist sie sowieso schon so dünn.«

»Der Teufel soll ihn holen – und er wird ihn noch holen!« stieß Roman ganz wild heraus.

❁

In Innsbruck hatten Ursula und Gerald sich in einem Kaffeehaus verabredet, das sie beide kannten. Er war als Erster da und erhob sich freudig, als sie wenig später hereinkam. Dabei sah man, dass er noch Schwierigkeiten mit seinem gebrochenen Knöchel hatte.

»Wie ist Ihnen denn das passiert?« erkundigte sich Ursula. »Da müssen Sie ja ein schreckliches Pech gehabt haben!«

Er wartete höflich, bis sie sich gesetzt hatte. »Ach, ich bin im Neuschnee gegen einen Felsbrocken gefahren, der nicht gut zu sehen war«, antwortete er. »Meine Schuld. Aber reden wir jetzt nicht davon. Viel Wichtiger ist, dass Sie mir gegenübersitzen.« Seine Augen strahlten sie herzlich an.

Ursula errötete etwas. Die herbeieilende Kellnerin enthob sie einer passenden Antwort. Sie bestellten Kaffee.

»Haben Sie beim Gehen noch starke Schmerzen?« fragte sie.

»Es wird von Tag zu Tag besser.« Er sah sie ernst an: »Reden wir zuerst über das Unangenehme – ist man im Dorf noch aufgeregt darüber, dass mein Bruder freigesprochen wurde? Ich habe in der Zeitung gelesen, wie die Sache ausgegangen ist.«

»Besonders die Angehörigen von der armen Marianne sind natürlich verbittert«, erzählte Ursula. »Der Roman, ihr Bursch, droht jetzt offen, dass er selber mit dem Herrn Richard abrechnen wird, wenn es keine andere Gerechtigkeit gibt.«

»Schrecklich«, murmelte Gerald. »Ich möchte

nur wissen, wie viel mein Vater von der Geschichte weiß. Richard ist raffiniert, es könnte sein, dass der Vater noch überhaupt keine Ahnung hat.«

»Aber von der Kaution muss er doch gewusst haben!«

»Ach, nein, nicht einmal das. Mein Bruder hat längst Bankvollmacht. Und Zeitungen liest der Vater nicht. Besuche empfängt er auch nicht mehr. Es dürfte für Richard ziemlich leicht gewesen sein, die ganze schlimme Geschichte zu verheimlichen. Und schließlich ist es auch besser so.«

»Sie sind dafür, dass Ihr Vater nicht darüber aufgeklärt wird, was für ein Mensch Richard ist?« staunte Ursula.

»Ja, ja, natürlich geht das im Grunde gegen meine Interessen, ich weiß es schon. Aber stellen Sie sich nur vor, was Richards völlige Entlarvung für den alten Herrn bedeuten würde? Nein, dieser Schock muss ihm erspart bleiben. Das Schlimmste soll ihm nicht angetan werden, solange er lebt. Wer weiß, wie viel Zeit er überhaupt noch hat ...?«

»So sehr lieben Sie also Ihren Herrn Vater trotz allem?« fragte Ursula bewegt.

»Ja. Soweit man davon sprechen kann nach allem, soll er seinen inneren Frieden haben. Ich komme mit meinen Problemen schon zurecht.«

»Aber es ist einfach unfassbar, dass das Böse

triumphieren soll! Aus Ihrer Rücksichtnahme auf den Vater zieht Richard enormen Vorteil. So kann er doch erreichen, was er will – früher oder später wird er allein Herr auf Hohenreith sein. Ist das wirklich im Interesse Ihres Vaters?«

»Objektiv nicht. Aber ich werde ihn nicht in neue Konflikte stürzen. Es wird ihm schon genug zu schaffen gemacht haben, dass ich weggegangen bin . . .«

Gerald seufzte auf. »Ich bitte Sie, lassen wir das jetzt. Wenn ich endlich wieder das Glück habe, mit Ihnen beisammen zu sein, möchte ich nicht bloß über meine Wehwehchens reden. Sagen Sie mir lieber, was Sie den Winter über getan haben!«

»Immer nur das Übliche«, lächelte sie. »Unterrichten, Weihnachtsfeier in der Schule vorbereiten, Besuch bei den Eltern, fleißig Skilaufen . . .«

»Und was für Gedanken waren seit damals in Ihrem Kopf – auch welche an mich?«

»Natürlich!« lachte sie.

»Bin ich dabei gut oder schlecht weggekommen?«

»Schlecht, sehr schlecht«, scherzte sie. »Haben Sie das anders erwartet, nachdem Sie sich überhaupt nicht mehr gerührt haben?«

»Nein, ich bin auch sehr schuldbewusst. Aber entschuldigt mich mein langer Krankenhausaufenthalt kein bisschen?«

.5%>»Ich hätte sie besucht. Aber diesen Freundschaftsbeweis haben Sie mir ja nicht gestattet!«

»Au! Jetzt haben Sie mich getroffen, Ursula. Davon wagte ich nicht einmal zu träumen. Ich dachte, ich dürfe mich erst dann wieder melden, wenn ich wieder aktionsfähig bin. Und Sie wären wahrhaftig nach Lienz gefahren?«

»Wahrhaftig!« bestätigte sie lächelnd.

»Dann war ich wieder einmal der größte Esel auf Gottes Erdboden!« klagte Gerald sich selbst an. »Und heute lasse ich Sie nicht zurückfahren, ehe wir nicht ganz fix das nächste Wiedersehen vereinbart haben. Was machen Sie denn in den Osterferien?«

»Da gibt es bei mir noch keine festen Pläne.«

»Wunderbar!« strahlte er sie an.

Es wurde ein Jahr, in dem der Schnee ungewöhnlich früh von den Bergen schmolz. Die Sonne schien besonders viel Kraft zu besitzen.

In Altenmarkt redete man jetzt schon weniger vom ungesühnten Tod der blutjungen Marianne Haberfellner als von den jüngsten Untaten des Herrn Richard Hohenreith. Am Karfreitag starb die Tante vom Hans Thaller, deren kleines Haus Richard in seiner Bosheit hatte abreißen lassen. Damit war der alten Frau praktisch der Lebensfaden abgeschnitten. Und das Subventionsansuchen vom Hans wurde, wie Jakob Haberfellner es in Kenntnis der einflussreichen Verbindungen des jungen Gutsherrn vorausgesagt hatte, glatt abgelehnt.

Die Rachsucht Richards aber richtete sich nicht nur gegen die Zeugen, die vor Gericht über ihn ausgesagt hatten oder das tun wollten. Er fühlte wohl, dass er das ganze Dorf gegen sich hatte, und dementsprechend wütete er gegen jedermann, wo er nur Gelegenheit dazu bekam. Ohne Begründung kündigte er Pachtverträge und entließ systematisch seine aus Altenmarkter Familien stammenden Gutsarbeiter und sonstigen Bediensteten, wenn er sie durch ortsfremde Leute ersetzen konnte. Kaum eine Woche verging, ohne dass der rachsüchtige Herr Richard auf diese oder andere schlimme Weise dem Dorf einen neuen Gesprächsstoff lieferte.

Besorgt wurde in nicht wenigen Familien von der Zeit geredet, da der alte Herr Luitpold nicht mehr leben und Richard unumschränkt Herr auf Hohenreith sein würde. Man dachte an Gerald, den von Richard vertriebenen leiblichen Sohn des alten Herrn, und wünschte, er würde der Nachfolger sein.

Nach Ostern ging ein Gerücht durchs Dorf. Jemand hatte Gerald und die Lehrerin, das Fräulein Ursula Hutter, miteinander in Innsbruck gesehen. Die beiden sollten recht vertraut gewirkt haben. Ob sich da etwas anbahnte?

»Wenn sie ihn dazu bringen könnte, dass er wieder herkommt, müsste man sie zur Ehrenbürgerin von Altenmarkt machen«, sagte einer der Gemeinderäte am Stammtisch im Wirtshaus.

Den jungen Roman Eichschlager sah man kaum jemals anders als mit finsterem Gesicht. Er mied jetzt die Gesellschaft der Dorfjugend, in der er früher immer so fröhlich gewesen war. Das Lachen schien er völlig verlernt zu haben. Wenn er in der Freizeit überhaupt wegging von daheim, dann besuchte er die Haberfellner-Familie, die ihn wie einen nahen Angehörigen betrachtete, obwohl er doch mit der Marianne noch nicht einmal verlobt gewesen war.

Und manchmal sahen ihn die Leute zum Friedhof gehen. Dort stand er dann stets lange am Grab seines Mädchens und starrte finster vor sich hin. Dann und wann bewegten sich seine Lippen. Aber was sie sagten, konnten die Leute nur ahnen. Wahrscheinlich schwor er der toten Liebsten immer wieder aufs Neue, dass er ihren Tod nicht ungesühnt lassen würde. Dass er sich das vorgenommen hatte, wusste praktisch jedermann im Dorf.

Und dann kam an einem Frühsommermorgen der fünfzehnjährige Franzl, Sohn der Sennerin Berta Vorhuber, ganz aufgeregt zum Bürgermeister gelaufen.

»Ja was ist denn dir passiert?« fragte der den atemlos vor ihm stehenden Buben.

»Ich – ich hab' zur Mutter auf die Alm hinauf wollen«, keuchte der Franzl.

»Na und?« fragte der Bürgermeister. »Warum machst du denn so ein Gesicht?«

»Der Herr Richard . . .!« stieß der Bub heraus. »Ich glaub' bestimmt, er ist es . . . Oben im Wald liegt er! Ganz blutig ist er und rührt sich nicht mehr. Ich denk', der ist hin, Herr Bürgermeister!«

Wenig später ging eine Gruppe Männer zum Bergwald hinauf. Der Franzl führte den Bürgermeister, zwei Gendarmen, den Gemeindearzt und einige Arbeiter vom Gutshof dorthin, wo er den Herrn Richard gefunden haben wollte.

Und dann standen sie vor der regungslosen, schrecklich zugerichteten Gestalt. Dass kein Leben mehr in ihr war, sah jeder auf den ersten Blick. Der Schädel des Toten war nur mehr ein blutverkrusteter Klumpen. Zu erkennen war er vornehmlich an der besonderen Art von Jagdgewand, welches der Gutsbesitzer zu tragen pflegte. Auch lag sein Jagdgewehr, eine ungewöhnlich kostspielige Waffe, neben ihm.

»Das ist wirklich der Herr Richard«, murmelte der Bürgermeister.

Der Arzt prüfte den Zustand des Leichnams kurz. »Der Tod muss schon gestern Abend eingetreten sein«, meinte er dann.

»Ein Unfall ist das sicher nicht gewesen«, bemerkte der leitende Gendarmeriebeamte. »Das sieht ganz so aus, als hätte ihn einer mit einem Prügel erschlagen.«

❀

Gegen Mittag kamen die Gendarmen zum Eichschlager-Hof. Sie fragten nach Roman.

»Was wollen Sie denn von ihm?« Seine Mutter sah die Beamten misstrauisch an.

»Um eine Auskunft geht es.« Die Beamten verständigten sich mit einem Blick. Offenbar hatte sich die Nachricht hierher noch nicht durchgesprochen. Der Hof lag einschichtig wie die meisten des Dorfs,

»Auf der Wiese hinter dem Haus ist er«, antwortete jetzt die Bäuerin. »Heuwenden tut er. Aber er wird gleich kommen, Zeit zum Essen ist es ja schon gleich.«

Die Beamten gingen hinter das Haus. Tatsächlich erblickten sie den jungen Mann auf der steilen Hangwiese. Er wendete das Heu.

»Ob er davonrennen wird?« meinte der eine Gendarm, während sie sich Roman näherten. Der Bursch hatte die Gendarmen noch nicht bemerkt.

»Ich hoffe nicht«, sagte der andere. »Flüchten hätte er ja schon in der Nacht können. Dann hätte er einen großen Vorsprung.«

Jetzt blickte Roman auf. Er stieß die Gabel in die Erde und schaute den Beamten mit verschlossenem Gesicht entgegen.

»Grüß Gott!« sagte der leitende Gendarm. »Wir kennen uns ja schon.«

»Grüß Gott!« Romans Gesicht zeigte deutlich, dass er den Beamten nicht freundlich gesinnt war. Er hielt sie für mitschuldig daran, dass derjenige, der die Marianne auf dem Gewissen hatte, nicht bestraft worden war.

»Sie müssen mitkommen«, forderte ihn der Postenkommandant auf.

»Wohin?« fragte Roman.

»Machen Sie kein Theater, Sie wissen es genau, warum wir Sie holen. Oder wollen Sie vielleicht nichts davon wissen, dass der junge Herr Hohenreith ermordet worden ist?«

In Romans Gesicht begann es zu arbeiten, seine Backenmuskeln zuckten. Ein seltsamer Ausdruck trat in seine Augen. Die Lippen wurden schmal.

»Es hat keinen Sinn, Eichschlager«, mahnte der Postenkommandant. »Machen Sie jetzt keine Schwierigkeiten. Davonrennen hilft Ihnen nicht. Kommen Sie!«

»Ich bin froh, dass er hin ist!« bekannte Roman jetzt. »Aber ich hab's nicht getan!«

»Darüber unterhalten wir uns nicht hier auf der Wiese. Los, gehen wir . . .!«

Die Bäuerin runzelte die Stirn, als sie sah, dass der Sohn zu den Gendarmen ins Auto stieg. »Was, jetzt musst du mitfahren, wo das Essen schon fertig ist?« rief sie verärgert.

Roman zuckte mit den Achseln. »Wart' nicht auf mich, Mutter!« antwortete er. »Und mach' dir keine Sorgen, gell?«

In der Kanzlei des Gendarmeriepostens wurde er zum ersten Mal verhört:

»Wo waren Sie gestern Abend?«

»Nach der Stallarbeit bin ich noch geschwind ins Revier gegangen, weil ich einen Rehbock schießen will. Und nachher war ich daheim.«

»Wann sind Sie nach Hause gekommen?«

»Als es finster war, und ich oben nichts mehr gesehen hab'.«

»Sie sagen oben. Wo waren Sie da. Auf einem Hochstand?«

»Ja. Beim Brandlgraben.«

»Der Brandlgraben ist nahe der Grenze zwischen dem Herrschaftswald und dem Gemeinderevier, ja?«

»Wenn Sie das sowieso wissen, warum fragen Sie mich?«

»Von dort geht man keine Viertelstunde bis zu der Stelle, wo gestern Abend der Herr Hohenreith erschlagen worden ist. Das Leugnen wird Ihnen nichts nützen. Warum geben Sie nicht gleich zu, dass Sie es getan haben?«

»Weil ich's halt nicht getan hab', Herr Inspektor«

»Aber Sie haben doch schon oft gedroht, dass sie mit dem Herrn Richard abrechnen werden. Sie haben ihn gehasst, weil Sie ihm die Schuld am Tod von der Marianne geben. Sie wollten sich nicht damit abfinden, dass er vom Gericht freigesprochen worden ist. Das alles spricht doch eindeutig dafür, dass Sie ihn bei erstbester Gelegenheit selber bestrafen wollten. Und jetzt, wo Ihnen das gelungen ist, wollen Sie es abstreiten?«

»Herr Inspektor, dieser Bandit hat verdient, was ihm passiert ist. Aber ich hab's nicht getan! Leider war ich's nicht, kann ich nur sagen. Ich hab' ihn noch nicht erwischt, seit ich mir das vorgenommen habe.«

»Warum haben Sie ihn eigentlich mit dem Prügel erschlagen und nicht erschossen, wo Sie doch das Gewehr mithatten?«

»Erschlagen war besser für den Hund, eine Kugel wäre zu gut für ihn gewesen.«

»Sie geben es also zu?«

»Ich? Nein! Ich finde es nur prima, dass derjenige es mit einem Prügel gemacht hat.«

»Eichschlager«, mahnte der Postenkommandant. »Wir verstehen ja, dass Sie sich jetzt der Verantwortung entziehen wollen. Sie haben den Racheplan ausgeführt, der Herr Richard ist tot, und natürlich möchten Sie jetzt nicht eingesperrt werden dafür. Aber es geht halt nicht, dass jeder nach Belieben bestraft oder sogar Todesurteile verhängt und vollzieht. Für das Recht sind unsere Gerichte da. Sie hätten sich das nicht anmaßen dürfen!«

»Die Gerichte?« murmelte Roman finster.

»Für was die da sind, hat man ja gesehen! Da ist ein unschuldiges Dirndl umgebracht worden. Aber das Gericht hat den Schuldigen freigesprochen. Ist das ein Recht, Herr Inspektor?«

»Ihre Enttäuschung von damals ist verständlich, Roman. Aber in unserer Rechtsordnung ist es Gott sei Dank so, dass keiner verurteilt werden kann, gegen den keine Beweise vorliegen. So wird manchmal ein Schuldiger davonkommen, aber nie wird ein Unschuldiger verurteilt werden. Und privat darf bei uns keiner den Richter spielen!«

»Das hört sich sehr schön an, Herr Inspektor, solange einem nicht so etwas passiert wie mir und der Familie Haberfellner! Theoretisch stimmt das schon, aber das Leben schaut anders aus.«

»Sie bekennen sich zu der Tat und bestreiten sie zugleich – wie passt denn das zueinander?«

»Es passt schon, Herr Inspektor. Ich hätte es auch getan. Aber leider war keine Gelegenheit dazu da. Ich hab' ihn nie erwischt.«

»Wo haben Sie das Gewand hingetan, das Sie gestern Abend anhatten?«

Roman sah den Beamten verständnislos an: »Im Kasten hängt mein Jagdanzug, wo denn sonst?«

»Den haben Sie gestern nicht getragen.«

»Ja wieso denn nicht?«

»Das Zeug, das sie anhatten, ist blutbespritzt. Sie haben es versteckt. Wo!«

»Jetzt machen Sie aber einen Punkt, Herr Inspektor!« ärgerte sich Roman. »Wenn ich den Kerl umgebracht hätte, wäre ich stolz darauf. Aber ich hab' es nicht getan.«

»Sie leugnen, weil Sie die Folgen der Tat nicht auf sich nehmen wollen«, herrschte ihn der Postenkommandant an. »Aber wir werden Ihnen schon noch zeigen, dass sich bei uns nicht jeder ein Recht machen kann, wie es ihm passt!«

»Ein Recht!« murmelte Roman höhnisch, während er abgeführt wurde.

❁

Als dem alten Herrn Luitpold Hohenreith die Nachricht gebracht wurde, dass Richard nicht mehr am Leben sei, starrte er den Verwalter bestürzt an. Sein blasses Gesicht wurde kalkweiß. Dann griff er sich an die Brust und bat, zu Bett gebracht zu werden.

Der Hausarzt wurde gerufen. Er konstatierte eine Verschlimmerung der Herzschwäche.

»Schicken Sie mich nicht ins Krankenhaus, Herr Doktor!« flehte ihn der Patient an. »Bitte, seien Sie gütig mit mir, lassen Sie mich zu Hause sterben!«

»Sie müssen noch nicht sterben, Herr Hohenreith!« widersprach der Arzt.

»Aber ich bin doch eigentlich schon gestorben, mein lieber Herr Doktor!« Der Patient lächelte wehmütig. »In meinem Leben ist alles falsch gelaufen, wenigstens seit Barbara, meine erste Frau, gestorben ist. Aber glauben Sie mir, auch Lotte war eine gute Frau!«

»Das will ich Ihnen gern glauben, Herr Hohenreith«, bestätigte der Arzt.

»Sie hat ja selber darunter gelitten, dass Richard so ungewöhnlich war«, fuhr der Kranke fort. »Aber kann eine Mutter ihren Sohn verstoßen, nur weil er nicht so ist, wie man es gerne haben möchte?«

»Natürlich nicht, Herr Hohenreith.«

»Mein Gott, das war dann doch auch für mich eine Verpflichtung, als die arme Lotte mich auch noch verließ«, seufzte der alte Herr. »Wie Richard war, wusste ich ja. Aber konnte ich ihn ganz fallen lassen? Was wäre denn aus ihm geworden? Das konnte ich der armen Lotte doch nicht antun!«

Der Arzt, der über die Familienverhältnisse und die Probleme des alten Herrn Bescheid wusste, schwieg taktvoll.

»Ich habe noch immer gehofft, Richard würde reif werden und vernünftig, und er würde sich mit Gerald versöhnen. So gewünscht habe ich das, Herr Doktor, glauben Sie mir?«

»Aber ja, Herr Hohenreith, gewiss?«

»Und dadurch bin ich auch Gerald gegenüber schuldig geworden. Er war immer ein guter Mensch, mit dem hat es nie Probleme gegeben. Als Richard ihn verdrängt hat, ich weiß es doch, wäre ich am liebsten gestorben. Gegen wen sollte ich mich entscheiden? Gegen meine erste Frau und Gerald? Oder gegen Lotte, die doch nichts dafür konnte, dass ihr Sohn so schwierig geraten war? Sollte ich ihn ganz in den Abgrund stoßen?«

»Jetzt hat das Schicksal entschieden«, sagte der Arzt. »Es ist schlimm, aber Sie sollten sich mit Gerald versöhnen. Er hat das alles nicht verdient – und er ist doch ihr wirklicher Sohn, der richtige Hohenreith!«

»Da haben Sie ganz Recht. Aber ich habe ein ganz schlechtes Gewissen, Herr Doktor. Ob mir Gerald überhaupt noch verzeihen kann?«

»Sein ganzes Verhalten spricht dafür. Gerald hat eine vornehme Gesinnung. Er liebt Sie, Herr Hohenreith. Ehe er die Konflikte noch vergrößerte und Sie in die allerschlimmste Lage brachte, zog er sich zurück. Spricht das nicht für seinen edlen Charakter?«

»Unbedingt, Herr Doktor! Aber ich wage es ja kaum, mit ihm Verbindung aufzunehmen. Verstehen Sie das?«

»Ich würde das gerne für Sie tun. Aber wissen Sie denn überhaupt, wo Ihr Sohn ist?«

»Zu Weihnachten hat er mir ein Kärtchen geschrieben. Richard hat es Gott sei Dank nicht in die Hand bekommen. Sonst hätte er es mir wahrscheinlich gar nicht gegeben. Sehen Sie dort in das kleine Fach im Eckschrank, Herr Doktor.

Unter den anderen Briefsachen liegt Geralds Karte, ganz unten hab' ich sie versteckt.«

Der Arzt öffnete die Lade und sah nach. Tatsächlich war das ganz unten die Glückwunschkarte Geralds.

»Darf ich lesen?« fragte er taktvoll.

»Ich bitte Sie darum!«

»Er teilt Ihnen mit, dass er bei seinem Studienkollegen Michael Reichenwald lebt. Kennen Sie den?«

»Oh ja, eine gute Familie in Osttirol, in der Gegend von Lienz. Michael war in den Ferien manchmal bei uns. Nur an die genaue Anschrift erinnerte ich mich jetzt nicht mehr.«

»Die kriege ich schon heraus, wenn Sie das wünschen, Herr Hohenreith. Soll ich anrufen und Gerald bitten, dass er nach Hause kommt?«

»Ich bitte Sie sehr darum!« antwortete der alte Herr erleichtert.

❁

In der Kanzlei des Gendarmeriepostens erschien ein Bursch aus Altenmarkt. »Ich muss etwas melden, Herr Inspektor!« sagte er hastig.

»Sind Sie nicht der Toni Gamspichler?« fragte der Kommandant.

»Der bin ich. Und ich meide, dass nicht der Eichschlager Roman den Herrn Richard umgebracht hat. Ich war's.«

Der Postenkommandant zog die Brauen hoch.

»Sie haben den Herrn Hohenreith erschlagen?« fragte er ungläubig.

»Jawohl, ich war's. Und ich stelle mich, damit der Roman nicht unschuldig sitzen muss. Das will ich nicht auf meinem Gewissen haben.«

»Setzen Sie sich!« ordnete der Beamte an und telefonierte einen Kollegen herbei. Indessen schaute er immer wieder zweifelnd nach dem Burschen. Betrunken war der offensichtlich nicht. Aber war er geistig voll beisammen? Oder wollte er die Gendarmerie zum Narren halten?

»So, und jetzt erzählen Sie!« forderte der Postenkommandant den Toni auf, als der zweite Beamte im Zimmer war.

»Ich habe den feinen Herrn erschlagen, weil er vorgestern die Greti, meine Braut, überfallen hat. Wie soll ich es sagen – mit Gewalt hat er sie halt . . . Na, Sie verstehen mich schon.«

›Die Geißwinkler-Greti, mit der schon vor ein paar Jahren diese Geschichte war, die im Prozess zur Sprache gekommen ist?«

»Genau, Herr Inspektor. Die Greti ist meine Braut. Vorgestern hat sie dem Thaller-Hans bei der Heuarbeit ausgeholfen, weil die Paula doch wieder schwanger ist. Es war genau dort, wo der Herr Richard damals die Paula überfallen hat. Nur dass damals der Hans im letzten Moment dazugekommen ist. Aber die Greti war allein. Bei ihr war keine Rettung da.«

»Um Himmels willen, Mann, warum haben

Sie das nicht sofort angezeigt? Und warum ist auch der alte Geißwinkler nicht gleich zu uns gekommen, wenn die Greti es nicht selber tun wollte?«

»Weil unsereiner gegen so einen Herrn ja doch nichts ausrichten kann, das haben wir ja bei Gericht gesehen. Aber jetzt muss endlich Schluss sein, jetzt muss er seine Strafe kriegen, hab' ich mir da gesagt.«

»Das heißt, Sie haben sich sofort entschlossen, den Herrn umzubringen?«

»Jawohl, Herr Inspektor. Wenn Sie der Bräutigam von so einem armen Dirndl wären, hätten Sie es wahrscheinlich auch getan!«

»Mann, überlegen Sie sich gut, was Sie jetzt aussagen!« Der Beamte sah den Burschen mitfühlend an. »Wollen Sie sich selber einen vorsätzlichen Mord anlasten?«

»Mord?« fragte Toni verständnislos. »Ich hab' ihn erschlagen müssen, weil es nicht mehr anders gegangen ist. So einer darf nicht mehr unter uns leben und sein Unwesen weitertreiben!«

»Herrgott, damit sind sie doch selber zum Verbrecher geworden, Toni. Erstens gibt es keine Todesstrafe bei uns, und zweitens darf nicht jeder für sich selber den Richter spielen! Begreifen Sie denn das nicht? Jetzt hätten wir den Herrn packen und überführen können, wenn Sie zu uns gekommen wären. Das wäre ein Beweis gewesen, dass er solche Sachen macht! Der Beweis, der uns nach dem Tod der Marianne Haberfellner gefehlt hat! Mensch, und jetzt sind Sie selbst dran!«

»Das ist mir schon völlig egal, Herr Inspektor«, murmelte der Toni. »Für alles, was er bisher verbrochen hat, ist er straffrei geblieben. Gegen das ganze Dorf hat er gewütet, der feine Herr Richard. Nach dem Prozess wegen der Marianne hat er eine Schandtat nach der anderen begangen. Ich hab' meine Stelle als Fahrer verloren, nur weil ich der Verlobte von der Greti war. Und jetzt auch das noch ...«

Toni stöhnte wild auf. »Nein, ich bereue es nicht. Machen Sie mit mir, was Sie wollen!«

Der Beamte schwieg eine Weile und wartete, bis der Bursch sich wieder gefasst hatte. Dann sagte er: »Erzählen Sie jetzt, wie Sie die Tat begangen haben!«

»Ganz einfach, Herr Inspektor. Zufällig hab' ich gewusst, dass der Herr Richard jeden Abend zu dem Hochsitz am neuen Schlag hinaufgeht, weil er dort auf einen bestimmten Rehbock scharf ist. Als das mit der Greti passiert war, hab' ich mir einen dicken Prügel genommen und mich neben dem Weg zum Hochsitz versteckt. Richtig ist dann dieser Mensch bald dahergekommen. Da bin ich herausgesprungen und hab' gesagt: Jetzt rechne ich mit dir ab, was du der Greti angetan hast! Jetzt bist du hin!«

»Aber er hatte doch ein Gewehr? Hat er Sie nicht gleich niedergeschossen?«

»Probiert hat er es, Herr Inspektor. Aber ich hab' ihm gleich so über die Hand geschlagen, dass die Büchse weggeflogen ist. Und dann hab' ich solange hingehaut, bis er sich nicht mehr gerührt hat . . .«

»Vielleicht wäre es besser für Sie gewesen, wenn Sie dann gleich zu uns gekommen wären und alles gestanden hätten«, machte ihn der Beamte aufmerksam. »Das wäre Ihnen vor Gericht gut angeschrieben worden.«

»Vielleicht . . .« murmelte der Toni. »Aber ich hab' halt gedacht, vielleicht kommt man gar nicht drauf, dass ich es war. Vielleicht muss ich gar nicht eingesperrt werden! Aber ich kann doch nicht zuschauen, wie der Roman an meiner Stelle sitzt, wo er es doch gar nicht getan hat!«

❀

Als Roman aus Innsbruck heimkehrte, beruhigte er zuerst seine besorgte Mutter. Er wusch sich den Geruch vom Gefangenenhaus weg, zog frische Sachen an und ging dann gleich zum Haberfellner-Hof.

»Roman!« schrie Angelika auf, als er in die Küche trat. Weinend flog ihm das Mädchen an die Brust und busselte ihn glückselig ab.

Die Haberfellner-Mutter umarmte ihn, und der Hausherr bekam vor Rührung ganz feuchte

Augen. »Jessas, Roman, wir waren ja schon ganz verzweifelt«, brachte er heraus.

Roman ließ sich auf die Küchenbank fallen. »Das war jetzt gar nicht so leicht für mich«, berichtete er. »Ich sag' euch ehrlich, dass ich den Verbrecher auch erschlagen hätte, wenn eine Gelegenheit da gewesen wär‹. Vorgenommen hab' ich's mir. Nur hab' ich ihn eben nie erwischt. Aber dafür eingesperrt werden, dass ein anderer es getan hat, das hat mir auch nicht gepasst. Das könnt ihr euch doch vorstellen, gell?«

»Und ich hab' gefürchtet, dass du es warst«, sagte Jakob Haberfellner. »Weißt du, ich hab' dem Herrn Richard bestimmt alles Schlechte gewünscht. Aber dass du dich ins Unglück bringst, war mir auch nicht recht. Da denke ich anders – das Recht müssen die herstellen, die dafür zuständig sind.«

»Aber jetzt sieht man doch, was herauskommt, wenn so ein Mensch vom Gericht freigesprochen wird!« ereiferte sich Angelika. »Jetzt hat er sich auch noch an der Greti vergangen. Jeder wird verstehen, was der Toni als ihr Bräutigam getan hat!«

»Mir tut der Toni Leid«, sagte Roman nachdenklich. »Sie werden ihn aburteilen. Wie sie sonst mich abgeurteilt hätten. Eine Schuld führt zur anderen, wenn es einmal irgendwo anfängt . . .«

Er sah Angelika an: »Gehen wir zwei jetzt auf den Friedhof?« fragte er. »Wir müssen doch der Marianne sagen, wie alles ausgegangen ist.«

Auf dem Hinweg sprachen sie nichts. Angelika steckte der Schwester frische Wiesenblumen in die Vase und erneuerte das Wasser. Dann standen der junge Mann und das Mädchen lange vor dem Grab, und in Gedanken erzählte Roman der toten Liebsten, was sich ereignet hatte.

Während sie dann wieder den Wiesenweg zum Haberfellner-Hof gingen, nahm Roman Angelika an der Hand.

»Du«, fragte er ernst, »was meinst du – hätte die Marianne etwas dagegen, wenn ich jetzt dich heiraten möchte? Falls du mich auch haben willst, natürlich.«

Eine helle Röte überflutete das Gesicht des lieben Dirndls. »Ich ich glaube nicht«, kam fast flüsternd die Antwort.

Roman blieb stehen und sah ihr forschend in die Augen: »Was glaubst du nicht, dass wir zwei zusammenpassen?«

»Nein, dass die Marianne was dagegen hätte ... Und ich hab' dich ja schon von Anfang an gern gehabt, Roman – nur ihr hätte ich dich vergönnt, sonst keiner!«

Da zog Roman Sie an sich. »Musst nicht glauben, dass ich dich jetzt nur aus Verlegenheit haben möcht‹!« bat er aufrichtig. »Während ich eingesperrt war, hab' ich die ganze Zeit an dich denken müssen. Ehrlich lieb hab' ich dich, Angelika . . .!«

❁

Gerald Hohenreith kam wieder heim. Einige Monate, nachdem Roman und Angelika geheiratet hatten, gab es auch im Herrenhaus von Altenmarkt Hochzeit. Mit dem Segen seines Vaters nahm der junge Gutsherr die Lehrerin Ursula zur Frau. Luitpold Hohenreith erlebte noch die Geburt seines ersten Enkelsohnes.

Toni Gamspichler wurde vor einem Geschworenengericht des vorsätzlichen Mordes an Richard Rohenreith schuldig gesprochen. Die begründete Erregung, in der er sich zu der Tat entschlossen hatte, sowie sein freimütiges Geständnis milderten das Strafmaß erheblich. Er wurde zu zehn Jahren Freiheitsentzug verurteilt. Nach fünf Jahren wurde er begnadigt und konnte doch noch seine Greti heiraten, die treu auf ihn gewartet hatte.

ENDE

Hanna Staller

Die Rache der Altbäuerin

Ein dramatischer Schicksalsroman aus den Bergen

»Heilige Maria, zehn Uhr ist's schon! Jetzt muss ich aber ganz geschwind nach Haus!« raunte beim Feuerwehr-Sommerfest die Riedmaier-Angelika ihrer Freundin Gabi zu. Das große, hübsche Mädchen wollte aufstehen, aber der Toberer-Pius packte sie am Arm und zog sie auf die Bank zurück.

»Wo gibt's denn so was!« protestierte er. »Jetzt haben wir ja noch nicht einmal richtig zu feiern angefangen. Bleib nur da, Angelika – oder gefällt dir vielleicht unsere Gesellschaft nicht?«

»Ich bitt' dich, lass mich gehn!« bat das Dirndl den Pius. »Meine Mutter erschlägt mich, wenn ich nicht zu der Zeit daheim bin, die sie mir angeschafft hat!«

Der stämmige Bursche mit dem rötlichen Schnurrbart lockerte den Griff nicht. Es schien ihm zu gefallen, dass er die Angelika so halten konnte. Er grinste. »So klein bist du ja nicht mehr, dass deine Mutter dich niederlegen muss. Wenn ein Dirndl einmal achtzehn ist, tut das schon besser jemand anderer als die Mutter, *gell?*«

Die Angelika wurde rot. »Ich muss aber wirklich gehen«, versicherte sie dem Pius ganz verlegen. »Ich hab's der Mutter versprochen, dass ich nicht länger ausbleib'. Bitte, lass mich aus!«

»Du kennst ihre Mutter nicht!« unterstützte die Gabi ihre Freundin. »Wenn die Angelika nicht pariert, darf sie überhaupt nicht mehr ausgehen!«

»Also das gehört abgeschafft«, meinte der Pius. ›,Na, dann begleit' ich dich halt, damit du nicht allein gehen musst. Oder darf man das auch nicht bei deiner Mutter?«

»Ist nicht notwendig, dass du mitgehst. Ich find' schon allein heim.«

»Sicher ist sicher!« lachte der Pius und stand zugleich mit ihr auf. Und dann winkte er der Runde vergnügt zu: »Pfüat euch, vielleicht hat mir meine Mutter auch angeschafft, dass ich schon um zehn daheim sein muss!«

Unter dem Gelächter der Freunde begleitete er die Angelika aus dem Saal. »Unterhalt dich halt noch gut!« rief ihm einer anzüglich nach.

Draußen war die Luft frisch, der Mond stand hoch über dem Bergtal.

Der Pius legte gleich den Arm um die Schultern des Dirndls. Einen Moment lang genierte das die Angelika, aber dann empfand sie es doch als recht angenehm. So war sie bisher noch nie mit einem Burschen im Dunkeln gegangen.

»Weißt du eigentlich, dass du das allerschönste Dirndl von ganz Wildberg bist?« sagte er ihr ins Ohr.

»Geh, das glaubst du nur, weil es jetzt finster ist!« versuchte sie zu scherzen.

»Nein, ich sag dir's ehrlich.« Er drückte sie ein wenig fester an sich, während sie schon den Fahrweg zum abgelegenen Riedmaierhof hinaufgingen. »So wie du hat mir noch nie eine gefallen.

Das war sehr schön, dass wir uns da heut getroffen haben, gell?«

»Recht lustig war's«, bestätigte die Angelika verlegen. Warum sagte er ihr das jetzt, dass ihm noch nie ein Dirndl so gefallen hätte wie sie? Wahrscheinlich machten das die Burschen immer so, wenn sie allein mit einem Dirndl waren. Oder sollte es wirklich wahr sein, dass sie ihm besonders gut gefiel?

»Dass ich dich jetzt heimbegleiten kann, ist das Allerschönste für mich«, hörte sie ihn weiterreden. »Ich hab' dich nämlich gern, Angelika, spürst du das nicht?«

Ihr Herz klopfte schneller. Vor lauter Verwirrung wusste sie nicht, was sie nun antworten sollte.

»Und du?« fragte er nah an ihrem Ohr. »Magst du mich auch ein bisserl?«

Sie nickte, brachte aber kein Wort heraus. Der Toberer-Pius war für sie immer einer von den großen Burschen gewesen, zu denen sie mit einem gewissen Respekt aufblickte. Er war der Erbe des reichsten Hofs von Wildberg. Bestimmt hofften viele Dirndln, seine Bäuerin zu werden. Und jetzt ging er ausgerechnet mit ihr heim, die sie doch gerade erst achtzehn geworden und erstmals allein ausgegangen war?

»Schade«, murmelte er enttäuscht. »Wenn du mir keine Antwort gibst, muss ich denken, dass du mich gar nicht besonders gut leiden kannst.«

»Das ist nicht wahr!« antwortete sie schnell. »Ich kann dich gut leiden, Pius! Nur...«

»Nur? Was heißt das?« erkundigte er sich.

»Na ja, ich weiß halt nicht, was dir an mir so gefallen kann. Da muss ich denken, dass du dich über mich lustig machst, Pius.«

»Geh, du Tschapperl!« lachte er auf und blieb stehen. Dann zog er sie so an seine Brust, dass sich ihre Gesichter ganz nah waren. »Jetzt musst du mir schon ein Busserl geben, wenn du mir zeigen willst, dass du mich magst. Für mich bist du wirklich das allerschönste und liebste Dirndl vom Dorf!«

Angelika zögerte, ganz heiß war ihr plötzlich geworden. Sie sollte dem Pius ein Busserl geben?

»Na, wenn du es mir nicht gibst, muss ich es mir schon selber nehmen!« flüsterte er. Und dann drückte er seinen Mund so lange auf den ihren, dass sie am Ende in Atemnot geriet.

Aber schön war es doch, von einem Burschen wie dem Pius geküsst zu werden, das wusste die Angelika jetzt. Und als er es zum zweitenmal tat, antworteten ihre Lippen schon ganz zärtlich.

Dann erschrak sie jedoch. »Heilige Maria, ich muss schnell heim!«

»Also jetzt bleib halt noch ein bisserl!« drängte der Pius. »Soll sie halt schimpfen, deine Mutter. Sie wird sich dran gewöhnen müssen, dass du kein Schuldirndl mehr bist.«

»Ja, aber heut muss ich folgen, sonst lässt sie mich gar nicht mehr fort«

»Geh, das glaub' ich nicht«, beharrte er. »Deine Mutter war doch auch einmal jung! Komm, da drüben ist unser Heustadel, da sieht uns niemand . . .«

»Nein, Pius, bitte sei mir nicht bös! Ich muss wirklich heim, ich hab's versprochen!«

»Jesus, bist du ängstlich, Dirndl!« wunderte sich der Bursch. »Das muss anders werden, gell?«

»Musst mir halt ein bisserl Zeit lassen«, bat sie herzlich. »Ich bin es ja auch gar nicht gewöhnt, mit einem Burschen allein beisammen zu sein. Dank schön fürs Mitgehen, Pius.«

»Halt, ein Busserl zum Abschied noch!« forderte er und riss sie noch einmal an sich.

❁

»Wann bist du gestern heimgekommen?« herrschte Lena Riedmaier die Tochter am nächsten Morgen beim Frühstück an.

»Wird gleich nach zehn gewesen sein«, antwortete Angelika mit einem ganz schlechten Gewissen.

»Gleich nach zehn?« Der mit der Zeit üppig gewordenen Bäuerin stand der helle Zorn im Gesicht. »Bildest du dir ein, ich hab' dich nicht gehört, wie du dich hereingeschlichen hast? Bald elf war es! Und was hast du mir hoch und heilig versprochen? Na warte, so bald gehst du mir nicht mehr allein fort!«

»Ich war doch mit der Gabi zusammen«, verteidigte sich Angelika schwach.

»Gabi hin – Gabi her, das interessiert mich nicht. Wenn die nächtelang wegbleiben darf, wird ihre Mutter schon sehen, was dabei herauskommt. Bei mir gibt's das jedenfalls nicht. Ich werde nicht dulden, dass du dich so herumtreibst.«

»Aber Lena!« warf die Altbäuerin ein. »Die Angelika treibt sich ganz bestimmt nicht so herum, wie du meinst! Was ist denn schon dabei, wenn sie mit den anderen jungen Leuten beim Feuerwehrfest ist und sowieso lange vor Mitternacht heimkommt?«

Lena Riedmaier starrte die Schwiegermutter empört an: »Das verbitte ich mir, dass du dich da einmischst! Wie ich meine Tochter erziehe, ist meine Sache! Die Angelika wird tun, was ich ihr anschaffe! Und du mach' sie mir nicht widerspenstig, Mutter, sonst weiß ich nicht, was ich tu‹!«

»Du weißt scheinbar wirklich nicht, was du tust, wenn du so mit mir redest«, murmelte Rosa Riedmaier. »Es ist noch immer mein Hof, auf dem du lebst. Da möchte ich mir schon ein bisserl mehr Respekt ausbitten, Lena.«

»Jetzt hältst du mir das schon wieder vor!« schrie die Schwiegertochter außer sich vor Zorn. »Rupert!« Sie sah ihren Mann an, der wie gewöhnlich mit ergeben gesenktem Kopf dasaß und sich nicht einmischte. »Bist du jetzt der Bauer oder was sonst? Ich hab' dich nicht geheiratet, damit deine Mutter mich fortwährend maßregelt, als ob ich eine dahergelaufene Dienstmagd wäre. Zu Tod arbeite ich mich für euch alle miteinander! Für zwei Bäuerinnen muss ich schaffen, weil wir keine Leute haben. Und dafür muss ich mich noch beleidigen lassen von deiner Mutter! Und du sitzt da und rührst dich nicht! Ein Schlappschwanz bist du, Rupert! Mein Gott, dass ich in so eine Familie hineingeheiratet habe! Verrückt muss ich gewesen sein!«

»Du kannst nur von Glück reden, dass dich dein Schwiegervater, mein seliger Mann, nicht mehr hören kann«, erwiderte die Altbäuerin. »Der hätte nicht zugelassen, dass du mit deinem Schandmaul über unsere Familie herfällst. Wenn mein Sohn sich das gefallen lässt, ist er selber schuld.«

Mit einer Gebärde der Hilflosigkeit erhob sich der Bauer. Er war ein Riese von fast zwei Metern Größe, sein breites Gesicht war gutmütig und jetzt traurig. Wortlos ging er aus der Küche. Die Tür machte er von außen so behutsam zu, als fürchte er, sonst gleich die ganze Wand umzuwerfen.

Angelika waren während des Streits der Mutter und der Großmutter die Tränen in die blauen Augen geschossen. Sie liebte beide und war stets maßlos unglücklich, wenn es zu solchen Zusammenstößen kam. Und heute passierte das noch dazu ihretwegen!

»Ich bitt' euch, hört auf!« schluchzte das Mädchen verzweifelt. Dann schlug es die Hände vors Gesicht und rannte dem Vater nach.

»Du bleibst da!« rief ihr die Mutter ohne Erfolg nach.

Die Altbäuerin stand auf und begann den Tisch abzuräumen. Ihre Hände zitterten vor Erregung. Nach einer Weile sagte sie vorwurfsvoll:

»Wenigstens vor dem Kind solltest du dir überlegen, was du redest, Lena.«

»Die Angelika ist mein Kind!« schoss die Jüngere zurück. »Du musst mich nicht belehren, was Mutterpflichten sind! Was ich denke, lass ich mir von dir nicht vorschreiben! Und was ich denke, das sage ich!«

»Du kommandierst uns alle herum, als ob wir deine Dienstboten wären«, regte sich die Ältere auf. »Ich lass mir das nicht länger gefallen, Lena. Wenn's der Rupert hinunterschluckt, ist das seine Sache. Aber ich lass mich auf meinem eigenen Hof nicht andauernd herunterputzen.«

»Red doch nicht ständig so, als ob der Besitz allein dir gehören würde!« fuhr die Schwiegertochter sie an. »Der Rupert hat seinen Teil geerbt, und ich bin seine Frau. Kein Mensch versteht, warum du deinen Anteil nicht längst übergeben hast, so, wie es üblich ist, Mutter. Was hast du denn vor damit, ha? Willst vielleicht gar noch einmal heiraten in deinem Alter?«

»Und wenn ich's tät – dich ging's gar nichts an«, sagte Rosa Riedmaier mit Würde. »Aber das ist nicht der Grund. Wenn ich einmal übergeben hab', bin ich rechtlos. Dann bin ich dir ausgeliefert, Lena. Und vor dir hab' ich Angst, das sag ich dir.«

Lena schlug die Hände überm Kopf zusammen. »Jesus Christus, vor mir hat sie Angst, meine Schwiegermutter! Und da soll einer glauben, dass du noch ganz richtig im Hirnkastl bist! Aber eher glaube ich, dass das nur ein Vorwand ist. Du willst einfach nicht übergeben, gib's doch endlich zu!«

Rosa Riedmaier sah ihr, gerade ins Gesicht. »Nirgends steht geschrieben, dass ich überhaupt übergeben muss. Wenn ich will, kann ich. Und wenn ich's nicht will aus irgendeinem Grund, kannst du dich auf den Kopf stellen. Dann wird einmal derjenige erben, dem ich meine drei Viertel vermache. Und sei ja nicht sicher, dass ich euch einsetze! Ich kann mir auch etwas anderes einfallen lassen!«

»Ah, das schaut dir ähnlich«, murmelte Lena und wurde ganz blass.

❀

Am Nachmittag wendete Angelika auf der oberen Wiese mit der Gabel das Heu. Sie trug den Rock hochgeschürzt, so dass ihre festen Beine bis über die Knie zu sehen waren. Die Bluse hatte sie der Hitze wegen ausgezogen und an die nächste Birke gehängt. Das Dirndlmieder ließ viel von ihren sonnengebräunten Schultern und die Arme frei.

Es war ein hübscher Anblick, wie das Mädchen mit Schwung arbeitete.

Den Wiesenpfad kam ein junger Mann herübergegangen, vor ihm lief ein Dachshund. Den Hut mit dem mächtigen Gamsbart hatte der Mann keck in den Nacken geschoben, die Joppe trug er im Rucksack. Die Büchse auf der linken Schulter wies ihn als Jäger aus.

Als Angelika merkte, dass er auf sie zukam, ließ sie die Heugabel sinken und blickte ihm neugierig entgegen. Diesen Jäger hatte sie hier in Wildberg noch nie gesehen.

»Grüß dich!« rief er schon von weitem. »Bist du die Bäuerin vom Riedmaierhof?«

Die Frage amüsierte das Mädchen. »Schau ich schon wie die Bäuerin aus? Da bin ich wohl noch ein bissen zu jung, meinst du nicht?«

»Was weiß ich!« antwortete er. »Du bist recht gut' beieinander. Kannst leicht schon verheiratet sein und drei Kinder haben.«

»Heilige Maria!« entsetzte sie sich. »Du bist doch ein Jager – kennst du bei den Rehen auch nicht auseinander, was eine Schmalgeiß und was eine andere ist?«

»Ah, ja, da bin ich Spezialist.« Er lächelte. »Nur bei den Weibsbildern ist das viel komplizierter. Da kenn' ich mich noch überhaupt nicht aus. Gerade dass ich weiß, dass es zwei Sorten von Menschen gibt. Die eine hat Kittel an – die andere Hosen.«

»Na geh!« prustete Angelika heraus. »Kannst du dich aber gut verstellen! Wirst wahrscheinlich ein ganz Gefährlicher sein, ha?«

»Weiß nicht, was du damit meinst, Dirndl.« Er zwinkerte ihr schalkhaft zu. »Kannst mich vielleicht aufklären? Bei dir tät' ich gern in die Schule gehen, wenn's nicht allzu viel kostet.«

Jetzt errötete Angelika. Sie hatte sich wohl unbedacht auf zu lockere Reden eingelassen. Aber der junge Jäger war sympathisch, und es redete sich besonders leicht mit ihm. Sie fragte schnell:

»Die Riedmaierin ist meine Mutter – willst du etwas von ihr?«

»Nicht unbedingt von ihr. Mit jemand vom Hof möcht' ich halt reden. Ich bin der neue Jager hier, Peter Winterhager ist mein Name. Und auf jedem Hof möcht' ich halt bitten, dass auf den Hund geschaut wird. Habt ihr einen?«

»Was willst du denn mit unserem Rexl?« staunte Angelika.

»Ist das der schwarze Hund da drunten, der am Haferfeld entlangläuft?«

Sie blickte hinunter. »Ja, das ist der Rexl. Aber warum fragst du?«

»Schau, Dirndl, ich möcht' ja nur, dass kein Ärger entsteht wegen eurem Rexl. Ihr habt den Hund sicher gern wie alle, die einen haben. Und deshalb wär's halt gut, wenn ihr aufpasst, dass er nicht zu weit fortrennt vom Hof. Er könnt' sonst leicht auf dumme Gedanken kommen und einem Rehkitzerl was tun.«

»Heilige Maria, da kennst du unseren Rexl nicht!« rief Angelika. »Der rennt höchstens einer Maus nach!«

»Das glauben alle von ihrem Hofhund«, sagte der Jäger ernst. »Und der Rexl hat auch gewiss nichts Böses im Sinn, wenn er so herumrennt. Aber was ist, wenn im Feld ein Kitzerl drin ist? Jeder normale Hund wird es fangen, weil das so in seiner Natur liegt. Da kann der Hund gar nichts dafür. Und deshalb ist es halt gescheiter, den Hund nicht wild herumlaufen zu lassen, wie er gerade will. Verstehst du, Dirndl?«

»Du möchtest ihn doch nicht etwa niederschießen, unseren Rexl?« ängstigte sich Angelika.

»Nein, das will ich nicht!« widersprach der Jäger. »Aber es ist meine Pflicht, das Wild zu behüten. Deshalb möcht' ich auf jedem Hof bitten, dass auf den Hund geschaut wird. Erst unlängst haben wir eine Muttergeiß gefunden. Die ist von zwei Wolfshunden niedergerissen und am lebendigen Leib angefressen worden. Das Kitz haben die Biester auch umgebracht. Furchtbar schaut so etwas aus, sag ich dir!«

»Aber unser Rexl würde das nie tun!« sagte Angelika erschrocken.

»Das tät' mich freuen«, bemerkte der Jäger. »Aber sicher ist sicher. Haltet ihn lieber beim Hof, gell?«

»Rexl! Hierher!« rief das Mädchen, so laut es konnte.

»Siehst du, wir verstehen uns!« sagte der Jäger zufrieden. »Also dann auf Wiedersehen. Und sag es bittschön auch den anderen Hofleuten, dass sie auf den Rexl schauen sollen!«

»Mach' ich bestimmt«, versprach Angelika.

Dann sah sie ihm nach, wie er mit seinem Dachshund ins Dorf hinunterging. Er schien ein netter Mensch zu sein, der neue Jäger.

❁

In Angelikas Herz aber war jener Bursch, von dem sie das erste Bussen ihres jungen Lebens bekommen hatte. Immerfort musste sie an den Pius denken. Die Erinnerung an den Heimweg mit ihm erzeugte ein süßes Gefühl in ihrer Brust.

Er kann doch nicht ganz unehrlich gewesen sein, wenn er ein paar Mal gesagt hat, dass ich ihm gefalle wie keine andere! überlegte sie immer wieder. Und Busserl hätte er mir sonst gewiss auch keins gegeben!

Insgeheim sehnte sie sich nach dem nächsten Zusammentreffen mit dem Toberer-Pius.

Die nächste Möglichkeit bestand am kommenden Sonntag, wenn sich die jungen Leute beim Kirchgang trafen oder dann nachmittags gruppenweise durchs Dorf spazierten. Außerdem spielte am Wochenende im Wirtshaus auf der Lärchenalm eine Trachtenkapelle für die Urlauber auf. Da kamen natürlich auch Einheimische hin. Sollte Angelika es wagen, die Mutter zu bitten, dass sie da am Samstagabend mit der Gabi hingehen durfte? Der Pius und seine Freunde würden wahrscheinlich auch hinkommen!

Das Dirndl schwankte bis zum Freitag, dann bat sie: »Mutter, ich möchte mit der Gabi und den anderen Morgen abend auf die Lärchenalm zum Tanz gehen. Darf ich?«

»Am Abend?« Lena Riedmaier runzelte die Stirn. »Kommt überhaupt nicht in Frage, nachdem du letztes mal so unpünktlich warst!«

»Mutter, ich verspäte mich diesmal ganz bestimmt nicht – geh, erlaub es mir bitte!«

»Hast du nicht gehört, dass ich Nein gesagt habe?« fuhr die Bäuerin gereizt auf die Tochter los. »Du hast letztes mal nicht gefolgt, und Strafe muss sein. Du wirst es dir schon merken, dass du zu tun hast, was ich dir anschaffe!«

Angelikas Augen füllten sich mit Tränen. Ihr Mund bewegte sich, als wollte sie noch etwas sagen, aber dann drehte sie sich um und ging hinaus.

Die Großmutter kam herein, sie hatte die letzten zornigen Worte der Schwiegertochter noch gehört. Nun konnte Rosa Riedmaier eine kritische Bemerkung nicht unterdrücken.

»Hättest du dir mit achtzehn Jahren das Ausgehen verbieten lassen? Da warst du schon verheiratet, und das Kind war unterwegs!«

Die Lena fuhr wie von einer Wespe gestochen herum. »Mischst du dich schon wieder in meine Angelegenheiten ein? Ja, aus eigener Erfahrung will ich verhüten, dass meiner Tochter das Gleiche passiert wie mir. In dem Alter ist ein Dirndl noch ganz unerfahren. Glaubst du, ich hätte mir sonst von deinem Rupert das Kind anhängen lassen? Und wenn das Kind nicht gekommen wäre, dann hätte ich ihn nicht heiraten müssen! Dann hätte ich mir nicht deinen patscherten Buben ausgesucht, da kannst du ganz sicher sein!«

»Wär' ein Glück für ihn gewesen, wenn er eine andere gekriegt hätte«, antwortet die Ältere. »Was für ein Leben hat er schon mit einer solchen Z'widerwurzen, wie du eine bist? Keifst und kommandierst den ganzen Tag herum, ein gutes Wort hört von dir keiner, nicht einmal dein eigenes Kind!«

»Jetzt reicht's mir aber!« schrie die Lena und knallte einen Suppenteller auf den Fußboden, so dass er in zahllose Stücke zersprang. »Ist jetzt der Rupert der Bauer hier oder nicht? Und wenn er das ist – muss ich mich als seine Frau so herunterputzen lassen von einer alten Giftzange, wie du eine bist? Zwei Frauen in einer Küche, das tut nicht gut! Bäuerin kann nur eine sein – du oder ich! Geh auf dein Altenteil und lass mich in Ruh, Großmutter! Ich halt' das sonst nicht mehr lang aus!«

Rosa Riedmaler presste die Lippen zusammen, in ihrem Gesicht arbeitete es. Sie wich dem hassvollen Blick der Schwiegertochter nicht aus und erwiderte: »Warum ich nicht übergeben kann, habe ich dir schon gesagt, Lena. Einer wie dir kann ich mich nicht ausliefern. Da wär' ich ja rein verrückt, wenn ich das tät‹. Du benimmst dich nicht normal, Lena. Vor dir muss man Angst haben.«

Einen Moment lang schien es, als wolle sich die Jüngere auf sie stürzen. Lenas Hände hoben sich bereits, sie ballten sich zu Fäusten und öffneten sich, als ob sie der Alten an den Hals fahren wollten.

Da ging die Tür auf, und Rupert trat ein. Um nicht anzustoßen, musste er stets den Kopf einziehen. Es sah immer ein wenig komisch aus. Jetzt erblickte er die sich kampfbereit gegenüberstehenden Frauen und stutzte.

»Deine Mutter hat mich beleidigt!« stieß Lena anklagend heraus. »Ich werde mich nicht vergreifen an der alten Beißzange, aber wenn du ein

Mannsbild bist, lässt du es nicht zu, dass mit deiner Frau so geredet wird! Sag ihr, dass sie Acht geben soll auf ihr Mundwerk!«

»Das Mundwerk, das nicht auszuhalten ist, hat sie selber!« bemerkte Rosa Riedmaier vorwurfsvoll. »Ich hör' mir nicht länger an, wie sie dauernd mich, dich und unsere ganze Familie beleidigt! Du weißt selber, Rupert, dass sie eher erstickt, bevor sie ein gutes Wort auslässt.«

»Herrgott, muss denn das bei uns so zugehen?« murmelte der Riese. »Warum könnt ihr zwei euch bloß nicht vertragen? Das ist doch ein Jammer.«

»Jetzt traust du dich wieder nicht, zu mir zu halten, wie sich das gehört!« blitzte Lena ihn verächtlich an. »Was bist du nur für ein Mannsbild, Rupert? Ein Schlappschwanz bist du! Mach nur so weiter, dann wirst du schon sehen, was herauskommt! Wenn ich hier wie ein Dienstbote gehalten werde, kannst du dir eine suchen, die sich das gefallen lässt! Ich warne dich, Rupert!«

Damit stürzte Lena aus der Küche und warf krachend die Tür hinter sich zu.

»Was – was hast du denn zu ihr gesagt?« fragte Rupert betroffen. Er sah bekümmert auf die Mutter herunter.

»Dass es nicht auszuhalten ist, wie sie den ganzen Tag mit jedem von uns herumkeift«, antwortete Rosa Riedmaier. »Und dass ich schon deshalb nicht übergeben kann, weil ich mich vor ihr fürchten muss.«

Rupert sagte nichts dazu, er zuckte nur ratlos mit den mächtigen Schultern.

»Es ist doch nicht wahr, dass die Lena bei uns wie ein Dienstbote gehalten wird, das weißt du selber«, fuhr die Altbäuerin fort. »Nur an ihr liegt es, dass kein Friede ist in unserem Haus. Ich habe sie damals als Schwiegertochter mit Freuden aufgenommen, du weißt es, Rupert. Und wie benimmt sie sich? Manchmal glaubt man, dass sie krank sein muss. Sonst wär' das einfach nicht möglich. Und das arme Dirndl, die Angelika, muss auch darunter leiden.«

Der Mann sagte noch immer nichts, er starrte düster auf seine übergroßen Schuhe.

»Du bist ein herzensguter Mensch, Rupert«, fuhr die Mutter fort. »Du willst niemand wehtun. Alles schluckst du hinunter. Aber denk einmal nach, ob das nicht falsch ist, wenn du das Kommando so ganz der Lena überlässt! Sie kann doch nur giftig sein. Und dabei ist sie so tüchtig. Gut leben könnten wir alle miteinander, wenn sie sich ein bisserl zusammenreißen würde und freundlicher zu uns sein könnte!«

»Sie – sie meint's vielleicht nicht so, wie es herauskommt«, verteidigte Rupert seine Frau schwach. Dabei hefteten sich seine hellen Augen bittend auf das Gesicht der Mutter.

»Kann sein, Rupert. Aber sie lässt sich einfach

gehen. Es schaut aus, als ob sie sich selbst nicht mehr leiden könnte. Und so springt sie auch mit uns um. Nein, Rupert, da muss sich was ändern. So kann's nicht weitergehen bei uns.,

»Aber was soll ich denn machen, Mutter?« fragte er verzweifelt.

»Red mit ihr unter vier Augen, wie es unter Eheleuten üblich ist, wenn's Probleme gibt!«

»Na ja, probieren kann ich's ja«, versprach Rupert. Aber es klang gar nicht so, als ob das ein fester Vorsatz wäre.

❀

Am Sonntag durfte Angelika nicht zur Messe hinuntergehen. Die Mutter teilte sie zum Kochen ein, obwohl das Dirndl auch vor einer Woche drangewesen war. Offenbar witterte Lena Riedmaier, dass ihre Tochter mit einem Burschen zusammenkommen wollte.

Reichlich betrübt tat Angelika ihre Arbeit. In einem Moment, da sie allein in der Küche waren, zog die Großmutter das Dirndl an sich und sagte schnell: »Ich hät' dir ja gern das Kochen heut abgenommen, aber das gäb' dann nur einen noch größeren Verdruss, du weißt es ja.«

»Du bist lieb, Großmutter«, flüsterte Angelika dankbar. Die Großmutter war sonst eher eine zurückhaltende Frau. Ihre Zärtlichkeitsgeste war schon etwas ganz Besonderes.

Beim Mittagessen wurde noch weniger geredet als sonst. Rupert Riedmaier war wie meistens irgendwie geistesabwesend. Wahrscheinlich war er schon bei seiner Holzschnitzerei, an der er in jeder freien Stunde arbeitete. Manchmal überlegte Angelika, ob dieses Hobby dem Vater nicht sogar mehr bedeutete als das Wirtschaften. Oder war das nur seine Art, aus dem Hofalltag mit seinen Spannungen zu flüchten, die es ständig zwischen der Mutter und der Großmutter gab?

Nach dem Essen brachte Angelika die Küche in Ordnung. Dabei überlegte sie, ob nachmittags die Gabi heraufkommen und ihr Gesellschaft leisten würde. Vielleicht konnte sie dann mit der Freundin auch ein wenig über den Pius reden. Ganz vorsichtig natürlich. Dass der Pius sie geküsst hatte, brauchte die Gabi ja nicht gleich zu erfahren. Aber irgendeine Ahnung würde sie wohl schon haben. Denn der Pius hatte sich beim Feuerwehrfest ja recht auffallend um sie bemüht. Und dass er mit ihr weggegangen war, hatten sowieso alle gesehen.

Als sie mit der Küche fertig war, holte Angelika den von Gabi zum Geburtstag erhaltenen Roman aus ihrer Kammer, setzte sich im Schatten der Hauslinde auf die Bank und begann zu lesen. Dann und wann hob sie den Blondkopf und schaute zum Dorf hinunter. Aber von der Freundin war nichts zusehen.

Jemand anderer kam da allerdings so gegen

vier Uhr heraufgegangen. Es war ein Bursch, der einen Sommeranzug aus grünem Jägerleinen trug. Angelika hielt den Atem an.

Der Pius kam!

Aus Überraschung und Verlegenheit sah sie gleich wieder in ihr Buch und tat, als hätte sie ihn noch gar nicht bemerkt. Erst als seine Schritte schon ganz nah waren, blickte sie auf und wurde ganz rot dabei.

»Ja, grüß dich!« murmelte sie.

»Gell, da schaust!« lachte er sie an. »Ich hab' gehofft, dass ich dich beim Kirchgang treff' aber heut warst du ja nicht unten. Da schau' ich halt nach, hab' ich mir gedacht, wie es dir geht.«

Der Bursch sprach unbekümmert laut, es schien ihm nichts auszumachen, wenn es die Eltern des Dirndls hörten. Das war ganz die Art vom Pius. Er meinte sich das als angesehener Hoferbe leisten zu können. Welche Eltern würden unfreundlich sein, wenn er, der Toberer-Pius, ihre Tochter besuchen kam?

»Das – das ist nett von dir«, brachte Angelika heraus. »Magst dich hersetzen zu mir?«

»Gern.« Er hockte sich selbstbewusst neben sie auf die Bank und schaute auf das Buch in ihrer Hand. »Ah, ein Büchel tust lesen! Was steht denn drin?«

»Eine schöne Geschichte ist es halt«, gab sie Auskunft, recht froh, einen unverfänglichen Gesprächsstoff zu haben. »Von einem, der fortgeht von daheim, weil er glaubt, dass es in der Stadt schöner ist ...«

»Und die Liebe wird da wohl auch im Spiel sein, gell?« grinste der Pius und griff nach ihrer Hand.

»Nicht!« flüsterte Angelika und blickte sich ängstlich um. Und tatsächlich schaute da schon die Mutter vom Balkon herunter.

»Ah, da schau her – Besuch ist da!« bemerkte Lena Riedmaier mit iher stets lauten Stimme. »Der Toberer-Pius, wenn ich mich nicht täusch'!«

Er drehte sich nach ihr um und rief fröhlich: »Grüß dich, Riedmaierin! Wirst ja hoffentlich nichts dagegen haben, wenn ich mich da ein bisserl mit der Angelika unterhalte?«

»Warum soll ich was dagegen haben, wenn ihr da miteinander auf dem Banken sitzt?« antwortete Lena. Und das klang sogar so freundlich, dass Angelika nur staunte. Sie hatte schon gefürchtet, die Mutter würde den Pius so angrobsen, dass der gleich wieder davongehen könnte.

Aber da sagte die Mutter gleich noch etwas, über das sich Angelika noch mehr wunderte;

»Ich mach' jetzt einen Kaffee. Kommt dann herein, ihr zwei, wenn ihr einen trinken wollt!«

❀

Eine Viertelstunde später saßen sie in der guten Stube um den von der Bäuerin nett angerichten Kaffeetisch. Sogar Rupert war da. Er hatte zwar etwas gebrummt, als die Lena ihn nötigte, von seiner Schnitzarbeit wegzugehen, aber jetzt machte der Pius ihm eine Freude, indem er sich erkundigte:

»Ich hab' gehört, dass du ein Künstler bist, Rupert. Was schnitzt du denn alles?«

Die gewöhnlich in sich gekehrt blickenden Augen des Riesen bekamen einen warmen Glanz. »Also ein Künstler bin ich bestimmt keiner«, antwortete er bescheiden. »So vermessen bin ich nicht, dass ich mir das einbilde. Nur gern herumarbeiten tu' ich halt am Lindenholz. Und da kommt dann einmal das heraus, einmal was andres . . .«

Jetzt lächelte der Rupert sogar ein wenig, und das kam recht selten bei ihm vor.

»Und was zum Beispiel kommt da heraus?« fragte der Pius, wobei Angelika nicht wusste, ob es ihn wirklich interessierte, oder ob es bloß Höflichkeit gegenüber dem Vater war. »Alles Mögliche«, antwortete Rupert Riedmaier ein wenig verlegen. »Manchmal die Heilige Jungfrau, dann wieder Ritter Georg oder sogar der Heiland am Kreuz. Alte Bauernwappen mache ich auch, je nachdem, wie die Form vom Holz ist, das ich gerade habe.«

Pius schaute sich in der Stube um und entdeckte die hohe Marienstatue auf der Kommode.

»Die hast du auch selber gemacht?« wollte er wissen.

»Ja, die ist auch von ihm«, antwortete die Lena anstelle ihres Mannes. Und zum ersten Mal zeigte sie ein wenig Stolz, dass der Rupert so etwas fertig brachte. Bisher war das für sie nicht mehr als ein unnützer Zeitvertreib gewesen, eine närrische Spielerei, die den Bauern von wichtigeren Tätigkeiten abhielt.

»Allerhand!« lobte Pius. »Nicht zu glauben, dass einer von uns so etwas Schönes macht!«

Der Rupert lächelte hilflos. Aber es war ihm anzusehen, wie sehr es ihn freute, dass der Gast Gefallen an der Statue fand.

»Einmal möcht' ich dir ein bisserl zuschauen dürfen, wenn du so etwas angehst«, redete der Pius weiter. »Aber heut hab' ich eigentlich was anders vor. Ich möchte euch fragen, ob die Angelika mit mir ausgehen darf. Die anderen kommen auch auf die Lärchenalm hinauf. Ich bring' die Angelika schon nicht zu spät heim, das verspreche ich euch.«

Das Mädchen wurde rot und senkte den Kopf. Musste die Mutter jetzt nicht glauben, dass das ein abgekartetes Spiel war? Oh, Gott, was sich der Pius traute!

Doch Lena machte gar nicht das Gesicht, das jetzt alle von ihr erwarteten. Sie antwortete, verblüffend freundlich:

»Da haben wir nichts dagegen, Pius. Du bist ja

ein anständiger Bursch, der weiß, was sich gehört. Nimm sie nur mit, die Angelika, und bleibt halt wirklich nicht allzu lang aus!«

Die Augen des Dirndls leuchteten auf. »Danke, Mutter!« jauchzte es aus ihr heraus.

Das Wirtshaus auf der Lärchenalm war einst nur eine kleine, nicht einmal ganzjährig bewirtschaftete Almhütte gewesen. Hier hatten sich im Winter die Skifahrer mit einem Schnaps aufgewärmt, und im Sommer hatten die Wanderer den Durst mit einem Glas Milch löschen können.

Jetzt war im Lauf der Jahre ein ansehnliches, weithin bekanntes Gasthaus daraus geworden. Es gab neben der Schankstube einen großen Saal, und weil auch der im Blockhüttenstil ganz aus Holz gebaut war, wirkte er sehr zünftig. An jedem Samstag und Sonntag wurde hier flott zum Tanz aufgespielt. Und dann fanden alle die Sommergäste und jungen Einheimischen aus Wildberg und Umgebung, die sich hier vergnügen wollten, meist nicht genügend Platz.

Auch an diesem Sommersonntag war der Andrang groß. Pius quetschte sich mit Angelika auf eine schon gut besetzte Bank. Von den engeren Freunden war vorerst nichts zu sehen. Aber das war ja auch gar nicht ausgemacht. Das hatte der Pius vor Angelikas Eltern nur gesagt, damit sie ihr leichter das Mitgehen gestatteten.

»Ich bin eh nicht bös, wenn ich mit dir allein bin!« lachte er und drückte das Dirndl ganz fest an sich, während sie tanzten.

»Aber arg heiß ist es herinnen«, stöhnte er später und wischte sich den Schweiß vom Gesicht, »meinst du nicht?«

»Das ist wahr«, bestätigte Angelika.

»Weißt du was?« raunte ihr Pius ins Ohr. »Jetzt trinken wir unser Bier aus, und dann gehen wir noch ein bisserl spazieren miteinander. Angenehm wird es jetzt draußen sein, gell?«

»Wie du meinst«, antwortete Angelika, als ob es ihr so oder so recht wäre. Aber in Wirklichkeit sehnte auch sie sich schon danach, mit Pius ganz allein zu sein und sich von ihm herzen und küssen zu lassen. Während der ganzen Woche hatte sie sich danach gesehnt.

Nahe dem Gasthaus begann der Wald. Hier war es schon köstlich kühl. Die Strahlen der untergehenden Sonne drangen längst nicht mehr durchs Geäst der dichtstehenden Tannen. Harz und Moos dufteten erfrischend nach der Stickluft im Tanzsaal.

»Komm, legen wir uns ein bisserl her!« forderte Pius Angelika auf. Er breitete seine Joppe auf den Boden, ließ sich nieder und zog das Dirndl zu sich herunter. Dann küsste er es ohne viel Umstände.

Angelika empfand es wundervoll, so mit Pius beisammen zu sein. Mit geschlossenen Augen genoss sie seine Zärtlichkeiten und meinte zu träumen. Dass es so schön sein könnte, von einem Burschen geküsst und gestreichelt zu werden, hatte sie sich nicht vorgestellt. Es war also doch nicht ganz erfunden, was in den Romanen zu lesen war.

»Weißt du«, begann der Pius zwischen seinen Liebkosungen zu reden, »du gefällst mir wirklich ganz besonders, Angelika. Jeden Tag hab' ich an dich denken müssen, seit wir zum letzen mal beieinander waren. Und weißt du, was ich da gedacht hab'?«

»Wie – wie soll denn ich das wissen?« stammelte sie ganz benommen vom süßen Schmusen.

»Ich hab' halt gedacht, dass du vielleicht die Richtige wärst für mich, zum Heiraten, mein' ich.«

»Heilige Maria, was du alles denkst!« erwiderte sie ebenso beglückt wie überrascht. »Ich bin doch erst gerade achtzehn geworden . . .«

»Na und?« Er drückte sie fest an sich. »Da hast du doch schon das Alter dafür! Kein Mensch findet etwas daran, wenn ein Dirndl mit achtzehn Jahren heiratet. Ich kann dir ein paar aufzählen, die erst siebzehn waren. Die Mühlbacher-Emmi war sogar erst sechzehn vorbei!«

»Aber die hat heiraten müssen, weil sie doch das Kind gekriegt hat«, bemerkte Angelika.

»Ja, ja, aber du bist schon zwei Jahre älter. Ein

ganz normales Alter ist das bei einem Dirndl fürs Heiraten. Oder magst du mich vielleicht nicht?«

»Arg lieb hab' ich dich, Pius«, flüsterte Angelika und schmiegte sich an ihn.

»Also warum sagst du dann nicht ja?« drängte er. »Schau her, mein Vater will, dass ich ihm recht bald die Schwiegertochter ins Haus bring. Die Jungbäuerin muss bald her, sagt er bei jeder Gelegenheit. Das hängt auch damit zusammen, dass die Mutter ziemlich viel mit ihrer Gesundheit zu tun hat. Und der Vater will den Hof erst dann übergeben, wenn er ganz sicher sein kann, dass alles in Ordnung weiterläuft. Da muss dann schon ein Jungbäuerin auf dem Hof und eingearbeitet sein. Da hat der Vater doch Recht, oder?«

Angelika sagte nichts. Was der Pius da redete, beglückte sie, brachte sie aber auch ganz durcheinander. Heilige Maria, sollte sie wirklich schon heiraten und eine Bäuerin werden? Und noch dazu auf dem Tobererhof, dem Größten von ganz Wildberg?

»Willst du mich vielleicht nur deshalb heiraten, weil du schnell eine Jungbäuerin brauchst?« flüsterte sie. »Könnt' es da nicht genauso gut eine andere sein?«

»Geh, du Tschaperl!« lächelte er. »Spürst du denn nicht, wie gern ich dich hab'? Dich und keine andere?« er suchte ihre Lippen und küsste sie so stürmisch, dass sie schließlich beide ganz außer Atem waren.

Dann wollte Pius auch noch die letzte und größte Zärtlichkeit von ihr haben. Es fiel Angelika nicht leicht, ihn gerade jetzt abzuwehren, da alles so wundersüß war und er sie doch so liebte, dass sie seine Bäuerin werden sollte. Aber sie brachte die Kraft auf und bat:

»Nicht, Pius, bitte!«

»Ja, warum denn nicht – was hast du denn?« bedrängte er sie weiter. »Sind wir denn nicht schon so gut wie versprochen miteinander? Oder glaubst du, dass ich deinen Eltern nicht gut genug bin?«

»Das ist es nicht«, murmelte sie verschämt. »Meine Eltern werden dich schon mögen, Pius. Aber jetzt sind wir doch noch gar nicht verheiratet!

»Dummes Tschaperl, liebes!« Er verstärkte seine Liebkosungen. Ihr Widerstand erlahmte, und als sie dann eins wurden, war es für Angelika ein seliges und ernstes Versprechen, dass sie dem Pius ab nun für immer gehören würde – genauso wie er ihr.

❀

»Ein bisserl jung ist sie halt noch, unsere Angelika«, gab Rupert seiner Frau zu bedenken, nachdem ihnen die Tochter die Bewerbung des Pius mit vielem Erröten und Stocken angekündigt hatte.

Lena war anderer Meinung:

»Wenn das Kind eine so gute Partie machen kann, dürfen wir auf keinen Fall bremsen, Rupert. Erinner dich nur, wie alt ich war, als du zu meinem Vater gegangen bist!«

Gewöhnlich redete die Lena davon nur dann, wenn sie begründen wollte, warum sie auf den Riedmaierhof geheiratet hatte, und das war in ihrem üblichen Denken ja eine verhängnisvolle Dummheit gewesen. Wäre sie nicht vom Rupert schwanger geworden, hätte ihr Leben eine viel glücklichere Bahn genommen. Rupert war kein wirklich wohlhabender Bauer und ein Sonderling und Schlappschwanz dazu. Ohne die Nötigung durch das kommende Kind hätte sie ihn wohl nie geheiratet, auch wenn er nach Körpergröße und Muskeln der stärkste Mann im ganzen Tal sein mochte.

Bei ihrer Tochter sah Lena das alles ganz anders. Als Rupert jene besorgte Bemerkung machte, kam sie keinen Moment lang auf den Gedanken, dass ihre Tochter sich auffallend schnell verheiraten wollte. Lena selbst hatte sich ohne viel Überlegung mit einem Mann eingelassen, der zwar nett und anständig war, aber darüber hinaus in keiner Weise ihren Anforderungen entsprach. Daran, dass das auch der Tochter passieren könnte, weil sie den Pius ja noch nicht hinreichend kennen gelernt hatte, dachte Lena überhaupt nicht. Alle möglichen Erwägungen wurden bei ihr von der Tatsache verdrängt, dass ihr Kind nun die Bäuerin des größten Hofs von Wildberg werden sollte.

Was in Lenas Augen das große Glück der Tochter war, verdrängte eine Zeit lang sogar ihre eigenen Kümmernisse. Tagelang stritt sie sich mit der Schwiegermutter überhaupt nicht, und der Rupert bekam keine geringschätzigen Reden zu hören. Lena zeigte sich plötzlich wie verwandelt. Auf dem Riedmaierhof herrschte eine ungewohnt freundliche Stimmung.

Sie hielt auch noch an, als der Pius sich ganz formgerecht um Angelika beworben hatte und beide Familien erstmals gegenseitig zu Besuch gewesen waren. Dann aber kam es eines Vormittags wieder zum Streit, und natürlich wieder zwischen Lena und der Altbäuerin.

Das geschah an jenem Tag, an dem Angelika frühmorgens für eine Woche nach Osttirol gefahren war. Dort lebte eine verwitwete Großtante, die sich den Arm gebrochen hatte und verwandtschaftlicher Hilfe bedurfte.

Während Lena mit der Schwiegermutter den Speck einer geschlachteten Sau schnitt, bemerkte sie plötzlich:

»Die Angelika macht ihr Glück. Schon ein Jahr nach der Hochzeit wollen die Eltern vom Pius ihnen den Hof übergeben. Meiner Tochter geht es besser als mir.«

Rosa Riedmaiers Gesicht verschloss sich. In den letzten Tagen hatte sie schon überlegt, ob es jetzt für sie nicht wirklich an der Zeit wäre, sich aufs Altenteil zurückzuziehen. Die Lena benahm sich normal, man hatte recht nett miteinander reden können. Vielleicht wandelte sie sich durch das große Ereignis mit der Angelika endgültig. Wie schön wäre das!

Aber nun fing die Lena wieder selbst mit der Sache an – fordernd und sich beklagend, und noch dazu in ihrem typisch unguten Ton!

Die Altbäuerin presste die Lippen zusammen und beschloss, gar nicht zu antworten. Wozu den alten Streit wieder aufwärmen? Und wenn ihr die Schwiegertochter so kam, dann war die Rosa Riedmaier einfach außerstande, Lenas nörgelnd vorgebrachte Forderung zu erfüllen.

»Siehst du, ich hab' recht!« regte sich die Jüngere noch mehr auf. »Du denkst ja nicht einmal daran, normale Zustände auf unserem Hof herzustellen. Mich willst du nicht anerkennen, ja, sogar hinausbeißen willst du mich womöglich. Als ob ich nicht die Frau von deinem Sohn und die Mutter von deinem Enkelkind wäre!«

»Die Angelika lass jetzt lieber aus dem Spiel!« brach die Ältere ihr Schweigen. »Und was den Rupert betrifft, so weiß ich genau, wie du zu ihm stehst. Als Deppen stellst du ihn dauernd hin! Und leid tut es dir, dass du ihn geheiratet hast! Geh, mach mir nichts vor!«

»Du Bestie!« schrie Lena. »Du willst mir die Schuld geben, dass es bei uns so zugeht? Du selber bist schuld! Mir hast du von Anfang an das Leben schwer machen wollen, etwas anderes kennst du nicht! Ich versteh' gar nicht, wie ich das bis heute ausgehalten hab'!«

»Schrei mich nicht so an!« empörte sich Rosa Riedmaier. »Und wenn es dir nicht passt bei uns, kannst du ja gehen.«

»Aha, jetzt ist es heraußen!« Lena war ganz außer sich. Sie sprang auf, ihre Hand hielt das Messer, als wolle sie auf die Altbäuerin losstechen. Aber sie kreischte nur: ›,Weghaben willst du mich, jetzt hast du es zugegeben! Aber von dir lass' ich mich nicht vertreiben! Ich werde es dir schon zeigen, wer hier...

Sie hielt inne und lauschte. Draußen hatte es schon ein paarmal geklopft. Jetzt ging die Tür auf, und der Briefträger trat ein. Er schaut nur kurz auf die streitenden Frauen und legte dann ein Poststück auf den Tisch. »Da, für dich Riedmaierin«, sagte er und sah die Altbäuerin an. »Du musst unterschreiben ...«

❀

Als Angelika nach einer Woche wieder nach Hause kam, sah sie sich vergeblich nach der Großmutter um.

»Wo ist sie denn?« erkundigte sie sich bei der Mutter.

Lena machte ein finsteres Gesicht. »Was weiß ich«, antwortete sie abweisend. »Zur Kathrin auf die Alm ist sie hinaufgegangen, und jetzt ist sie noch immer nicht zurück.«

Mit der, etwas gleichaltrigen Sennerin war die Altbäuerin befreundet. Von Zeit zu Zeit ging sie hinauf, um Erinnerungen an frühere Jahre auszutauschen. Das wusste Angelika. Aber länger als eine Nacht war die Großmutter noch nie ausgeblieben. Als Angelika schon einen Tag daheim und die Großmutter noch immer nicht zurückgekehrt war, fragte das Mädchen den Vater:

»Glaubst du nicht, dass ihr was passiert sein könnte? Vielleicht sollte ich zur Kathrin hinaufgehen und nachschaun?«

»Geh nur«, sagte er in seiner geistesabwesenden Art.

»Gescheiter wär's, du würdest mir bei der Arbeit helfen, wo du jetzt sowieso eine ganze Woche wegwarst!« schimpfte Lena mit der Tochter, hielt sie aber schließlich doch nicht zurück.

Angelika machte sich eilig auf den Weg. Zur Kaiseralm, wo die Kathrin das Vieh einiger Höfe betreute, brauchte sie etwa drei Stunden.

Unterwegs fiel ihr ein, dass es daheim möglicherweise wieder einen Krach gegeben hatte, während sie bei der Großtante in Osttirol war. Vielleicht blieb die Großmutter deshalb ein paar Tage aus.

Der Gedanke an die vielen Zwistigkeiten zwischen der Mutter und der Großmutter stimmte Angelika traurig. Sie hatte beide von Herzen lieb und wünschte sehnlichst, die beiden Frauen würden so zueinander sein, wie man es von nahen Verwandten erwartete.

Vielleicht hat sich die Großmutter schon beruhigt und geht mit mir hinunter, überlegte das Mädchen und nahm sich vor, der Großmutter nötigenfalls gut zuzureden.

Dann kehrten Angelikas Gedanken dahin zurück, wo sie jetzt fast immer waren – zu Pius und der Hochzeit, die bald nach Neujahr gefeiert werden sollte.

So erreichte sie gegen Mittag die Kaiseralm. Die Kathrin saß gerade bei ihrer Milchsuppe.

»Ja, grüß dich, Dirndl!« freute sie sich über den Besuch. »Dass du auch wieder einmal zu mir heraufkommst!«

»Ich wollte nach der Großmutter sehen«, erklärte ihr Angelika. »Wo ist sie denn?«

»Da hab' ich keine Ahnung«, antwortete die Sennerin. »Wieso fragst du denn mich?«

»Na, weil sie doch zu dir heraufgegangen ist! Ist sie schon wieder weg?«

»Zu mir ist sie heraufgegangen?« Die Kathrin zeigte sich verwundert. »Aber sie war doch überhaupt nicht da! Wann soll sie denn zu mir gegangen sein?«

»Vor ein paar Tagen schon«, sagte Angelika erschrocken. »Heilige Maria, da muss ihr etwas passiert sein! Pfüat dich, Kathrin, ich lauf' sofort hinunter und sag', dass sie nicht bei dir angekommen ist!«

Der Vater sah Angelika stirnrunzelnd an. »Was, sie war gar nicht bei de Kathrin?«

»Nein.« Jetzt schossen dem jungen Mädchen die Tränen in die Augen. »Es muss ihr etwas passiert sein!«

»Dann müssen wir sie sofort suchen gehen«, murmelte der Bauer. »Und dem Bürgermeister muss ich's melden.«

Lena hörte sich das wortlos an. Dann schüttelte sie den Kopf: »Jesus, nichts als Schwierigkeiten mit der Großmutter.«

Rupert Riedmaier ging sofort zum Bürgermeister ins Dorf und erzählte ihm vom Verschwinden der Altbäuerin.

»Ja, wann ist sie denn schon fortgegangen von daheim?« erkundigte sich der.

»Am Dienstag wird's gewesen sein. Ja, am Dienstag.«

»Jesus, und heute ist schon Freitag!« meinte Bürgermeister Josef Thaler besorgt. »Schau schnell, dass du ein paar Männer zusammenrufen kannst! Ich verständige inzwischen die Gendarmerie.«

Eine halbe Stunde später machten sich sechs Männer, unter ihnen der Gendarmerie-Postenkommandant und noch ein Beamter, auf den Weg zur Kaiseralm. Angelika wollte unbedingt mitkommen, aber ihr Vater gestattete es nicht. »Du bleibst da?« entschied er mit einer für ihn erstaunlichen Entschlossenheit. »Das ist nichts für ein Dirndl!«

Zunächst streiften die Männer beiderseits des Weges durch den Hochwald. Hier war das Gelände noch recht übersichtlich. Dann aber gelangte der Trupp an die tiefe Klammschlucht. Der direkt zur Kaiseralm führende Fußsteig lief ein größeres Stück an ihr entlang, dann über einen Holzsteig auf die andere Seite und weiter aufwärts bis zur Baumgrenze. Dort endete auch die Schlucht.

»Ob sie da wo hinuntergefallen ist?« meinte Inspektor Hermann Lackner, der Gendarmerie-Kommandant. Er spähte scharf in den Abgrund.

In diesen Sommertagen führte der Klammbach fast kein Wasser. Nur ein dünnes Rinnsal rieselte zu Tal.

»Wenn wir die Klamm ganz genau absuchen wollen, brauchen wir sehr viel Zeit«, meinte der Bürgermeister. »Schaun wir jetzt einmal nach, so gut es geht.«

Inspektor Lackner stimmte dem Vorschlag zu. Am Steg teilten sich die Männer, je drei arbeiteten sich beiderseits an den unwegsamen Rändern der Schlucht entlang und bemühten sich, zu erkennen, ob da unten irgendwo die allenfalls verunglückte Rosa Riedmaier lag.

Nach zwei Stunden vereinigten sie sich oben an der Waldgrenze.

»Nichts zu sehen«, stellte der Postenkommandant fest. »Ich kann mir auch nicht vorstellen, warum die Riedmaierin da hinuntergefallen sein soll. Sie ist doch keine Städtische! Und gefährlich ist der Steig praktisch an keiner einzigen Stelle.«

»Ich versteh' das auch nicht«, stimmte Bürgermeister Thaler ihm zu.

»Morgen früh beginnen wir, die Klamm ganz genau abzusuchen«, sagte der Kommandant. »Da müssen die Leute von der Bergrettung helfen, ohne Seile geht das nicht. Jetzt streifen wir noch das Almgelände ab.«

»Warum soll sie denn irgendwo auf den Almwiesen sein?« widersprach einer der Männer.

»Viel Hoffnung hab' ich ebenfalls nicht, aber auf alle Fälle müssen wir auch da suchen«, entschied der Beamte.

»Viel Hoffnung ist überhaupt nicht mehr, wenn die Riedmaierin jetzt schon drei Tage abgängig ist«, murmelte der Bürgermeister mit einem besorgten Blick auf den Rupert.

Der hatte jetzt ein Gesicht, als wäre es mit einem Mal zu Stein geworden.

❁

Nach der erfolglosen Suchaktion dieses Tages erschienen der Gendarmerie-Kommandant und sein Kollege auf dem Riedmaierhof. Sie fanden eine verstört am Küchentisch sitzende Familie vor.

»Jetzt müsst ihr uns ein bissen was erzählen«, sagte Inspektor Lackner, nachdem er und der andere Beamte sich gesetzt hatten. »Warum ist denn die Großmutter eigentlich zur Kathrin hinaufgegangen?«

»Na, weil sie das von Zeit zu Zeit immer gemacht hat!« antwortete Lena schnell und sichtlich gereizt.

»Also ein besonderer Grund war diesmal nicht dafür vorhanden? War alles ganz normal bei ihr?«

»Sie hat gesagt, dass sie zur Kathrin hinaufgehen will. Und dann ist sie halt gegangen. Mehr kann ich nicht sagen.« Die Antwort gab wieder die Frau. Rupert selbst schwieg. Und Angelika kämpfte offensichtlich mit Tränen.

Jetzt wandte sich der Inspektor direkt an den Bauern: »In welchem Zustand war denn Ihre Mutter, bevor sie weggegangen ist?«

Rupert zuckte mit den Schultern. Er schien nicht zu wissen, was er antworten sollte.

»In was für einem Zustand soll sie denn gewesen sein?« ärgerte sich die Lena. »Die Großmutter war, wie sie halt immer ist!«

»Also gesundheitlich ganz in Ordnung?«

»Ja freilich, was denn sonst?«

»Nun, sie könnte ja bei dieser Hitze mit dem Herzen zu tun gehabt haben.«

»Dann wär' sie wohl sicher daheimgeblieben«, sagte Lena verächtlich. »Nein, sie war pumperlg'sund.«

»Und ihr nervlicher Zustand? War sie vielleicht irgendwie verwirrt oder besonders nervös?«

»Davon war nichts zu bemerken«, murmelte Rupert.

»Und du hast auch nichts bemerkt?« wandte sich der Beamte an Angelika, die sich die Hände vors Gesicht hielt.

»Die Tochter war zu dieser Zeit gar nicht daheim«, mischte Lena sich schnell ein. »Sie war bei der Großtante und ist erst gestern zurückgekommen.

Angelika schluchzte auf und nickte.

»Na, dann kann sie freilich nichts wissen«, lächelte Inspektor Lackner. »Und es hat nicht irgendeinen Unfrieden im Haus gegeben, bevor die Großmutter weggegangen ist? Besteht kein Grund, dass sie sich vielleicht absichtlich nicht meldet?«

»Herrgott, wir sind eine ordentliche Familie!« rief Lena empört. »Was braucht sie wegzugehen und sich absichtlich nicht zu melden? Das wär' ja doch die Höhe!«

»Und auch Sie, Herr Riedmaier, sehen keinen Grund, warum Ihre Mutter sich nicht melden könnte?« wandte der Inspektor sich an den schweigsamen Bauern.

»Sie tun ja gerade so, als würde vielleicht ich nicht die Wahrheit sagen!« regte sich die Lena auf, bevor Rupert den Mund aufbrachte. »Genügt es nicht, wenn ich sage, dass bei uns alles in Ordnung war?«

»Was haben Sie denn dagegen, wenn ich das

auch von Ihrem Mann bestätigt bekommen möchte?« fragte der Beamte gelassen. »Also, Herr Riedmaier, was sagen Sie dazu?«

Rupert hatte vor Anstrengung die Hände zu Fäusten geballt. Er hob sie und ließ sie dröhnend auf die Tischplatte fallen. Dann brummte er: »Ich kann da nichts anderes sagen als meine Frau...«

In diesem Moment schluchzte Angelika wild auf. Sie riss die Arme vors Gesicht und weinte herzzerbrechend.

Der Gendarmerie-Kommandant betrachtete das verzweifelte Mädchen nachdenklich. Dann stand er plötzlich auf und sagte:

»Also warten wir einmal ab, ob morgen etwas von ihr gefunden wird. Und nichts für ungut, wenn ich solche Fragen stelle. Ich tu' ja nur, was meine Pflicht und Vorschrift ist. Gute Nacht!«

❁

Auch die systematische Suchaktion des nächsten Tages brachte kein klärendes Ergebnis. Nach wie vor blieb die Frage offen, wohin Rosa Riedmaier verschwunden war, ob sie noch lebte oder nicht. In der Schlucht war jedenfalls keine Spur von ihr entdeckt worden.

Wieder kamen zwei Herren auf den Riedmaierhof, aber diesmal in Zivil. Sie stellten sich als Beamte der Kriminalpolizei vor.

»Wir möchten mit jedem Familienmitglied allein sprechen«, erklärte Kommissar Paul Brenner, der die Ermittlungen zu leiten hatte. »Dürfen wir das da drinnen in der Wohnstube tun?«

Rupert nickte bekümmert, aber seine Frau brauste auf: »Ja, was heißt denn das? Wir sind eine Familie, und bei uns kann jeder hören, was der andere redet!«

»Wie wir unser Befragungen durchführen, müssen Sie schon uns überlassen«, klärte sie der Kommissar auf. »Aber wenn Sie nicht wollen, dass wir die Stube benützen, können wir Sie ja zum Gendarmerieposten mitnehmen. Da gibt es ein Zimmer für solche Zwecke.«

»Das hört sich ja schon an, als ob wir Verdächtige wären, die Sie verhören müssen!« rief Lena erregt. Aber Rupert legte ihr die mächtige Hand auf die Schulter und murmelte:«, Lass sie nur, Lena, die Herren müssen ja ihre Pflicht tun!« Dann öffnete er die Tür zur Stube. »Bitte, meine Herren, kommen Sie nur herein, wir behindern Sie schon nicht.«

»Danke«, sagte der Kommissar.

»Dann wollen wir gleich mit Ihnen zuerst sprechen, Herr Riedmaier.«

Nachdem die Tür geschlossen war und sich die beiden Beamten mit dem Hausherrn gesetzt hatten, begann Kommissar Brenner:

»Da ist also ein Mensch spurlos verschwunden, und es handelt sich um Ihre eigene Mutter. Sie sind daher sicher besonders interessiert, dass wir den Fall klären können, und zwar möglichst schnell. Ist es so?«

Rupert nickte. Sein Blick war nicht auf den Kriminalbeamten, sondern auf die Tischplatte gerichtet.

»Denken Sie einmal mit uns!« schlug der Kommissar vor. »Ihre Mutter wollte, wie Sie sagen, auf die Kaiseralm zur Sennerin Kathrin gehen. Aber dort ist sie nie angekommen. Daher wäre es denkbar, dass die Frau unterwegs verunglückt ist. Nun haben wir ziemlich gründlich das gesamte Gelände entlang des Weges abgesucht und überhaupt nichts gefunden. Was soll man jetzt annehmen, Herr Riedmaier?«

Rupert zuckte in seiner typischen Art ratlos mit den Schultern. Den Blick hob er nicht.

»Da ist es doch denkbar, dass Ihre Mutter eben nicht zur Kaiseralm hinaufgegangen ist«, fuhr der Kommissar fort. »Habe ich Recht?«

Rupert nickte wortlos. Er begann mit dem kurzen, derben Nagel des Zeigefingers auf der Tischplatte zu kratzen, als ob da eine Verunreinigung zu beseitigen wäre.

Der Kommissar sah ihm eine Weile zu, dann sprach er weiter: »Also müssen wir uns die Frage stellen: Warum könnte Ihre Mutter vom Besuch auf der Kaiseralm geredet haben, wenn Sie in Wirklichkeit nicht dahin wollte, sondern zu einem anderen Ziel, das wir noch nicht kennen? Haben Sie eine Erklärung dafür?«

Rupert schüttelte den Kopf. Dabei sah er kurz auf, aber gleich wieder weg.

»Ihre Mutter könnte es für zweckmäßig gehalten haben, die Familie über ihre wahren Absichten zu täuschen«, sagte der Kommissar. »Oder können Sie sich einen anderen Grund denken?«

Wieder dieses Schulterzucken, aber keine Antwort.

»Sehen Sie«, lächelte Kommissar Brenner, »auch Sie können sich keinen anderen Grund vorstellen und daraus ergibt sich doch, dass es in Ihrer Familie eben nicht so vertraut und offenherzig zugegangen ist, wie Sie uns weismachen wollen. Es muss bei Ihnen im Haus Spannungen gegeben haben, und zwar solche, die Ihre Mutter stark beeindruckten. Ist das richtig?«

Der Bauer antwortete nicht.

»Herrgott, Riedmaier, jetzt verstehe ich Sie nicht!« stöhnte Kommissar Brenner auf. »Da strengen wir uns an, um das Verschwinden Ihrer Mutter aufzuklären, und Sie wollen uns dabei überhaupt nicht helfen!«

»Also natürlich gibt's in jedem Haus einmal irgendwelche Unstimmigkeiten«, murmelte der Bauer. »Ist da was dabei?«

»Nein, im Allgemeinen sicher nicht. Aber in diesem Fall müssen wir erfahren, was los war. Nur das kann uns weiterbringen.«

Rupert hob den Kopf und blickte dem Beamten jetzt voll in die Augen. »Das häufige Problem, Herr Kommissar – Alt und Jung tut oft zusammen nicht gut in einer Küche.«

»Kann ich das so verstehen, dass es zwischen den beiden Frauen Zank gegeben hat?«

Der Bauer nickte.

»Und um was ist es konkret gegangen?«

»Also – was in einem Haushalt alles so vorkommt«, wich der Rupert aus.

»Herrgott, Riedmaier, schön langsam platzt mir der Kragen!« fuhr Kommissar Brenner ihn barsch an. »Sie reden immer nur um den Brei herum. Wollen Sie uns jetzt Auskunft geben oder nicht? Worüber haben die Frauen sich zuletzt gestritten? Nur über das Salz in der Suppe oder etwas Wichtigeres?«

»Ich war nicht dabei«, murmelte Rupert. »Fragen Sie doch die Lena!«

»Darauf können Sie sich verlassen, Riedmaier. Aber damit Sie begreifen, für wie ernst wir das Verschwinden Ihrer Mutter halten, müssen wir noch über eine andere Möglichkeit reden. Wissen Sie, was mit Ihrer Mutter noch geschehen sein kann?«

Rupert zuckte mit den Schultern. »Nein, Herr Kommissar, wie soll ich das wissen?«

»Irgendjemand kann daran interessiert gewesen sein, dass Ihre Mutter nicht mehr lebt, Riedmaier! Man kann Ihre Mutter ermordet und beseitigt haben!«

»Herr im Himmel!« stöhnte Rupert auf und schlug die riesigen Hände vors Gesicht. Er begann gottserbärmlich zu heulen.

Kommissar Brenner ließ ihn eine Zeit lang gewähren. Dann winkte er seinem Gehilfen: »Los, Winkler, jetzt die Frau herein! Und ihn schaffen Sie hinaus!«

❀

Lena hatte eine trotzige Miene aufgesetzt. Sie hockte sich hin und blickte den Kommissar kampfbereit an.

»Meinem Kollegen, dem Herrn Postenkommandant, haben Sie gestern gesagt, dass in Ihrer Familie alles in Ordnung ist«, begann er die Einvernahme.

»Jawohl«, beharrte die Bäuerin.

»Sie sollten uns lieber die Wahrheit sagen, Frau Riedmaier. Warum haben Sie mit Ihrer Schwiegermutter gestritten?«

Lena lief vor Zorn rot an. »Hat mein Mann, dieser Waschlappen, vielleicht blödes Zeug geredet? Der plappert doch alles nach, wenn man ihm zusetzt! Lassen Sie bloß meine Familie in Frieden!«

Kommissar Brenner blieb freundlich. »Das wollen wir gern, Frau Riedmaier. Aber leider ist Ihre Schwiegermutter spurlos verschwunden. Sollen wir der Sache vielleicht nicht nachgehen? Was meinen Sie?«

»Sie ist weggegangen, und sie wird wiederkommen!« stieß Lena heraus. »Ich weiß nicht, warum da ein so großes Tamtam gemacht wird.«

»Das klingt gerade so, als ob Sie sich nicht die geringsten Sorgen machen, Frau Riedmaier. Ist es Ihnen denn ganz egal, ob der Frau etwas zugestoßen ist oder nicht?«

»Ich lass mich halt nicht gleich verrückt machen wegen so einer Sache!«

Jetzt wechselte Kommissar Brenner den Ton. Er fragte scharf: »Wäre es Ihnen vielleicht sogar recht, wenn Ihrer Schwiegermutter etwas passiert wäre?«

Lena hielt seinem Blick stand. Sie schoss zurück: »Wie reden Sie denn eigentlich mit mir, ha? Muss ich mir in meinem Haus so etwas sagen lassen? Eine solche Gemeinheit lass ich mir auch von Ihnen nicht gefallen, Herr Kommissar!«

»Mäßigen Sie sich!« entgegnete er gelassen. »Sie wollen uns ja nicht die Wahrheit sagen. Da dürfen Sie sich nicht wundern, wenn wir Ihnen jede Möglichkeit vorhalten müssen.«

»Ich soll mich nicht aufregen, wenn Sie mir eine solche Gemeinheit unterstellen, Herr Kommissar? Vielleicht lassen sich andere Leute so etwas gefallen, mein Mann zum Beispiel, der Waschlappen. Aber ich nicht!«

»Jetzt reden Sie schon zum zweitenmal verächtlich über Ihren Mann, Frau Riedmaier. In Ihrer Ehe scheint also doch nicht alles in Ordnung zu sein. Wie ist das?«

»In meiner Ehe ist alles in Ordnung! Nur zu weich ist der Rupert halt. Aber wenn ein Mann so ist, muss eben die Frau ein bisserl energischer sein. Das müssen sich die zwei dann untereinander ausmachen. Sonst geht das niemand was an.«

»Also lassen wir das«, gab sich der Kommissar scheinbar zufrieden. »Reden wir jetzt einmal ganz offen, wie es zwischen Ihnen und der Schwiegermutter zugegangen ist.«

»Ich hab' meine Schwiegermutter gern«, sagte Lena rasch. »Auch wenn ich's nach außen nicht so zeig' wie andere. Und ich heuchle auch nie. Wenn mir etwas nicht passt, dann sag ich's.«

»Hat Ihnen bei Ihrer Schwiegermutter oft etwas nicht gepasst?«

»Herrgott, wenn zwei ständig zusammenleben, gibt's halt auch Meinungsverschiedenheiten!

Nicht alle Frauen haben auf die gleiche Art gelernt, wie man kocht und wirtschaftet. Und wenn dann eine alte und eine junge miteinander in der Küche sind, gibt's halt manchmal Reibereien.«

»Und dabei ist es immer nur ums Kochen und so, also um Kleinigkeiten, gegangen?«

»Um was denn sonst?«

»Wer anschafft, zum Beispiel.

Eine muss ja das Kommando führen. Wie war denn das bei Ihnen?«

»Na, ich hab' natürlich angeschafft und eingeteilt«, antwortete Lena temperamentvoll. »Ich bin ja schließlich die Frau vom Bauern!«

»Und für Ihre Schwiegermutter war das selbstverständlich?«

»Na klar, Herr Kommissar. So ist es doch allgemein üblich bei uns. Die Mutter hat mir da nie irgendwelche Schwierigkeiten gemacht.«

Kommissar Brenner betrachtete die Frau nachdenklich. Dann fragte er:

»Ausgerechnet zu dem Zeitpunkt, da Ihre Schwiegermutter verschwunden ist, war Ihre Tochter nicht im Haus. Haben Sie die Angelika weggeschickt?«

»Na, klar hab' ich Sie zur Großtante geschickt«, antwortete Lena prompt. »Wenn eine alte Frau sich die Hand bricht und nichts angreifen kann, muss die Verwandtschaft doch helfen!«

»Wann waren denn Sie zum letztenmal bei dieser Großtante in Osttirol?«

»Das ist schon ein paar Jahre her.«

»Also sehr eng war die verwandtschaftliche Beziehung nicht, Frau Riedmaier. Sind denn bei der Großtante keine anderen Leute in der Nähe, die sich ihrer annehmen? Warum muss ausgerechnet von so weither Hilfe kommen?«

»Sakra, weil wir doch ihre einzigen Verwandten sind!« entrüstete sich Lena. »Aber was geht denn das Sie überhaupt an?«

»Uns fällt eben auf, dass Ihre Schwiegermutter ausgerechnet da verschwand, als Ihre Tochter außer Haus war, Frau Riedmaier. Denn mit dem, was da passiert ist, wäre das Dirndl bestimmt nicht einverstanden gewesen.«

Jetzt wurde die Bäuerin blass. »Herr Kommissar«, stammelte sie, »Sie wollen mir doch hoffentlich nicht in die Schuhe schieben, dass ich ... der Mutter ... etwas angetan hab'?«

»Ich schiebe Ihnen gar nichts in die Schuhe, ich untersuche den Fall und muss jede Möglichkeit erwägen, Frau Riedmaier. Sie können jetzt gehen. Wir unterhalten uns noch mit Ihrer Tochter.«

»Verschrecken Sie mir ja mein Kind nicht!« sagte Lena giftig, ehe sie aus der Stube ging.

❁

Angelikas Gesicht war verweint, sie machte einen völlig verzweifelten Eindruck. Kaum hatte sie sich hingesetzt, begann sie schon wieder heftig zu schluchzen.

Kommissar Brenner hielt es für nicht sehr sinnvoll, das Mädchen in diesem Zustand gründlich zu befragen. Nur eines wollte er wissen:

»Sie sind auf die Kaiseralm hinaufgelaufen, um die Großmutter zu suchen. Sie hatten sie wohl sehr gern und sich Sorgen gemacht, nicht wahr?«

Angelika nickte. Ihre Schultern zuckten vor Weinen.

»Sind Sie aus eigenem Antrieb auf die Kaiseralm gegangen oder haben die Eltern Ihnen das anschaffen müssen?«

Das Mädchen blickte den Beamten verständnislos an. »Ich hab' zum Vater gesagt, dass der Großmutter vielleicht etwas passiert sein könnt', wenn sie schon solange ausbleibt. Und dass ich nachschaun will bei der Kathrin.«

»Danke«, sagte der Kommissar. Dann verließ er mit seinem Gehilfen den Riedmaierhof.

Im Auto fragte er: »Na, Winkler, was halten Sie davon?«

»Die Frau ist ein Weibsteufel«, antwortete der junge Beamte. »Bei der könnte ich mir vorstellen, dass sie die Alte weggeräumt hat. Nur ein Motiv müsste sie gehabt haben. Wegen mehr oder weniger Salz in der Suppe bringt man doch keinen Menschen um!«

»Nicht wenn nur einmal darüber gestritten wird«, bestätigte Kommissar Brenner lächelnd. »Aber wenn es andauernd Zank gibt, kann eine Frau wie diese Lena Riedmaier schon zur Weißglut kommen und gewalttätig werden. Aus nichtigerem Anlass hat es schon so manchen Totschlag gegeben.«

»Sie meinen, dass die Junge die Alte ohne Mordabsicht umgebracht und dann aus Angst vor der Strafe beseitigt haben könnte?«

»Genau. Aber noch etwas anderes müssen wir prüfen. Diese Lena Riedmaier könnte ein wirkliches Mordmotiv gehabt haben. Bei den ewigen Streitereien zwischen den beiden Frauen ist es vielleicht um viel mehr als um das Salz in der Suppe gegangen.«

»Sie meinen um die Herrschaft im Haus?«

»Ja, und um den ganzen Besitz. Ist Ihnen nicht aufgefallen, dass ich eine wichtige Frage gar nicht gestellt habe?«

»Doch, Herr Kommissar. Ich hätte mich erkundigt, ob die Großmutter schon im Ausgedinge war. Wenn sie den Hof noch nicht übergeben hat, wäre das ein sehr wichtiger Umstand.«

»Richtig, Winkler. Aber diese Frage habe ich mit Absicht weggelassen, allerdings nur heute. Ich wollte hören, wie die junge Frau die Streitereien begründet. Wenn sie verschweigt, dass sie sich um den Besitz gerauft haben, ist die Lena wirklich höchst verdächtig. Wir fahren jetzt zum Bürgermeister und erkundigen uns nach den Besitzverhältnissen auf dem Riedmaierhof.«

❀

In der Familie herrschte eine gedrückte Stimmung. Rupert Riedmaier machte den Mund überhaupt nicht mehr auf. Die Lena zeigte sich noch mehr gereizt als sonst, warf mit Sachen herum, redete jedoch auffallend wenig.

Am Vormittag schickte sie Angelika auf die steile Hangwiese, die stets als Letzte gemäht wurde. Hier konnte alles nur von Hand gemacht werden.

Während Angelika flink das Heu wendete, war auf einmal ein Hund da. Sie erkannte den Dachshund des neuen Jägers, mit dem sie vor einiger Zeit gesprochen hatte. In ihren Gedanken an das Schreckliche, das die Familie jetzt erlebte, hatte sie den Mann und seinen Vierbeiner gar nicht kommen gesehen.

»Grüß dich, Dirndl!« sagte der Jäger freundlich und blieb stehen. »Könntest ein paar Wolken brauchen, solange du da arbeiten musst, gell?«

»Fürs Heu taugt die Sonne«, antwortete sie, ohne aufzublicken.

»Du schaust heute gar so traurig drein«, bemerkte der Jäger. »Gell, die alte Frau, die abgängig ist, ist deine Großmutter?«

Angelika nickte nur. Sie war dem Weinen nah.

»Tut mir wirklich leid, dass ihr solche Sorgen habt.« Der junge Mann schaute sie mit aufrichtiger Anteilnahme an. »Ich möchte wünschen, dass die Sache doch noch gut ausgeht.«

»Wie soll sie denn gut ausgehen?« schluchzte sie auf. »Wo doch die Großmutter schon so lang weg ist!«

»Die Hoffnung darf man nie aufgeben«, meinte er. »Übrigens weiß ich noch gar nicht, wie du heißt. Dass ich der Peter Winterhager bin, hab' ich dir ja schon gesagt, wie wir uns damals kennen gelernt haben.«

»Angelika heiß' ich«, murmelte sie. Jetzt stellte sie die Heugabel ab und blickte ihn durch Tränen an: »Gell, Peter, du schaust dich auch um, wenn du am Berg herumgehst, ob du vielleicht was findest von der Großmutter.«

»Ja, freilich tu' ich das, Angelika. Ich war auch schon dabei, wie die Klammschlucht durchsucht worden ist.«

»Mein Gott, wenn sie jetzt gefunden wird, lebt sie ganz bestimmt nicht mehr!« schluchzte sie auf und begann wieder zu arbeiten. Dabei liefen ihr unentwegt Tränen über die Wangen.

Der Jäger wusste nicht, was er jetzt noch sagen sollte. Gern hätte er sich länger mit diesem lieben Dirndl unterhalten, aber in diesen Tagen des Familienunglücks war sicher nicht die richtige Zeit dafür.

»Pfüat dich, Angelika!« verabschiedete er sich und ging weiter.

Er hatte sich kaum hundert Schritte entfernt, als der Toberer-Pius heranmarschierte.

»Du bist aus Osttirol zurück und hast dich noch nicht einmal gemeldet bei mir!« rief er vorwurfsvoll.

»Wenn ich es nicht zufällig erfahre, weiß ich gar nicht, dass du schon da bist!«

Angelika legte die Gabel weg und kam auf ihn zu. »Entschuldige, Pius, aber du wirst ja gehört haben, was bei uns passiert ist. Ich kann immer nur an die arme Großmutter und an nichts anderes denken.«

Der Bursch machte ein beleidigtes Gesicht. »Das hör' ich aber gar nicht gern. An mich denkst du jetzt überhaupt nicht? Bin ich dir denn weniger wert als die Großmutter?«

»Bitte, red nicht so, Pius!« Angelika sah ihn flehendlich an. »Begreifst du denn nicht, dass ich jetzt schrecklich traurig bin? Wenn bei euch so etwas passieren würde, wärst du es doch auch, gell?«

»Aber dich würde ich dabei nicht vergessen!« Er lächelte versöhnlich und zog sie an sich. Doch als er sie küssen wollte, ließ sie es nur widerstrebend zu.

»Jetzt wird's aber Zeit, dass du wieder auf andere Gedanken kommst«, sagte er verwundert. »Hast du denn gar keine Sehnsucht gehabt nach mir, als du in Osttirol warst?«

»Aber freilich«, flüsterte sie und legte die Wange an seine Schulter. »Nur hab' ich da halt noch nichts davon gewusst, was daheim passiert ist.«

Pius wertete ihre Geste so, dass sie jetzt bereit war, wieder zärtlich zu sein. »Weißt du was?« raunte er ihr ins Ohr. »Gehen wir ein bisserl in den Heustadel hinüber! Ich hab' ja schon so sehr darauf gewartet, dass du wieder zurückkommst!«

Er wollte sie gleich mitziehen, aber Angelika wehrte sich. »Nein, Pius, das geht jetzt nicht. Ich muss das Heu wenden und dann schnell heimgehen. Die Mutter braucht mich.«

»Jetzt mach' keine Faxen!« drängte er sie. »Auf eine halbe Stunde wird's da wohl nicht ankommen!«

»Doch, Pius. Bitte, versteh' das! Und ich bin ja auch ganz fertig wegen der Großmutter. Hab' jetzt ein bisserl Geduld mit mir, bitte!«

»Und vorhin hast du Zeit gehabt, um mit dem neuen Jager zu diskutieren?« fuhr er sie an. »Glaubst du vielleicht, ich hab's nicht gesehen, wie du dich mit ihm unterhalten hast?«

»Aber das ist doch überhaupt nicht wahr!« widersprach sie betroffen. »Ein paar Wörterl wegen der Großmutter haben wir geredet, das war alles! Wie kannst du mir da einen Vorwurf machen?«

»Dem Jager trau' ich nicht«, knurrte Pius. »Das sind doch lauter Tagediebe. Spazieren herum, wenn sie nicht gerade auf der faulen Haut liegen, und lassen sich noch gut bezahlen dafür. Und jedem Weiberrock rennen sie nach. Haben ja auch genug Zeit dafür.«

»Jetzt tust du dem Peter unrecht«, ärgerte sich Angelika. »Jedes Wort hättest du hören können, das er mit mir geredet hat.«

Pius winkte ab. »Am Anfang spielt so einer halt den anständigen Kerl, damit er Eindruck schindet. Ich lass mir da nichts vormachen. Aber ich mach' dich aufmerksam, Angelika: Mach' dem nur ja keine schönen Augen! Wenn ich merke, dass du ihn auf irgendeine Art ermutigst, wirst du was erleben von mir. Da kenn' ich keinen Spaß!«

»Jetzt spielst du ganz verrückt, Pius!« Angelika drehte sich verärgert um und nahm wieder die Heugabel auf.

❁

Auf dem Riedmaierhof waren indessen wieder die beiden Kriminalbeamten eingetroffen, und mit ihnen der Gendarmerie-Postenkommandant mit dem jüngeren Kollegen.

»Was gibt's denn schon wieder?« schimpfte die Lena, als sie das beunruhigend große Beamtenaufgebot entdeckte.

»Wir möchten uns das Zimmer von der Großmutter und ihre Sachen ansehen«, antwortete Kommissar Brenner. »Und überhaupt wollen wir uns ein bisserl auf dem Hof umschauen.«

»Was suchen Sie denn auf unserem Hof?« stieß die Bäuerin heraus. »Bilden Sie sich vielleicht ein, dass wir die Großmutter zum Spaß versteckt haben?«

»Zum Spaß bestimmt nicht«, antwortete der Kommissar etwas grimmig. »Zeigen Sie mir jetzt, wo die Rosa Riedmaier gewohnt hat!«

»Na, überall hat sie gewohnt, wo auch wir

wohnen!« schnappte Lena zurück. »Wir sind doch eine Familie!«

»Aber mit Ihnen und Ihrem Mann wird sie doch nicht zusammengeschlafen haben, liebe Frau Riedmaier. Und ihre eigenen Sachen wird die Großmutter doch auch gehabt haben. Die wollen wir jetzt einmal sehen. Oder haben Sie Angst, uns da hineinschauen zu lassen?«

»Angst? Ich?« Lena schnaubte.

»Von mir aus können Sie sich anschaun, was Sie wollen! Nur reicht es mir halt schon, mich andauernd mit Ihnen abgeben zu müssen! Lassen Sie uns in Frieden – suchen Sie lieber die Großmutter!«

»Worauf Sie sich verlassen können«, antwortete der Beamte ruhig. »Und wir werden die Großmutter sogar dort suchen, wo es Ihnen vielleicht gar nicht passt.«

»Mit Ihnen ärgere ich mich nicht mehr!« sagte Lena patzig. »Kommen Sie von mir aus mit!«

Rosa Riedmaier hatte nach dem Tod ihres Mannes die eheliche Schlafstube behalten. Das war einer der größeren Räume in der oberen Etage. Lena hatte vergeblich versucht, die Stube für sich zu bekommen. Da war die Altbäuerin unnachgiebig gewesen.

Der Kommissar trat mit seinem Gehilfen hinter der Bäuerin ein und blickte sich um.

»Wie lange war sie denn schon Witwe?« erkundigte er sich.

»Sehr lange«, antwortete Lena einsilbig.

»Wie viele Jahre, hätte ich gern gewusst.«

»Achtzehn.«

»Da war sie ja noch nicht älter, als Sie es heute sind!«

»Ein bisserl schon. Ich bin sechsunddreißig. Sie war damals schon vierzig.«

»Sehr früh für eine Frau, wenn sie da schon Witwe wird«, bemerkte der Kommissar. »Hat sie denn dann nicht noch einmal heiraten wollen?«

»Keine Ahnung. Geredet hat sie jedenfalls nie etwas davon.«

Kommissar Brenner blickte auf das schwere Doppelbett. »Vielleicht hängt sie noch an ihrem verstorbenen Mann. Das schaut hier ja gerade so aus, als würde er noch leben.«

»Sie hat nichts verändern wollen«, bestätigte Lena.

Dem Beamten ging durch den Kopf, ob auch diese Lena sich in dieser Beziehung wie die Altbäuerin verhalten würde, falls sie ihren Mann, diesen riesigen Rupert, nicht mehr hätte. Eine große Liebe schien das zwischen den beiden ja nicht mehr zu sein.

Na ja, große Liebe, dachte Paul Brenner. Wo dauert die schon lange? Aber gernhaben muss man sich wenigstens nach ein paar Jahren oder Jahrzehnten noch können.

»Haben Sie schon nachgeschaut, was die Großmutter alles mitgenommen hat?« fragte er.

»Was soll sie denn schon mitgenommen haben, wenn sie für einen Tag oder höchstens zwei auf die Alm hinaufgegangen ist?« fragte Lena in ihrer bissigen Art zurück.

»Das heißt also gar nichts.« Der Kommissar zog die Nachttischlade heraus und blickte hinein. »Wo hat sie denn die Sachen, die Frauen so mit sich herumtragen, wenn sie nicht gerade daheim sind? Die Geldbörse zum Beispiel?«

»Die wird sie wohl mitgenommen haben«, meinte Lena verdrossen.

»Auf die Alm? Wozu braucht sie denn da Geld?«

»Was weiß ich!«

»Aber Sie haben jedenfalls schon nachgeschaut und wissen, dass die Geldbörse nicht da ist?«

»Wird schon sein, dass ich nachgeschaut hab'.«

»Und wie war das bei Ihrer Schwiegermutter, hatte die immer größere Geldbeträge daheim?«

»Davon weiß ich nichts.«

»Aber hören Sie, Frau Riedmaier, Sie leben jetzt schon über achtzehn Jahre mit der Schwiegermutter zusammen! Ich kann da einfach nicht glauben, dass Sie über die Gewohnheiten der Altbäuerin nicht Bescheid wissen. Hatte die Frau nun größere Geldbeträge daheim oder nicht?«

»Und wenn Sie sich auf den Kopf stellen, ich weiß nichts davon«, schnappte Lena zurück.

»Schöne Familienverhältnisse«, bemerkte der

Kommissar ironisch. »Zuerst haben Sie uns erzählt, dass es in dieser Familie vorbildlich harmonisch zugegangen ist. Dann sind Sie damit herausgerückt, dass Sie und die Schwiegermutter sich gezankt haben, aber nur wegen Kleinigkeiten. Jetzt stellt sich heraus, dass Sie nicht miteinander, sondern nebeneinander gelebt haben. Was wird denn das Nächste sein, das sich da herausstellt?

Lenas Gesicht zeigte Unruhe. Sie schaute weg und antwortete hastig: »In keiner Familie geht alles ideal. Ich hab' nie behauptet, dass wir da eine Ausnahme sind.«

»Aber dass in einer Familie jemand einfach spurlos verschwindet, ist gar nicht üblich. Da sind Sie schon eine Ausnahme, liebe Frau Riedmaier. Aber wir werden noch Gelegenheit haben, uns in Ruhe darüber auszusprechen. Zeigen Sie mir jetzt das Sparbuch der Schwiegermutter!«

»Ich hab's nicht«, antwortete Lena nervös. »Ich kann Ihnen meins zeigen, wenn Sie wollen, aber wo die Großmutter ihres hat, weiß ich nicht.«

»Seltsam«, bemerkte der Kommissar. Er wandte sich dem Gehilfen zu: »Los, Winkler, suchen wir ein bisserl! Schauen Sie sich den Wäschekasten dort an, ich nehme die Schubladen!«

Obwohl er nur von »ein bisserl«, Suchen gesprochen hatte, nahmen Kommissar Brenner und sein Gehilfe sich den Inhalt der Schränke und Laden sehr gründlich vor. Unter der Wäsche fand sich weder Geld noch das Sparbuch. In den Schubladen war der übliche Inhalt: Schachteln voll Fotografien, alte Briefe, allerlei persönliche Gebrauchsgegenstände und tausend Sachen, mit denen ältere Leute irgendwelche Erinnerungen verknüpfen, auch wenn sie an sich wertlos sind. Nur von Geld, Sparbuch und Schmuck war nichts zu entdecken.

»Hat die Schwiegermutter denn keine Wertgegenstände besessen?« fragte der Kommissar über die Schulter zurück. »Jede Frau, die nicht gerade bettelarm ist, hat doch irgendwelche Halsketten, Finger- und Ohrringe, Broschen und ähnliche Sachen! Wo sind die denn?«

»Ich hab' mich nie darum gekümmert, was die Schwiegermuter alles hat.« Lena knetete die Finger ihrer kräftigen Hände. »Das hätte leicht so ausschauen können, als wär' ich scharf auf die Sachen der Mutter«, fügte sie erklärend hinzu.

»Aber irgendetwas muss doch da gewesen sein! Wo sind die Sachen hingekommen? Oder gibt's hier im Haus noch ein anderes Zimmer, das die Schwiegermutter allein benutzt hat?«

»Nein, ihre persönlichen Sachen hat sie nur hier in ihrer Stube gehabt.«

»Sie sagen ›gehabt‹, Frau Riedmaier. So redet man nicht über Familienmitglieder, die hier zu Hause sind und noch leben. Sie wissen also, dass die Schwiegermutter tot ist?«

»Nein, das hab' ich nicht sagen wollen!« rief Lena hastig. »Sie verdrehen mir das Wort! Jetzt sag ich überhaupt nichts mehr!«

»Sie werden uns noch eine ganze Menge sagen«, erwiderte der Beamte ruhig. »Wetten wir?«

Lena wandte sich wütend ab und starrte aus dem Fenster. Aber statt trotzig zu schweigen, wie es jetzt von ihr zu erwarten war, rief sie empört:

»Ja, was machen denn die da unten?«

Kommissar Brenner trat neben sie und blickte hinunter. Im Gemüsegarten gruben Inspektor Lackner und sein Kollege ein Beet auf.

»Meine Salatpflanzen!« kreischte Lena wie von Sinnen. »Seid ihr denn narrisch, ihr depperten Gendarmen? Wozu macht ihr mir denn mein Salatbeet kaputt?«

»Von ›deppert‹ will ich nichts gehört haben, Riedmaierin«, antwortete der arg schwitzende Postenkommandant. »Amtsbeleidigung kostet was!«

»Aber ihr habt doch unter meinem Salat nichts zu suchen!« schrie Lena wütend.

»Doch«, sagte Kommissar Brenner ruhig. »Wir suchen Ihre Schwiegermutter. Die Salatpflanzen sind nämlich erst nach ihrem Verschwinden gesetzt worden.«

Lena wurde bleich, in ihren Augen war plötzlich Angst. »Sie glauben«, dass wir sie umgebracht haben?« stieß sie heraus. »Jesus Christus, wie können Sie denn nur so etwas denken? Nein, wir haben der Mutter nichts getan, Herr Kommissar! Wir haben sie nicht umgebracht!«

»Ihr alle zusammen vielleicht nicht. Die Angelika war bestimmt nicht dabei. Der Bauer vielleicht auch nicht. Aber Sie könnten es getan haben. Wollen Sie die Tat nicht lieber gleich gestehen? Wo haben Sie die Schwiegermutter vergraben?«

»Herrgott, ich hab' sie nicht umgebracht!« rief Lena. Sie zitterte jetzt am ganzen Körper. »Bei meiner Seele – ich bin unschuldig!«

»Kommen Sie mit in die Stube hinunter!« forderte Kommissar Brenner sie ungerührt auf. »Wir müssen in aller Ruhe miteinander reden ...«

❀

Unten in der Wohnstube redete er ihr dann gut zu: »Jetzt hören Sie mich einmal an, Frau Riedmaier. Wir wollen ja nicht unbedingt annehmen, dass Sie die Schwiegermutter heimtückisch und vorsätzlich umgebracht haben. So ein böser Mensch müssen Sie gar nicht sein. Aber vielleicht ist Ihnen die Frau immer mehr auf die Nerven gegangen. Jeden Tag ein Streit, das hält man auf die Dauer nicht aus. Auch mich würde so etwas fertig machen. Und dann ist es plötzlich passiert. Sie sind wieder einmal ins Streiten gekommen, und diesmal ist es nicht bei Worten geblieben. Und plötzlich ist die Schwiegermutter tot dagelegen. Dabei müssen Sie selbst die Frau gar nicht getötet haben. Ein Stoß vielleicht – sie stolpert, stürzt und schlägt mit dem Kopf auf. So könnte es zum Beispiel gewesen sein. Oder war es anders? Warum erzählen Sie uns nicht, wie es passiert ist?«

Während er das freundlich, ja, direkt wohlwollend darlegte, hatte Lena fassungslos zu weinen begonnen. Sie schlug die Hände vor das Gesicht und antwortete nicht.

»Wir verstehen ja, wie schrecklich diese Sache für Sie ist«, redete der Kommissar in beruhigendem Ton weiter. »Aber warum wollen Sie uns denn nicht die Wahrheit sagen? Das wird man Ihnen doch nur gut anrechnen!«‹

»Weil ich's nicht getan hab'!« schluchzte Lena wild auf. »Ich sag ja die Wahrheit! Was soll ich Ihnen da erzählen, wenn ich gar nichts davon weis?

»Jetzt hören Sie endlich zu lügen auf!« herrschte Kommissar Brenner sie an. »Sie sagen uns eben nicht die Wahrheit! Sie haben sich mit der Schwiegermutter nicht bloß wegen Kleinigkeiten gestritten, wie Sie uns weismachen wollen: Um was ist es in der Hauptsache gegangen?«

»Wir – wir haben uns halt nicht besonders gut verstanden, die Mutter und ich«, versuchte Lena stammelnd auszuweichen.

»Den Hauptgrund will ich hören! Los, nennen Sie ihn schon!«

»Es gibt halt Menschen, die nicht gut miteinander können«, wehrte sich Lena. »Alle haben nicht den gleichen Charakter. Da muss es gar keinen besonderen Grund geben, wenn man sich nicht leiden kann ...«

»Quatsch, Sie reden schon wieder um die Sache herum!« Die Stimme des Kommissars war schneidend. »Aber uns werden Sie nicht hinters Licht führen, Frau Riedmaier. Ich weiß schon, was da los war. Nur möchte ich das auch von Ihnen selbst hören. Ich sage Ihnen noch einmal, dass es Ihnen als mildernder Umstand angerechnet wird, wenn Sie geständig sind.«

»Ich habe nichts zu gestehen, und ich werde nichts gestehen!« rief Lena wild.

»Nun, das wird sich noch zeigen. Aber gehen wir die Sache jetzt von einer anderen Seite an: Wer hat hier die Wirtschaftskasse verwaltet?«

»Der Rupert.«

»Und die Haushaltskasse – ich meine das Geld für Kücheneinkäufe und Ähnliches?«

»Ich«, antwortete Lena.

»Obwohl Sie ja eigentlich noch gar nicht die Bäuerin hier waren?«

Lena zuckte zusammen. Die Frage hatte sie wie ein Peitschenhieb getroffen.

»Warum antworten Sie nicht?« drängte der Kommissar.

»Aber ich bin doch hier die Bäuerin, wer denn sonst? Ich bin doch die Frau vom Rupert!«

»Wir haben uns über die Besitzverhältnisse erkundigt. Ihrem Mann gehört ein Viertel. Das hat er von seinem Vater geerbt. Drei Viertel gehören noch der Rosa Riedmaier. Also ist sie die richtige Bäuerin – oder sie war es zumindest. Denn Ihnen, Frau Lena Riedmaier, gehört hier noch überhaupt nichts.«

»Weil ich gottverdammt dumm war!« brach es aus ihr heraus. »Einen Ehevertrag hätte ich machen müssen! Dann hätte wenigstens der Teil vom Rupert zur Hälfte mir gehört! Und die Übergabe vom anderen Teil hätte auch festgelegt werden müssen! Genauso wie der Toberer das macht. Ein Jahr nach der Hochzeit vom Pius und der Angelika wird der ganze Hof übergeben. Restlos. Dann kann es keinen Verdruss mehr geben zwischen den Jungen und den Alten. Dann braucht man sich nicht ...«

Lena stockte, sie starrte den Kommissar erschrocken an. Hatte sie jetzt nicht schon zu viel ausgeplaudert? Würde man sie jetzt nicht erst recht für die Mörderin halten?

»Warum reden Sie nicht weiter?« mahnte Kommissar Brenner. »Was braucht man sich dann nicht ... Umbringen?«

»Nein, das hab' ich nicht sagen wollen!« rief Lena.

»Was sonst? So verraten Sie es uns doch!«

»Ach, mit Ihnen kann man ja nicht reden!« fuhr sie ihn an. »Sie wollen ja doch nur hören, dass ich die Schwiegermutter weggeschafft hab'! Und ich hab's nicht! Ich hab's nicht getan!«

»Aber warum haben Sie uns bisher verschwiegen, dass Sie sich mit Ihrer Schwiegermutter wegen der Hofübergabe in den Haaren lagen? Wie war das doch? Erst ganz musterhafte Familienverhältnisse. Dann gelegentlicher Zank wegen Kleinigkeiten, wie es in einem Haus schon einmal vorkommt. Und jetzt wissen wir schon, dass es Sie maßlos gewurmt hat, weil die Schwiegermutter den Hof nicht übergeben wollte! Einen Teil der Wahrheit nach dem anderen müssen wir mühsam aus Ihnen herausholen, Frau Riedmaier. Und ich garantiere Ihnen, dass wir zum Schluss alles wissen werden – alles!«

»Ich hab' mich wegen der Hofübergabe mit der Schwiegermutter nicht gestritten!« rief sie ängstlich. »Es war mir nicht recht, dass sie sich da gegen jeden Brauch verhalten hat, das geb' ich ja auch zu. Wir hätten uns besser verstanden, wenn sie übergeben hätte. Aber gestritten haben wir nicht deswegen, niemals! Da wär' ich doch wie eine dagestanden, die habgierig ist! Nein, da hätt' ich mich doch genieren müssen! Wirklich!«

»Frau Riedmaier«, ermahnte sie der Kommissar ernst, »wollen Sie mich denn für dumm verkaufen? Bleiben Sie wirklich bei der Behauptung, dass Sie die Hofübergabe nie direkt verlangt haben? Ich weiß jetzt selber schon, was für ein scharfes Mundwerk Sie haben. Und da wollen

Sie bei der Schwiegermutter immer ganz sanft gewesen sein? Auch wenn diese es glatt abgelehnt hat, den Hof zu übergeben? Da ist es nie zu einem hitzigen Wortwechsel gekommen? Bleiben Sie wirklich bei dieser Behauptung?«

»Na klar, weil's wahr ist!« antwortete Lena trotzig.

Konnte ihr jemand das Gegenteil beweisen?

❁

Was sich auf dem Riedmaierhof abspielte, wurde im Dorf mit großer Anteilnahme, natürlich auch mit Neugierde verfolgt.

Zunächst war es der Gesprächsstoff des Tages, dass man die auf die Kaiseralm hinaufgegangene Altbäuerin nirgends finden konnte. Lag sie vielleicht doch in einem Loch der wild zerklüfteten Klammschlucht, wo die Suchmannschaft sie nicht entdecken konnte?

Oder war sie von irgendeinem streunenden Unhold überfallen, umgebracht und irgendwo sorgfältig verscharrt worden? Wenn sich einer die Zeit nahm, konnte er die Leiche gewiss so verbergen, dass sie nicht so bald entdeckt wurde.

Natürlich wurde auch gemunkelt, dass der Unfrieden mit der Schwiegertochter die Großmutter vertrieben haben könnte. Doch niemand glaubte das wirklich ernsthaft. Rosa Riedmaier konnte aus Ärger allenfalls ein paar Tage wegbleiben, aber doch nicht so lange, dass der Verdacht auf ein Verbrechen entstand und große Suchaktionen gestartet werden mussten!

Dass sie ihrer Familie so etwas antun würde, war nicht glaubhaft. Konnte sie den Rupert, ihren eigenen Sohn, in eine so furchtbare Ungewissheit jagen? Und litt vor allem nicht auch die Angelika, ihre Enkelin, die sie doch von Herzen lieb hatte?

Ja, nicht einmal der Schwiegertochter konnte die Altbäuerin so etwas antun. Die beiden mochten sich gezankt haben, die Lena hatte gewiss Haare auf den Zähnen und hatte der Schwiegermutter sicher einiges aufzulösen gegeben, aber ein schlechtes Weibsstück war die Lena nach Meinung der Dorfleute nicht.

Dann aber kam plötzlich die Nachricht in Umlauf, die Gendarmen wären dabei, die Leiche der alten Riedmaierin auf dem Hof selbst zu suchen.

Das Rätselraten nahm nun eine andere Richtung. Auf einmal hörte man reden, das Verhältnis zwischen den Riedmaier-Frauen sei doch viel schlechter gewesen, als man bisher angenommen hatte. Wenn die Lena einkaufen ging, tuschelten einige Weiber schon hinter ihrem Rücken. Um die Frau, die wahrscheinlich ihre Schwiegermutter umgebracht hatte, nicht grüßen zu müssen, schauten nicht wenige weg, wenn sie daherkam.

Die aufregendsten Gerüchte kamen auf. Jemand wollte in der fraglichen Zeit, als Rosa verschwand, ungewöhnlich starken schwarzen

Rauch aus dem Schornstein des Riedmaierhofs aufsteigen gesehen haben. War es nicht möglich, dass die Lena die Leiche kurzerhand verbrannt hatte? Dann konnten die Gendarmen natürlich lange suchen, ehe sie etwas fanden. So dumm, die Ermordete im Gemüsegarten zu verscharren, war die Lena bestimmt nicht!

Aber nicht alle Leute von Wildberg waren zur vorschnellen Verurteilung der Lena Riedmaier bereit. »Das ist doch ein glatter Wahnsinn, einer von uns so etwas in die Schuhe zu schieben«, sagte der Pfarrer. »Die Lena mag eine Bissgurn sein, eine Mörderin ist sie bestimmt nicht. Leute, haltet euch zurück mit einer so schrecklichen Verdächtigung! Man weiß ja noch nicht einmal, ob die Rosa wirklich tot ist!«

Auch auf dem Tobererhof wurde diskutiert. Die Bäuerin brachte nach Hause, was sie beim Einkaufen gehört hatte. Sie regte sich auf: »Die Lena darf sich das nicht gefallen lassen, was jetzt über sie geredet wird! Eine Gemeinheit ist das!«

Der alte Toberer wiegte den Grauschädel hin und her. »Was kann sie denn machen dagegen? Gar nichts.«

Die Bäuerin wandte sich an den Pius: »Du glaubst doch auch nicht, dass die Mutter von der Angelika so etwas getan hat, ha?«

»Aber nein«, antwortete der Bursch nicht besonders interessiert.

»Hör einmal!« fuhr ihn die Mutter an. »Du musst dich jetzt ein bisserl mehr kümmern um die Riedmaierin! Wenn jemand in Not ist, darf man sich nicht gleichgültig zeigen. Besonders bei der zukünftigen Verwandtschaft!«

»Ein Malheur wär's halt, wenn sich die Lena wirklich etwas zuschulden kommen gelassen hätte«, murmelte Tobias Toberer.

»Heilige Mutter Gottes, jetzt fängst du auch noch an!« ärgerte sich die Bäuerin. »Natürlich ist es schlimm, dass die Rosa plötzlich verschwunden ist. Aber die Sache wird sich aufklären. Ich kann einfach nicht glauben, dass die Lena die Schwiegermutter umgebracht hat.«

»Gestritten sollen die zwei schon viel haben«, meinte der Bauer. »Die Lena hat Haare auf den Zähnen, das weiß man ja.«

»Also zu mir war sie immer freundlich«, warf der Pius ein.

»Und selbst wenn die zwei gestritten haben – deswegen bringt doch der eine den anderen nicht gleich um«, bemerkte die Mutter.

»Die Rosa hat halt einen Fehler gemacht«, überlegte Tobias Toberer laut. »Ich hätte ihr das bei nächster Gelegenheit sowieso gesagt. Sie hätt' schon lang übergeben müssen. Kein Wunder, wenn die Schwiegertochter sich benachteiligt fühlt! Wir wollen auf unserem Hof ja auch nicht die Herrschaft behalten, wenn schon die Jungen da sind und eine eigene Familie haben.«

»Für uns halten wir das so richtig, Tobias. Aber der Rosa kann man nicht gut vorschreiben, wie sie das machen muss. Sie ist sehr früh Witwe geworden. Der Rupert ist ein bisserl weltfremd. Das ist ganz anders als bei uns.«

»Ich kann mich schon hineindenken in die Lena«, beteiligte der Pius sich auf einmal recht interessiert an der Diskussion. »An ihrer Stelle wär's mir auch nicht recht gewesen, dass ich jede Menge arbeiten muss und dabei noch immer das fünfte Rad am Wagen bin. Die Bäuerin war noch immer die Alte!«

»Das mein' ich ja auch«, sagte sein Vater. »Aber für uns ist die ganze Sache jetzt auch nicht angenehm. Es könnte sein, dass du dir die falsche Braut ausgesucht hast, Pius.«

»Vater!« fuhr ihn die Bäuerin an. »Das hast du doch jetzt nicht etwa gar im Ernst gesagt!«

Der Bauer strich sich mit der schweren Hand über die zerfurchte Stirn. »Aber ja, Mutter, ganz ernst sag' ich das: Wenn irgendetwas dran ist an dem, was die Leute jetzt über die Lena reden, kann der Bub die Angelika nicht heiraten. Das ist doch klar! Eine solche Verwandtschaft können wir uns nicht leisten, da kann die Angelika noch so brav sein.«

Pius fuhr hoch: »Ich heirate das Dirndl, da kannst du machen, was du willst, Vater!«

»Jesus, aus dir redet doch arg viel Unverstand, Bub. Das Dirndl kann nichts dafür, aber eine derartige Verwandtschaft können wir uns nicht leisten.«

»Ich lass es nicht zu, dass wir jetzt schon so tun, als wär' die Lena eine Mörderin!« rügte die Bäuerin ihren Mann.

»Wenn da was dran ist, hab' ich gesagt«, verteidigte er sich. »Bis zur Hochzeit wird das ja wohl herauskommen.«

»Und ich sag' dir noch einmal, dass ich die Angelika heirate, ganz gleich, was mit ihrer Mutter ist«, regte sich der Pius auf.

»Dann muss auch ich dir etwas sagen«, schrie Tobias Toberer. »Wenn dein Verstand noch nicht reicht, muss halt ich noch für dich denken. Die Verwandtschaft mit Leuten, denen jeder anständige Mensch aus dem Weg gehen wird, schlag dir nur ganz schnell aus dem Kopf! Sonst – sonst könnt' es sein, dass du auf die Hofübernahme noch länger warten kannst als die Lena.«

»Um Himmels willen, Vater, ich bitt' dich!« rief die Bäuerin entsetzt.

»Ich hab's gesagt – und dabei bleib' ich«, grollte der Bauer und stand auf.

Pius wollte ihm etwas nachrufen, aber die Mutter legte ihm beschwichtigend die Hand auf den Mund. »Lass ihn jetzt!« mahnte sie. »Wenn er einmal wild ist, kann man mit ihm nicht reden. Ein anderesmal ist es besser . . .«

Nachdem die ersten Versuche, Rosa Riedmaier zu finden, erfolglos geblieben waren, wurde der Hof mit seiner Umgebung Meter für Meter noch einmal abgesucht. Im Keller wurde der feuchte Lehmboden aufgegraben. Wo immer die Möglichkeit bestand, dass der Leichnam versenkt worden sein konnte, wühlten Spaten und Krampen tief in die Erde.

Die Ermittlungsbeamten gingen auch dem vertrauligen Hinweis nach, dass am fraglichen Tag verdächtiger schwarzer Rauch aus dem Schornstein des Riedmaierhofes aufgestiegen sei. Sie untersuchten alle Feuerstellen, besonders den riesigen Backofen, in dem noch das Brot hergestellt wurde, sowie den Kamin mit dem großen Waschkessel.

Doch auch da war nichts zu finden, was jene schauerlichen Gerüchte bestätigte.

Noch einmal wurde mit größter Genauigkeit die Klammschlucht durchforscht. Aber man fand nichts. Das Rätsel von Rosa Riedmaiers Verschwinden blieb ungelöst.

Die Beamten vernahmen ihre Schwiegertochter, den Sohn und die Enkelin der Vermissten immer wieder aufs Neue. Es galt ein möglichst genaues Bild über die Familienverhältnisse zu erhalten. Und schließlich konnte man hoffen, dass Lena unter dem ständigen Druck zusammenbrechen und das zweifellos geschickt getarnte Kapitalverbrechen eingestehen würde.

Doch Lena wehrte sich verzweifelt. Sie nahm die Schuld nicht auf sich. Sie blieb hartnäckig bei ihrer Aussage, wonach sie sich mit der Schwiegermutter zwar nicht gut vertragen und auch gezankt hätte, aber nie wäre das wirklich feindselig oder gar handgreiflich ausgeartet. Lena behauptete sogar weiterhin, die Schwiegermutter trotz allem Recht gerngehabt zu haben.

Es war ihr einfach nicht beizukommen.

Doch dann hatte der Kommissar eines Tages die Möglichkeit, die des Mordes verdächtige Frau mit einer neuen Zeugenaussage zu konfrontieren.

»Sie haben sich mit der Schwiegermutter also oft gezankt, aber nie wegen der Hofübergabe gestritten?«

»Jawohl«, antwortete Lena in ihrer fast militärisch knappen Art.

»Sie haben der Schwiegermutter also nur sehr zurückhaltend zu verstehen gegeben, dass die Hofübergabe längst fällig wäre?«

»Genau«, bestätigte Lena.

»Und Sie haben sich deshalb so zurückgehalten, weil sie nicht als habgierige Nachfolgerin dastehen wollten? Sie haben sich geniert, der Schwiegermutter brutal zu sagen, was Sie über die noch immer nicht stattgefundene Hofübergabe wirklich gedacht haben?«

»Jawohl, Herr Kommissar. Etwas anderes werden Sie von mir nie erfahren – weil's wahr ist.«

»Sie lügen!« fuhr Kommissar Brenner Lena besonders scharf an. »Unmittelbar vor dem Verschwinden Ihrer Schwiegermutter wollten Sie schon mit dem Messer auf sie losgehen! Weil Ihre Schwiegermutter Ihnen ins Gesicht sagte, dass man vor Ihnen Angst haben muss! Die Frau hat sich vor dem Ausgedinge gefürchtet, weil sie dann in Ihrer Hand gewesen wäre! Ausgeliefert wollte sie Ihnen nicht sein. Und Sie waren außer Rand und Band deswegen. Wahrscheinlich hätten Sie die Schwiegermutter schon da umgebracht. Das Messer hatten Sie schon in der Hand. Aber im letzten Moment ist jemand dazugekommen. Da haben Sie es also noch nicht tun können.«

»Eine Lüge ist das!« stieß Lena heraus. ›Ah, jetzt fällt mir ein, wer das erfunden haben kann: der Briefträger! Na, der soll mir noch einmal kommen! So ein gemeiner Lump!«

»Sie erinnern sich also ganz genau daran, wie Sie mit dem Messer in der Hand vor Ihrer Schwiegermutter standen und schon auf sie losgehen wollten?« fragte Kommissar Brenner schnell.

»Was heißt ›auf sie losgehen‹?« schrie Lena empört. »Beim Speckschneiden waren wir da! Na klar hat jede von uns ein Messer in der Hand gehabt! Aber wie der Postler behaupten kann, ich hätte die Mutter abstechen wollen, versteh' ich nicht. Die reinste Verleumdung ist das! Den verklag' ich!«

»Nur langsam, Frau Riedmaier. Gegen wen in dieser Sache die Anklage erhoben wird, werden wir ja sehen. Nicht gegen den Briefträger, glaube ich.«

»Mit einer so niederträchtigen Lüge will mich der anschwärzen!« regte sich die Lena weiter auf. »Na, dem werd' ich's zeigen!«

»Sie bedrohen ja schon wieder jemanden. Man sieht, wie aggressiv und gehässig Sie sein können. Und da wollen Sie noch behaupten, Sie wären mit der Schwiegermutter immer nur ganz sanft umgegangen?«

»Ich hab' die Wahrheit gesagt, Herr Kommissar.«

»Herrgott, jetzt lügen Sie ja schon wieder! Sie haben sich beim Speckschneiden mit Ihrer Schwiegermutter ganz wild gestritten, Frau Riedmaier. Leugnen Sie das doch nicht, es nützt Ihnen nichts!«

Jetzt wechselte Lena die Farbe. Sie blickte mit zusammengepressten Lippen am Kommissar vorbei aus dem Fenster.

»Nun? Hat es Ihnen die Rede verschlagen?« drängte er. ›,Was war denn der Anlass für diese gehässige Auseinandersetzung? Los, Frau Riedmaier, sagen Sie es schon! Ich weiß es doch bereits!«

Lena schwieg verbissen.

»Heraus mit der Sprache!« forderte er scharf. »Wenn Sie nicht hier bei Ihnen im Haus mit uns reden wollen, können wir das Gespräch auch anderswo fortsetzen. In meinem Büro zum Beispiel. Aber dann können Sie gleich ein paar Sachen mitnehmen, denn so schnell kommen Sie dann nicht mehr zurück, das sage ich Ihnen.«

»Warum soll ich Ihnen das sagen, wenn Sie es ohnehin schon wissen«, murmelte Lena betroffen.

»Na gut. Sie haben Ihrer Schwiegermutter wieder einmal vorgeworfen, dass sie Ihnen und Ihrem Mann den Hof nicht übergeben will. Ist das richtig?«

Sie nickte gequält. »Das ist ja auch verrückt, wenn so ein älteres Frauenzimmer den Jüngeren nicht Platz machen will. Meinen Sie nicht auch, Herr Kommissar?«

»Ich weiß es nicht. Ihre Schwiegermutter ist oder war rechtmäßige Besitzerin von drei Viertel des Hofes. Ob sie dann übergibt oder nicht, ist ihre Sache. Und so alt war die Frau ja schließlich noch nicht. Muss das Leben mit achtundfünfzig denn schon zu Ende sein? Ich möchte sehen, wie Sie denken, wenn Sie in das Alter kommen. Eine Frau wie Sie will dann ganz bestimmt noch nicht abdanken. Oder?«

»Das Leben ist ja nicht zu Ende, wenn eins den Hof übergibt und ins Ausgedinge geht«, meinte Lena lebhaft. Dass der Herr Kommissar auf ihre Gedanken einging und mit ihr diskutierte, gefiel ihr. Sie sagte: »Zwanzig Jahre oder von mir aus länger hätte die Mutter noch auf dem Altenteil leben können. Ich hätte mich dann schon gekümmert um sie. Abgegangen wäre ihr gar nichts. Nur das Wirtschaften hätt' sie halt allein uns überlassen müssen. Und arbeiten wär' für sie dann auch nicht mehr unbedingt nötig gewesen.«

Kommissar Brenner hatte Lena nicht unterbrochen. Doch als sie ausgesprochen hatte, fragte er schnell:

»Und weil die Schwiegermutter da anders gedacht hat als Sie, hat sie sterben müssen?«

»Sie hat meinetwegen gar nicht sterben müssen!« schrie Lena. »Ich hab' sie nicht umgebracht! Warum glauben Sie mir denn das nicht, Herr Kommissar?«

»Weil man Ihnen überhaupt nichts glauben darf. Sie lügen und lügen. Nichts geben Sie zu, bevor wir es Ihnen beweisen können. Das habe ich Ihnen schon ein paarmal sagen müssen.«

»Aber...«

»Kein Aber«, schnitt er ihr absichtlich böse das Wort ab. »Sie haben steif und fest behauptet, wegen der Hofübergabe mit der Schwiegermutter nie gestritten zu haben. Stimmt das?«

Lena antwortete nicht. Sie senkte schuldbewusst den Kopf.

»Sie haben es behauptet – und jetzt wissen wir,

dass es da sehr wohl zu ganz schweren Auseinandersetzungen gekommen ist. Sie haben uns glatt angelogen, auch in dieser Sache. Was können wir Ihnen eigentlich noch glauben, Frau Riedmaier?«

»Und ich hab' die Mutter nicht umgebracht!« schluchzte sie auf. »Ganz bestimmt nicht, Herr Kommissar! Gelogen hab' ich nur deshalb, weil ich Angst vor Ihnen hatte. Sie wollen mir ja nur nachweisen, dass ich eine Mörderin bin. Wenn Sie einmal von unserer Streiterei Kenntnis haben, hab' ich gedacht, dann werden Sie das gegen mich verwenden ...«

»Ich sehe das anders, Frau Riedmaier: Sie haben ein rundherum schlechtes Gewissen. Deshalb haben Sie auch bisher ständig gelogen. Und Sie sind der einzige Mensch, der ein wirkliches Interesse am Tod der Schwiegermutter hatte. Sie ist Ihnen einfach im Weg gewesen. Eine Hoffnung, dass die Altbäuerin freiwillig abtreten wird, konnten Sie nach Ihren Erfahrungen nicht mehr haben. Also blieb nur mehr eine Lösung zu Ihren Gunsten.«

»Nein, nein, ich hab's nicht getan!« wimmerte Lena.

»Ihrem Mann war das nicht so wichtig«, fuhr der Kommissar Brenner fort. »Ihm hätte es nichts ausgemacht, wenn seine Mutter auf ihrem Anteil sitzen geblieben wäre. Nur dass Sie beide sich ständig in den Haaren lagen, war ihm zuwider. Er hat anders gedacht als Sie.«

»Er hat genauso gedacht wie ich!« weinte Lena auf. »Die Mutter hat Unrecht getan, dass sie nicht übergeben wollte.«

»Na, das interessiert mich jetzt nicht mehr so besonders. Jedenfalls hat er seine Mutter nicht gehasst, zwischen den beiden hat es keine wilden Auseinandersetzungen gegeben.«

»Weil er ein Schlappschwanz ist, Herr Kommissar. Der Rupert ist doch kein Mann in dieser Beziehung Was traut er sich denn schon? Wenn ich nicht wär', tät' der Hof schön ausschaun!«

»Ja, Sie trauen sich etwas.« Der Kommissar sah ihr ernst ins verängstigte Gesicht. »Sie haben auch die Sache mit der Schwiegermutter in die Hand genommen. Geben Sie doch endlich zu, dass Sie die Frau umgebracht haben!«

»Nein!« Lena schrie es schrill und verzweifelt heraus.

❁

»Jetzt wird es schön langsam Zeit, dass wir sie verhaften«, meinte nachher der junge Beamte Hans Winkler zu seinem Chef. Kommissar Brenner hob die Brauen. »Sie sind also bereits überzeugt, dass diese Lena Riedmaier die Alte weggeschafft hat?«

»Aber ja. Sie denn nicht?«

»Überzeugt bin ich, wenn ich es weiß«, sagte der erfahrene Beamte. »Aber noch weiß ich es nicht. Es gibt keinen Beweis.«

»Und was glauben Sie?«

»Nichts. Aus Prinzip nichts, bevor alles klar ist. Nur höchstwahrscheinlich ist es für mich, dass wir auf der richtigen Spur sind.«

»Unter mehr Druck wird sie vielleicht eher geständig werden, Chef. Sie sehen doch, dass sie unerhört hartnäckig lügt. Erst wenn sie verhaftet ist, wird sie glauben, dass es sowieso keine Hilfe mehr für sie gibt. Die ist doch ziemlich primitiv. Im Gefängnis wird sie umkippen.«

»Einen Haftbefehl wegen Mordverdacht, ohne dass wir die Leiche haben?« Kommissar Brenner schüttelte den Kopf. »Nein, mein Lieber, das kriegen wir nicht hin. Und außerdem gefällt es mir nicht ganz. Fluchtgefahr besteht nicht, eine Frau wie diese Lena Riedmaier läuft nicht weg von daheim. Da dürfen wir sie nicht mit unseren sonstigen Kunden in eine Schublade stecken. Daheim fühlt sie noch Schutz und Geborgenheit. Da behalten wir sie ganz sicher. Nur beobachten müssen wir sie selbstverständlich. Vielleicht geht sie nachschauen, ob dort, wo die Leiche versteckt liegt, noch alles in Ordnung ist. Vielleicht will sie die Stelle noch besser tarnen, als sie es schon getan hat.«

»Wie stellen Sie es sich denn überhaupt vor, dass es passiert sein könnte?« fragte Hans Winkler.

»An vorsätzlichen Mord denke ich eigentlich nicht. Die Lena ist keine raffinierte Verbrecherin, die so etwas sorgfältig plant und ausführt. Sie berechnet nicht kalt, sondern sie explodiert. Und so wird es halt in einer erregten Situation wie damals beim Speckschneiden geschehen sein.«

»Sie nehmen also eher Todschlag an?«

»Ich halte ihn für das Näherliegende. Erst Streit, dann Stoßen und Schlagen, vielleicht Würgen. Die Frau ist ungewöhnlich kräftig, auch für eine Bäuerin. Sie haben sich sicher schon ihre Hände angesehen. Wenn die Lena die Schwiegermutter einmal am Hals gehabt hat, war es wohl nicht mehr weit bis zum Ende.«

»Das glaube ich auch«, sagte der junge Beamte eifrig. »Und ein Temperamentsbündel ist diese Lena. Mit der möchte ich nicht verheiratet sein, die will herrschen!«

»Mit ihrer Tochter möchten Sie schon eher verheiratet sein, nicht wahr?« spöttelte der Kommissar gutmütig.

Hans Winkler wurde ein wenig rot. »Wie kommen Sie denn darauf?«

»Ein guter Kriminalist sieht alles, mein Lieber. Wäre ich ein junger Mann, würde mich diese Angelika auch auf bestimmte Gedanken bringen. Sie ist ein verdammt hübsches Dirndl, lieb und brav scheint sie auch zu sein. Ein Weibsteufel wie ihre Mutter wird die nie.«

»Also ja, Chef, ich gebe es zu, dass sie mir gefällt. Aber ich bin im Dienst hier. Sie können sicher sein, dass ich immer daran denken werde.«

»In Ordnung, Winkler. Aber überlegen wir einmal weiter: Wie könnte es denn gewesen sein, nachdem die Alte plötzlich tot war?«

»Die Lena hat es natürlich mit der Angst zu tun bekommen. Die Leichte musste weg, das ist klar.«

»Und noch ehe der Rupert etwas bemerkte. Der wird irgendwo bei der Arbeit gewesen sein. Die Kleine war ja zum Glück nicht daheim. Dass die Sache mit der kranken Verwandten in Osttirol stimmt, haben wir ja festgestellt.«

»Und das spricht gegen einen vorsätzlichen Mord, für den die Angelika mit einem fingierten Grund hätte weggeschickt werden müssen«, bewies Winkler seine Kombinationsgabe.

»Ja. Natürlich hätte die Lena leichtere Arbeit mit der Toten gehabt, wenn der Mann geholfen hätte, sie wegzuschaffen. Aber der Rupert ist ja ein Waschlappen, ein Schlappschwanz, der sich nichts traut. Also hat die Lena es allein machen müssen.«

,Sie meinen, dass er überhaupt nichts weiß?«

»Nicht unbedingt. Vielleicht ist er sogar dazugekommen. Aber er wird seine Frau nicht verraten. Der Mann ist ein Typ, der alles in sich hineinfrißt. In dieser Familie hat er das jahrelang üben können, jahrzehntelang. Da ist der Rupert Profi.«

»Aber allein hat auch eine so starke Frau wie die Lena die Leiche nicht weit schleppen können.

Dünn und leicht war auch die Schwiegermutter nicht!«

»Da haben Sie Recht. Aber selbst wenn wir annehmen, dass der Rupert nicht geholfen hat, gäbe es noch eine Möglichkeit. Denken Sie einmal nach, Winkler!«

»Der Traktor!«

»Jawohl, die Lena musste die Leiche nur auf den Traktor heben, mit irgendetwas bedecken und losfahren.«

»Na, dann können wir lange suche, Chef. Sie kann die Leiche weiß der Teufel wo abgeladen haben.«

»Ja, leider. Wir müssen herauskriegen, ob jemand die Lena in der fraglichen Zeit mit dem Traktor und Anhänger fahren gesehen hat. Auf jedem einzelnen Hof müssen wir fragen. Möglichst überhaupt jeden Ortsbewohner.«

»Und den Rupert sollten wir uns auch immer wieder vorknöpfen«, ereiferte sich der Jüngere. »Wenn er seiner Frau gegenüber weich ist, könnte er es doch auch bei uns werden.«

»Versuchen müssen wir es«, meinte Kommissar Brenner. »Nur die Angelika wollen Sie gewiss nicht noch einmal mit einer Einvernahme quälen, oder?« Er lächelte.

»Um Gottes willen nein, Chef!«

Auf dem Tobererhof saß die Familie gerade

beim Abendbrot, als nach kurzem Klopfen ein junger Mann eintrat. Er war sportlich gekleidet.

»Guten Abend«, grüßte er. »Entschuldigen Sie bitte die Störung. Ich heiße Winkler und bin von der Kriminal-Ermittlungsabteilung.

Nur eine Frage möchte ich stellen: Hat jemand von Ihnen am letzten Dienstag oder Mittwoch die Frau Riedmaier mit dem Traktor fahren sehen?«

Die Hausleute schauten den jungen Beamten verduzt an. »Was ist denn das für eine Frage?« antwortete die Bäuerin als Erste. »Wie sollen wir denn das heute noch wissen? Bei uns fährt fast jeder mit dem Traktor herum ...«

»Und warum interessiert Sie das überhaupt?« erkundigte sich Tobias Toberer wenig freundlich.

»Sie wissen ja, dass die Rosa Riedmaier seit voriger Woche verschwunden ist. Da müssen wir halt die verschiedensten Ermittlungen anstellen.«

»Aber wenn Sie ausgerechnet wissen wollen, was die Lena an diesem Tag gemacht hat, dann wird doch hauptsächlich sie überprüft«, brummte der Bauer. »Dann heißt das doch, dass man die Lena in Verdacht hat.«

»Wir überprüfen alles«, antwortete der Beamte ausweichend.

»Und wir bitten die Ortsbevölkerung, uns bei der Aufklärung des Falles Riedmaier zu helfen. Bitten denken Sie nach: Haben Sie die Lena Riedmaier am Dienstag oder Mittwoch mit einem

Traktor irgendwo fahren gesehen? Mit dem Anhängerwagen?«

»Ich kann mich nicht erinnern«, sagte Tobias Toberer mürrisch.

»Ich auch nicht«, stellte der Pius fest.

»Und ich schon gar nicht.« Die Bäuerin schaute den Kriminalbeamten feindselig an.

Er bemerkte sofort, dass diese Leute nicht hilfsbereit waren. Sie dachten ja gar nicht richtig nach. Also hatte es im Moment keinen Sinn, sie zu bedrängen. Er sagte freundlich:

»Schönen Dank, dass ich Sie fragen durfte. Und wenn Ihnen zufällig noch etwas einfallen sollte, dann sagen Sie es bitte den Kollegen von der Gendarmerie. Hinweise werden selbstverständlich vertraulich behandelt. Gute Nacht!«

Als er draußen war, sahen sich die Toberer-Leute betroffen an. Der Bauer murmelte:

»Jetzt ist alles klar. Sie verdächtigen immer noch die Lena. Und sie gehen von Haus zu Haus. Auch der Letzte von unseren Dorfleuten wird wissen, dass es die Lena gewesen sein soll . . .«

»Aber das ist doch ein Wahnsinn!« regte sich die Bäuerin auf. »Wenn sie einen Beweis hätten, wäre die Lena schon lang verhaftet. Aber sie haben keinen. Weil die Lena es nicht war!«

»Anna!« Der Bauer schaute seiner Frau finster ins Gesicht. »Ich hoffe ja auch, dass die Lena unschuldig ist. Aber der Verdacht wird immer an ihr hängen bleiben. Begreifst du denn nicht, was das heißt?«

»Die Rosa kann wieder auftauchen, Tobias. Oder es war vielleicht wirklich ein Unglück. Vielleicht liegt sie doch irgendwo in der Klamm ...«

»Vielleicht. Vielleicht.« Der Bauer hob die Fäuste und schlug auf den Tisch. »Vielleicht werden jetzt alle sagen! Vielleicht hat die Lena ihre Schwiegermutter umgebracht, vielleicht nicht! Aber jedenfalls ist die Rosa verschwunden. Wenn sie zurückkommt, ist es gut. Aber sogar dann wird die Lena als eine angeschaut werden, der man zugetraut hat, dass sie so etwas getan haben könnte. Nie wieder wird die Lena in unserem Dorf dieselbe sein, die sie einmal war. Und das ist keine Verwandtschaft für uns, ich sag' es noch einmal.«

»Vater, das kannst du mir doch nicht antun!« jammerte der Pius los. »Was kann die Angelika denn dafür, dass ihre Mutter unter einen solchen Verdacht gekommen ist? Sie ...«

»Jesus, stell dich nicht so blöd! Natürlich kann das Dirndl nichts dafür. Aber die Lena ist und bleibt ihre Mutter. Und wenn du das Dirndl heiratest, dann heiratest du ihre Verwandtschaft dazu. Ihre Eltern kannst du nicht ausschließen.«

»Ja, kann man denn Leute gleich im Stich lassen, wenn ein Unglück über sie kommt?« sprang die Bäuerin dem Sohn bei.

»Was heißt Unglück?« Tobias Toberer griff sich an den Kopf. »Wenn eine die Schwiegermutter umbringt, dann ist das kein Unglück, sondern ein Mord, Anna! Wenn der Blitz auf dem Riederhof einschlägt und das Vieh verbrennt, muss und kann man zusammenstehen und helfen. In einem solchen Fall aber nicht.«

»Jetzt redest du schon wieder so, als ob die Lena es wirklich getan hätte!« rief die Bäuerin erbost.

»Und ich hab' dir schon ein paarmal gesagt, dass es jetzt schon wurscht ist, ob es wahr ist oder nicht! Der Verdacht hängt an ihr und bleibt hängen!«

»Aber jetzt wart doch einmal ab, Vater!« stöhnte der Pius. »Vielleicht klärt sich das mit der Großmutter noch ganz anders auf. Vielleicht . . .«

»Jetzt will ich kein Vielleicht mehr hören – das macht mich noch wahnsinnig!« brüllte der Tobias. Dann beherrschte er sich mühsam und redete um vieles ruhiger auf den Sohn ein:

»Jetzt hör einmal zu, Pius: Ich versteh' ja, dass dir das nicht passt. Ich rechne es dir sogar hoch an, dass du zu deiner Verlobten halten willst. Aber wenn du jetzt nicht rechtzeitig Schluss machst, wird das von Tag zu Tag schwerer. Falls du mit der Angelika weiterhin gehst, wird sie mit Recht glauben, dass du sie trotzdem heiraten wirst. Und willst du dann vielleicht knapp vor der Hochzeit abspringen? Wenn das Dirndl schon die allerschönsten Hoffnungen hat? Nein, mein Lieber, da tust du der Angelika nichts Gutes. Jetzt musst du Schluss machen – sofort. Der Anlass ist da!«

Die Bäuerin und Pius schwiegen bestürzt.

»Hab' ich nicht recht?« fragte Tobias Toberer. »So sagt es doch selber! Ich hab' nichts anders als das Wohl vom Pius und vom Hof im Sinn.«

»Aber wie steh' ich denn dann da vor der Angelika?« murmelte der Bursch.

»Du wirst noch schlechter vor ihr und dem ganzen Dorf dastehen, wenn du nicht rechtzeitig zurücktrittst. Jetzt wird das Dirndl – auch wenn es wehtut – das noch eher verstehen als später.«

»Aber gibt's denn keinen anderen Ausweg?« seufzte die Bäuerin. »Warten wir halt noch ein bisserl zu, Vater, ich bitt' dich!«

»Nein«, sagte er hart. »Mir tut das alles selbst wahnsinnig leid. Aber es geht nicht anders. Es gibt keinen Ausweg.«

❁

»Der Pius lässt sich ja gar nicht mehr sehen«, meinte Rupert Riedmaier in diesen Tagen zu seiner Tochter.

»Ja.« Angelika nickte bekümmert.

Der Vater sah ihr forschend in die Augen. »Ihr werdet euch doch hoffentlich nicht gezankt haben?«

Das Mädchen schüttelte den Kopf. Und jetzt bemerkte der Bauer, dass die Tochter feuchte Augen bekam.

In diesem Moment kam die Lena zur Tür herein. Sie war in der letzten Zeit schmaler geworden. Auch ihr Gesicht war irgendwie anders. Das harte Selbstbewusstsein, das sie immer zur Schau getragen hatte, war daraus verschwunden.

»Was ist?« fragte die Lena.

»Der Pius lässt sich schon lang nicht mehr bei der Angelika anschaun«, murmelte Rupert Riedmaier.

»Er wird halt auch glauben, dass ich die Großmutter umgebracht hab'!« stieß die Lena in ihrer alten spitzen Art heraus.

»Nein, nein, das denkt der Pius bestimmt nicht!« verteidigte Angelika den Verlobten schnell. »Er... er wird halt jetzt wenig Zeit haben, weil soviel Arbeit ist.«

»Na, das werden wir ja sehen.« Lena schien mit sich zu ringen, ob sie sagen sollte, was ihr jetzt auf der Zunge lag. Aber dann musste es doch heraus:

»Wenn nicht bloß auch der Pius so einer ist, der keinen eigenen Willen hat!«

Ihr Mann bekam ein finsteres Gesicht. Musste denn die Lena das vor dem Dirndl sagen? Am liebsten hätte er seine Frau zurechtgewiesen, aber in Angelikas Gegenwart schickte sich das wohl nicht. Er ließ die beiden stehen und ging wieder an seine Arbeit.

»Geh hin zum Tobererhof und frag den Pius, ob du ihm jetzt nicht mehr gut genug bist!« fuhr Lena die Tochter an. »Oder ich frag' dort einmal nach, wenn du selber dich nicht traust.«

»Nein, bitte nicht, Mutter!« schluchzte Angelika auf. »Tu mir das nicht an! Der Pius kommt schon wieder, da bin ich ganz gewiss.«

In Wahrheit trug das Dirndl bereits einen großen Jammer in sich. Da waren viele Gedanken, warum der Pius nicht mehr kam, wo er doch früher nicht genug mit ihr beisammen sein konnte. So scharf war er darauf gewesen, sie jeden Abend zu herzen und zu küssen und wie wundervoll war das immer gewesen!

Und jetzt interessierte ihn das scheinbar gar nicht mehr . .

Oh, es war noch schlimmer: Als sie heute Morgen mit dem Einkaufskorb aus dem Dorfladen kam, fuhr der Pius gerade mit dem Traktor über den Platz. Er sah sie auch, sie beobachtete es ganz genau. Aber dann drehte er plötzlich den Kopf auf die andere Seite und tat, als habe er sie nicht bemerkt, wie sie da stand und hoffnungsvoll zu ihm hinüberschaute.

Kein Zweifel: Pius wich ihr absichtlich aus.

Auch sie konnte sich das nicht anders erklären, als dass es etwas mit dem Verschwinden der Großmutter und den schrecklichen Gerüchten über ihre Mutter zu tun hatte. Was sonst konnte den Pius davon abhalten, sie wie früher zu besuchen?

Und da war noch etwas, worüber Angelika jetzt fast ununterbrochen nachdenken musste. Sie entschloss sich, mit ihrer Freundin Gabi darüber zu reden.

Die Gabi zählte zu den wenigen Leuten von Wildberg, die sich der Riedmaier-Familie gegenüber so freundlich benahmen wie vor dem Ereignis mit der Altbäuerin. Wann immer das Dirndl Zeit hatte, kam es herauf und redete ein bisserl mit Angelika.

Während die Freundinnen am Abend dieses Tages oberhalb des Riedmaierhofs über die Wiese spazierten, begann die Gabi selbst über den Pius zu reden:

»Gell, du kränkst dich jetzt sehr, weil er nicht kommt?«

Angelika nickte. Sie zögerte noch kurz, dann beichtete sie der Freundin, was für Gedanken sie in letzter Zeit beschäftigten.

»Heilige Maria, da kriegst du ja wahrscheinlich ein Kind!« entfuhr es der Gabi. Sie blieb stehen und sah Angelika erregt an.

»Du, das muss der Pius sofort wissen!«

»Ich hab' Hemmungen«, bekannte Angelika. »Ich genier' mich.«

»Herrgott, wovor genierst du dich? Wenn du ein Kind kriegst, dann ist doch auch der Pius beteiligt, oder? Ihr seid verlobt miteinander. Vielleicht wollen seine Eltern, dass jetzt die Hochzeit vorverlegt wird.«

»Manchmal denke ich schon, ob es überhaupt eine geben wird«, seufzte Angelika.

»Nein, so schwarz darfst du nicht sehen! Besonders jetzt nicht, hörst du? Der Pius ist kein Lump. Und auch sein Vater wird es nicht zulassen, dass da etwas passiert, was für den Toberer-hof nicht ehrenvoll wär‹. Ich rate dir, sag es ihm gleich!«

Angelika zuckte ein wenig ratlos die Schultern.

»Gleich!« wiederholte Gabi energisch. Dann nahm sie die Freundin um die Schultern. »Jetzt bist du die Erste von uns, die ein Kind haben wird – freust du dich nicht darüber? Jesus, wie aufregend!«

Nun huschte doch ein Lächeln um Angelikas Mund. »Aber vielleicht ist's noch gar nicht sicher. Es könnt' ja auch etwas anderes sein, wenn ich . . .«

»Kann sein, aber eher glaub' ich doch, dass du schwanger bist!« Gabi war Feuer und Flamme bei dieser Vorstellung. Eifrig malte sie aus, wie schön das sein müsse, selber ein Kinderl zu haben. Und erst nach einer Weile erkundigte sie sich:

»Hast du's deiner Mutter schon gesagt?«

»Nein, ich will noch ein hisserl zuwarten, bis

ich es sicher weiß. Die Mutter ist jetzt sowieso ganz durcheinander.«

❁

Kommissar Brenner und sein Gehilfe fuhren wieder einmal zum Riedmaierhof hinauf. Sie fanden die Bäuerin in der Küche.

Lena empfing die beiden Herren mit finsterem, verschlossenem Gesicht.

»Lassen Sie mich denn überhaupt nicht mehr in Ruhe?« stieß sie hervor, ohne den Gruß zu erwidern.

»Ist Ihre Schwiegermutter vielleicht schon wieder da?« erwiderte der Kommissar eisig.

»Bei uns haben Sie die Mutter schon lange genug gesucht. Wenn Sie sie finden wollen, dann schaun Sie lieber anderswo nach!«

»Das wollen wir auch. Aber zuerst wollen wir von Ihnen etwas wissen: Wohin sind Sie damals am Dienstag mit dem Traktor und dem Anhänger gefahren?«

Lena runzelte die Stirn.« Na, um Futter wahrscheinlich!«

»Was heißt wahrscheinlich? Waren Sie damals am Dienstag mit dem Traktor unterwegs oder nicht?«

»Also woran ich mich alles erinnern soll!« ärgerte sich Lena. »Ob ich an meinem achtzehnten Geburtstag einen Guglhupf gegessen hab', wollen Sie nicht wissen?«

»Hören Sie, Frau Riedmaier, wir fragen Sie nicht zum Spaß. Nicht, was Sie vor zwanzig Jahren gemacht haben, wollen wir hören, sondern an jenem Dienstag, an dem Ihre Schwiegermutter verschwand. Sind sie da mit dem Traktor vom Hof weggefahren oder nicht?«

»Kann schon sein. Um den Klee fahr' ich oft gegen Abend.«

»Und wo holen Sie den?«

»Na, wo er schon wieder hoch genug steht, dass man ihn mähen kann! Verstehen Sie denn von der Landwirtschaft überhaupt nichts?«

»Wo das Feld ist, zu dem Sie damals gefahren sind, möchte ich wissen, Frau Riedmaier.«

»Ja, mein Gott, da müsst' ich erst nachdenken, dass ich Ihnen das genau sagen kann. Klee haben wir nicht nur einen. Im Talgrund sind es zwei, einer oberhalb und einer unterhalb vom Dorf. Dann haben wir noch einen großen weiter oben, wo der Klammbach herunterkommt.«

»Und zu welchem sind Sie damals gefahren?«

»Ich hab' Ihnen doch schon gesagt, dass ich da erst nachdenken muss.«

»Soll ich Ihnen helfen, damit das ein bisserl rascher geht?« knurrte Kommissar Brenner sie an. »Wir haben einen Zeugen, der Sie gesehen hat!«

»Was haben Sie?« kreischte Lena wild auf. »Wenn es mir passt, fahr' ich jeden Tag fünfmal zu jedem Klee! Das geht keinen Menschen etwas an! Und wegen einem solchen Dreck spionieren

Sie mir nach? Und bezahlt werden Sie auch noch dafür? Herrgott, das kann Ihnen jeder Dorfdepp sagen, dass der Klee für die Rindviecher da ist! Da brauchen wir keine Kriminalisten dafür!«

»Mäßigen Sie sich, Frau Riedmaier! Uns interessiert nicht der Klee, den Sie hereingefahren haben, sondern die Leiche auf dem Anhänger. Jetzt haben wir sie bald, ob Sie gestehen oder nicht. Zeigen Sie uns selbst, wo Sie die Schwiegermutter vergraben haben? Es wäre besser für Sie!«

Lena war plötzlich aschfahl. »Das ist ja nicht mehr zum Aushalten!« schluchzte sie auf. »Los, suchen Sie die Alte doch! Soviel Sie Lust haben, können Sie sie suchen! Ein paar Wiesen haben wir auch noch, wenn Sie fleißig sein wollen. Und wenn Sie dann noch nicht genug haben vom Herumgraben, können Sie in unseren Wald hinaufgehen! Hinter jedem Baum kann ich sie verscharrt haben, die Schwiegermutter!«

»Das Spotten wird Ihnen schon noch vergehen«, bemerkte Kommissar Brenner mühsam beherrscht. »Los, Winkler, kommen Sie!«

Draußen stießen sie auf den Bauern. Rupert starrte aus seiner Höhe verbittert auf die nur mittelgroß gewachsenen Kriminalbeamten herunter.

»Zeigen Sie uns Ihr Kleefeld beim Klammbach!« forderte Kommissar Brenner ihn auf.

Angelika hatte in der Bezirksstadt zu tun. Als sie alles erledigt hatte, war bis zur Rückfahrt des Postautos noch fast eine Stunde Zeit. Sie beschloss, sich noch ein wenig die Schaufenster anzusehen.

Beim Uhrengeschäft wurde sie von einem um die Ecke kommenden Burschen ums Haar umgerannt. Es war ausgerechnet der Pius, der es so eilig hatte.

»Grüß dich, Angelika!« Nun stand er arg verlegen vor ihr.

»Grüß dich, Pius! Bist auch hereingefahren?«

»Ja, beim Forstamt war ich.« Sie sah ihm an, dass er am liebsten gleich weitergegangen wäre, aber das genierte ihn jetzt doch.

Angelika nahm sich ein Herz. »Wir sehen uns ja in der letzten Zeit überhaupt nicht mehr. Hab' ich dir was getan?«

»Nein, nein«, versicherte er schnell.

»Und warum lässt du dich dann überhaupt nicht mehr blicken?«

»Weil ... na ja, das ist ein bisserl schwierig, Angelika.« Pius kämpfte mit sich, ob er es ihr jetzt sagen sollte oder nicht.

Aber einmal musste es ja doch sein. Und die Gelegenheit war günstig.

»Komm, da drüben hab' ich das Auto stehen«, sagte er. »Setzen wir uns hinein, da können wir reden.«

Sie ging hinter ihm her, und in ihrem Herzen

war eine große Angst. Wenn er sich so verhielt, würde er ihr bestimmt nichts Gutes sagen.

Dann saßen sie nebeneinander in seinem schönen Wagen. Er und sie schauten geradeaus, als wäre es gefährlich, einander in die Augen zu blicken.

»Mir ist es gar nicht recht«, begann er endlich zu reden. »Aber irgendwann muss ich es dir ja sagen. Es ist aus mit unserer Verlobung.«

Angelika saß wie vom Blitz getroffen. Sie hatte schon daran gedacht, dass so etwas kommen könnte. Aber jetzt, da es Wirklichkeit war, betäubte es sie ganz und gar.

»Es tut mir ja schrecklich leid«, begann der Pius noch einmal. »Aber was soll ich machen? Das hängt nicht mit uns zusammen. Du kannst nichts dafür, ich auch nicht. Jetzt ist es halt so. Du weißt ja selbst, warum ich von der Verlobung zurücktreten muss.«

Sie sagte nichts. In ihr war ein Gefühl, als würde sie gleich keine Luft mehr bekommen. Es schwindelte sie.

»Ich habe dem Vater gesagt, dass du nichts dafür kannst«, sprach Pius mit schlechtem Gewissen dumpf weiter. »Deine Mutter muss es ja auch gar nicht getan haben. Aber es wird halt soviel geredet. Du weißt ja selber, wie die Leute sind.«

Er sah, wie Angelikas Hand zitternd nach der Türschnalle tastete. Sie fand sie aber nicht.

»Bitte, nimm mir's nicht krumm, Angelika!«

bat er. »Von mir aus hätt' es nicht so kommen müssen. Aber mein Vater besteht halt darauf. Dabei sagt er selber, dass du ein braves Dirndl bist und nichts dafür kannst. Nur an deiner Mutter wird immer was hängen bleiben von der schrecklichen Sache. Und sie wär' dann doch meine Schwiegermutter und eine enge Verwandtschaft von uns, wenn ich dich heirat'. Deshalb geht das jetzt nicht mehr.«

Jetzt hatte Angelika endlich den Türgriff gefunden. Sie riss ihn auf.

»So wart doch!« forderte Pius sie auf. »Sag mir wenigstens, dass du es einsiehst! Mir tut's wirklich leid!«

Aufweinend gelang es Angelika, aus dem Wagen zu kommen. Während der ersten Schritte, die sie von ihm weglief, taumelte sie beinahe. Aber dann richtete sie sich auf und ging mit äußerster Kraftaufwendung davon, den Kopf stolz erhoben.

»Nur jetzt nicht zeigen, wie weh es tut!« befahl sie sich halblaut.

❀

Als Lena den Zustand ihrer Tochter bemerkte, brauchte sie nicht lange, bis sie von ihr herausbekam, was los war.

Schon holte sie aus, um Angelika eine Ohrfeige zu geben. Doch dann besann sie sich. Hatte nicht auch sie sich vor achtzehn Jahren mit dem Rupert eingelassen, ehe sie verheiratet waren? Bei der Hochzeit war sie schon richtig rund um die Mitte gewesen.

»Jetzt geh' ich hinunter und erzähl' dem Tobias etwas!« murmelte sie und band sich eine andere Schürze um.

»Mutter, ich bitt' dich!« flehte Angelika.

Lena ließ sich nicht mehr aufhalten. Wenig später traf sie mit zornrotem Gesicht auf dem Tobererhof ein.

»Wo ist dein Mann, dieser gemeine Lump?« herrschte sie die Anna an.

»Lena, ich sag's dir, dass ich nicht einverstanden bin!« beeilte sich die Bäuerin zu beteuern.

»Ich . . .«

Lena hörte sie nicht weiter an. Um diese Tageszeit mussten der Tobias und sein Sohn im Stall beschäftigt sein. Sie knallte die Tür hinter sich zu und marschierte in den Wirtschaftshof.

Tatsächlich waren die beiden beim Stall ausmisten. Sie bemerkten die Ankommende erst, als sie schon vor ihnen stand.

»Tobias!« schrie Lena. »Weißt du, was du für mich bist? Der größte Saukerl von ganz Wildberg!«

Dann wandte sie sich dem Pius zu: »Und du, Bub, hast einen Charakter, der sich sehen lassen kann! Hängst meiner Angelika ein Kind an und machst dich davon, wenn dein sauberer Vater plötzlich ein Haar in der Suppe findet! Pfui Teufel, kann man da nur sagen!«

»Die ... die Angelika kriegt ein Kind von ihm?« Der alte Toberer ließ sich nicht so schnell aus der Fassung bringen. »Ja wer beweist denn das, dass unser Pius der Vater ist, ha?«

»Anspucken müsst' man dich!« schrie die Lena außer sich vor Wut. »Bei euch beiden weiß man nicht, wer widerlicher ist! Weißt du überhaupt, Pius, was du meiner Angelika antust? Aber es ist ja wirklich besser für sie, wenn sie so einen Kerl wie dich nicht heiratet. Auch wenn das Kind kommt.«

»Jetzt reicht's mir aber!« brüllte der Hausherr sie an. »Von dir lassen wir uns nicht beleidigen – und schon gar nicht auf unserem eigenen Hof! Verschwinde auf der Stelle und überleg lieber, was aus deiner Schwiegermutter geworden ist, die du auf dem Gewissen hast! Dann wirst du vielleicht einmal begreifen, warum wir so eine Verwandtschaft nicht brauchen können!

»Wir brauchen eure Verwandtschaft auch nicht!« schrie Lena zurück. »Ein Glück ist's ja direkt, dass man mit Leuten wie euch nichts mehr zu tun haben muss! Pfui Teufel, sag' ich noch einmal!«

Sie spuckte dem Tobias vor die Stiefel und stürmte aus dem Stall.

❁

Mit Spezialgeräten und Hunden suchte ein ganzer Trupp Kriminalbeamter die Kleefelder vom Riedmaierhof ab, dazu den Bereich des unteren Klammbachs. Aber von Rosa Riedmaier fanden sie nichts.

Als die Kollegen der Ermittlungsabteilung wieder abgefahren waren, sagte Kommissar Brenner: »Kommen Sie, Winkler, jetzt haben wir zwei uns dennoch ein Bier verdient.«

Im Gastgarten vorn Postwirt fanden sie einen Tisch, an dem sie reden konnten, ohne Zuhörer zu haben. Nachdem die Kellnerin zwei Krügel gebracht hatte, tranken die Beamten durstig.

»Jetzt wird es Zeit, dass wir Bilanz machen«, meinte Kommissar Brenner und wischte sich den Bierschaum vom Mund. »Sind Sie sich schon klar darüber, Winkler, dass wir es nicht geschafft haben?«

Der Jüngere nickte bekümmert. »Ja, Chef.«

»Jetzt gibt es wie so oft zwei Möglichkeiten«, fuhr Paul Brenner fort: »Entweder ist die Leiche der Alten irgendwo da, und wir haben versagt und sie nicht gefunden. Oder Rosa Riedmaier ist gar nicht tot.«

»Aber sie ist verschwunden, Chef – lebend oder als Leiche!«

»Womit Sie sagen wollen, dass wir Kriminalbeamten auch dann versagt haben, wenn die Lena ihre Schwiegermutter nicht umgebracht und irgendwo vergraben hat. Und da haben Sie ganz Recht, Winkler. Das betrifft zwar nicht uns beide, denn wir haben die Ermittlungen hier in

Wildberg zugewiesen bekommen. Und hier ist die Alte doch zweifellos nicht wenigstens nicht lebend. Aber wenn sie noch lebt, hätten unsere Herren Kollegen, die die anderen Nachforschungen betreiben, es indessen schon herauskriegen können.«

»Das meine ich auch, Chef. Wo könnte die Frau hingegangen sein? Zu Verwandten oder Bekannten natürlich! Die stehen alle auf der Liste und sind längst abgeklopft. Eine Frau wie Rosa Riedmaier wandert doch nicht so einfach nach Mexiko oder Australien aus, ohne dass jemand etwas davon bemerkt. Sie ist doch kein raffinierter Steuerhinterzieher!«

»Stimmt, Winkler. Übersee können wir ausschließen. Und ich meine überhaupt, dass sie nicht anderswo lebt und sich ins Fäustchen lacht, weil wir sie hier nicht finden. Auch nicht hier in der Umgebung. Alle Zeitungen haben über ihr geheimnisvolles Verschwinden geschrieben. Der Fall hat in der Bevölkerung großes Aufsehen erregt. Wenn die Rosa Riedmaier noch leben würde, hätte irgendjemand sie bestimmt schon gesehen und Meldung erstattet.«

»Also ist sie doch tot. Das wollen Sie damit doch sagen, Chef, nicht wahr?«

Paul Brenner antwortete nicht gleich. Er kaute an seiner Lippe. Schließlich murmelte er: »Vorläufig ist sie tot, Winkler, als Fall für uns wenigstens. Ich meine für uns beide. Wir müssen unserer Obrigkeit sagen, dass wir hier um keinen Zentimeter vorwärts kommen. Es ist sinnlos, wenn wir noch länger in Wildberg bleiben und uns von der Lena Riedmaier beschimpfen lassen. Ob die Alte tot ist oder nicht, wird sich früher oder später auch so herausstellen. Manche Fälle lösen sich von selbst – ohne Kriminalpolizei.«

»Ich könnte mir manchmal was abbeißen!« stöhnte der Jüngere. »Da haben wir ein klares Tatmotiv – nur die Leiche fehlt! Und Sie trauen dieser Lena doch auch zu, dass sie die Schwiegermutter umgebracht hat, nicht wahr, Chef?«

»Schwer zu sagen, Winkler. Manchmal denke ich, sie hat's getan, manchmal kommen mir Zweifel. Die Lena ist eine Bissgurn, mit der ich keine Stunde verheiratet sein möchte. Sie hatte einen riesigen Zorn auf die Alte, das steht fest. Und sie hatte wohl auch die Energie und die Kraft, um die Tat auszuführen. Nicht vorsätzlich, meine ich, sondern eher im Affekt. Bei einem neuen hitzigen Streit, denke ich. Aber glauben Sie wirklich, Winkler, dass die Bäuerin ein so raffiniertes Luder ist und die Leiche so meisterhaft verschwinden lassen kann? Und verhält sie sich seither wie eine Mörderin?«

»Entweder ist sie wirklich toll raffiniert, ein wildes Naturtalent sozusagen, oder sie ist wirklich unschuldig«, meinte der junge Beamte nachdenklich. »Sie verteidigt sich wie eine Wildkatze.

Aber das leibhaftige schlechte Gewissen ist sie nicht. Und noch etwas, Chef: Die Angelika hat ihre Mutter sehr gern, das haben wir doch schon herausgekriegt, nicht wahr?«

Brenner lächelte. »Das ist für Sie wohl besonders wichtig, ob die Angelika jemanden gern hat oder nicht. Übrigens ist sie jetzt frei, Winkler. Der Pius Toberer hat die Verlobung gelöst – angeblich auf Betreiben seines Vaters.«

Der junge Beamte errötete leicht. »Noch bin ich hier im Dienst, Chef. Aber jedenfalls ist es eine Schweinerei, die Angelika so vor den Kopf zu stoßen, nur weil ihre Mutter unter Verdacht steht. Das Dirndl kann so und so nichts dafür. Dieser Pius muss ein Narr sein – oder ein Dreckskerl.«

»Dann kann sie nur froh sein, dass sie nicht seine Frau werden muss. Auch wenn sie ein Kind von ihm kriegt.«

»Das . . . das wissen Sie auch schon?« fragte Winkler betroffen. »Stimmt das wirklich?«

»Ja, soweit so etwas in den ersten Schwangerschaftswochen eben gewiss sein kann.«

»Dann hat das Verschwinden der Großmutter also noch weitgehendere Auswirkungen auf das Familienleben. Auf dem Riedmaierhof wird es ein Kind ohne Vater geben!«

»Und dieser Rupert ist auch ein seltsamer Mensch. Ich sehe in ihm das, was man einen reinen Toren nennt.«

»Der bestimmt nicht mehr weiß, als er sagt?«

»Das glaube ich, Winkler.«

»Dann sind wir ja wirklich am Ende unserer Arbeit.«

»So ist es«, sagte Kommissar Brenner und trank sein Krügel leer. »Morgen fahren wir zurück und schreiben den Bericht . . .«

❁

»Du machst jetzt immer ein so trauriges Gesicht«, meinte der junge Jäger, als er die Angelika wieder einmal auf der Bergwiese traf. Er sah sie freundlich besorgt an: »Du hast deine Großmutter sehr gern gehabt, gell?«

»Bei uns geht jetzt ein bissen arg viel durcheinander«, antwortete sie verlegen.

»Ich hab's schon gehört«, sagte Peter ernst. »Das mit dem Pius muss dich auch schwer getroffen haben. Ich versteh' den Menschen nicht.«

»Meine Mutter meint, ich soll froh sein, dass ich ihn nicht heiraten muss. Aber das ist halt schnell gesagt. Auch wenn es wahr ist, tut man sich nach so einer Enttäuschung schwer.«

»Das glaub' ich dir.« Er sah sie voll aufrichtiger Anteilnahme an.

Jetzt fühlte Angelika, dass sie es diesem netten Burschen sagen sollte, was noch nicht allgemein bekannt war. Einen Augenblick lang zögerte sie noch, dann murmelte sie:

»Ich krieg' ja ein Kind vom Pius!«

»Herrgott!« Peter Winterhager sah sie verblüfft an. »Und da lässt der Kerl dich sitzen?«

Sie nickte. »Aber ich werd's schon schaffen. Jetzt hab' ich den Pius eigentlich schon gar nicht mehr gern, nachdem er sich so verhalten hat. Ich werd' mein Kind auch so großziehen.«

»Du bist ein großartiges Dirndl«, sagte der Jäger. »Und jetzt kann ich's dir ja verraten, Angelika. Damals, als ich dich zum ersten Mal gesehen hab', da hab' ich nachher immer denken müssen an dich. Aber dann hab' ich ja gehört, dass du mit dem Pius gehst. Na ja, da war mir halt klar, dass es keinen Sinn hat, wenn ich immer an dich denk' ...«

Sie lächelte verwirrt. »Ach, Peter, du bist lieb. Jetzt willst du mich trösten, gell? Vielleicht wär's gut gewesen, wenn wir zwei uns kennen gelernt hätten, bevor das mit dem Pius angefangen hat. Aber jetzt ist es halt schon zu spät.«

»Wieso denn?« widersprach er schnell. »Jetzt bist du nicht mehr mit dem Pius verlobt!«

»Heilige Maria, aber das Kind krieg' ich von ihm! Du bist wirklich lieb, Peter, aber ich muss halt jetzt dazuschaun, wie ich als ledige Mutter weiterkomm'.«

»Geh, red nicht so!« protestierte er. »Um dich werden sich die Mannsbilder raufen, auch wenn du ein lediges Kind hast. Du bist und bleibst das schönste Dirndl weit und breit. Und das Liebste dazu.«

»Jetzt muss ich rot werden.« Sie lächelte verlegen und errötete tatsächlich. »Du bist halt lieb und willst mich trösten, dass ich so ein Pech hab'. Aber der größte Trost wird für mich mein Kind sein. Auf das freu' ich mich, Peter, ich schwör' dir's. An den Pius werd' ich dann, überhaupt nicht mehr denken.«

»Es ist nicht wahr, ich will dich nicht nur trösten«, beteuerte Peter. Er blickte ihr ernst in die Augen. »Für mich bist du dieselbe Angelika wie damals, als ich dich zum ersten Mal gesehen hab'. Nur wird es dir vielleicht zu wenig sein, wenn ein armer Jager dir das sagt. Du bist eine Bauerntochter und hast halt andere Ansprüche. So ist es, gell?«

»Jetzt müsst' ich dir eigentlich eine herunterhauen, Peter!« blitzte sie ihn an. »Ich mag dich, wirklich. Aber kannst du nicht verstehen, dass ich jetzt was anderes im Kopf hab' als einen anderen Mann?«

Peter fasste nach ihrer Hand. »Du, Angelika«, freute er sich, »kann ich das so verstehen, dass du vielleicht nichts dagegen haben wirst, wenn ich mich später einmal um dich anstrengen will? Und können wir nicht auch schon vorher öfter reden miteinander?«

»Ich glaub' schon, Peter.« Sie lächelte ihm dankbar zu. »Aber jetzt muss ich schaun, dass ich zu meiner Arbeit komm'.«

»Und denk manchmal daran, dass es einen

gibt, der auch dein Kind gernhaben möcht'!« rief er ihr strahlend nach.

Die beiden Kriminalbeamten waren jetzt schon eine ganze Woche nicht mehr auf den Riedmaierhof gekommen. Dennoch blickte Lena immer wieder hinaus, ob da nicht schon wieder das graue Auto wäre. Sie konnte sich nicht vorstellen, dass sie nun endlich in Ruhe gelassen würde.

Über die Großmutter redete man nicht, auch wenn jeder an sie dachte. Rupert war noch schweigsamer als früher. Jede freie Minute schnitzte er an seiner neuen Christusfigur.

In diesen Tagen kam, wie so oft, Gabi nach dem Abendbrot herauf. Als die Freundinnen allein waren, hielt Gabi Angelika einen Brief hin: »Da, für dich!«

»Für mich?« staunte Angelika. »Ja, wieso denn?«

»Ich weiß nicht, was drinnen steht«, raunte Gabi ihr zu. »Er ist heute mit der Post gekommen. Das Kuvert war an mich adressiert. Und ein Zettel ist dabeigelegen. Da ist er.«

Angelika nahm das Blatt und las: »*Sehr geehrtes Fräulein Gabi, aus gewissen Gründen will ich den beiliegenden Brief nicht direkt an Angelika Riedmaier schicken. Zunächst soll ihn niemand außer ihr lesen. Sind Sie so freundlich und geben*

Angelika vertraulich den Brief? Ich werde mich für Ihre Hilfe bei Gelegenheit bedanken. Mit freundlichem Gruß Anton Rohrmoser.«

»Jesus, wer ist denn der?« murmelte Gabi. »Und was will er von mir?«

»So mach den Brief schon auf, dann wirst du es gleich wissen!« drängte Gabi.

Angelika öffnete den Umschlag. Er enthielt ein Blatt mit folgenden Zeilen:

»*Liebes Fräulein Angelika, in einer für Sie und Ihre Familie äußerst wichtigen Angelegenheit möchte ich gern unter vier Augen mit Ihnen reden. Als Treffpunkt schlage ich das Gasthaus Neuberger neben der Bezirkshauptmannschaft vor. Dort werde ich am kommenden Donnerstag auf Sie warten. Zwischen neun und elf Uhr. Ich kenne Sie von einer Fotografie. Sie können sicher sein, dass ich diese Bitte nur zum Nutzen Ihrer Familie ausspreche. Sagen Sie bitte vorerst Ihren Eltern nichts davon. Herzlich Ihr Anton Rohrmoser.*«

»Was sagst du denn dazu?« Verblüfft reichte Angelika den Brief der Freundin.

Gabi überflog ihn. Dann meinte sie erregt: »Ob es etwas mit eurer Großmutter zu tun hat? Wirst du hinfahren?«

»Es ist schon seltsam, dass ich mich mit einem wildfremden Mann treffen soll«, murmelte Angelika. »Aber ich hab' das Gefühl, dass es wichtig ist. Vielleicht erfahre ich wirklich etwas von der

Großmutter. Jetzt muss ich mir nur überlegen, was ich den Eltern sag' wenn ich dahin fahre.«

»Sag einfach, du musst zum Zahnarzt!«

»Das ist wahr«, atmete Angelika auf. »Wenn es um etwas so Wichtiges geht, darf man schon einmal eine kleine Notlüge verwenden. Die Eltern werden es mir nachher sicher verzeihen.«

❁

Am Donnerstag war Angelika mit dem Postbus kurz vor neun Uhr in der Bezirksstadt. Sie ging sogleich in das genannte Gasthaus und fühlte sich jetzt ziemlich aufgeregt: Was sie da erwarten würde?

In der dem Eingang gegenüberliegenden Ecke saß ein älterer, weißhaariger Mann. Er blickte von seiner Zeitung auf, musterte Angelika und erhob sich. Dann kam er auf sie zu. Jetzt sah sie, dass er groß und hager war und Jägertracht trug. Seine hellen Augen waren sehr freundlich.

»Sie sind doch sicher die Angelika«, lächelte er, »nur dass Sie in Wirklichkeit noch hübscher sind als auf dem Foto. Meinen Namen kennen Sie ja schon. Setzen Sie sich doch bitte zu mir! Trinken Sie einen Kaffee oder darf es etwas anderes sein?«

Angelika reichte ihm befangen die Hand und folgte ihm zu seinem Tisch. Das Gasthaus war um diese frühe Zeit noch fast leer, nur ein paar Tische weiter trank eine Männerrunde ihr Bier.

Nachdem der Kellner Angelika Kaffee serviert hatte, begann Herr Rohrmoser zu reden:

»Ich soll Ihnen von Ihrer Großmutter sehr herzliche Grüße ausrichten.«

Angelikas Gesicht leuchtete auf: »Sie ... sie lebt wirklich? Heilige Maria – wo denn? Und warum ...«

»Ich kann Ihnen alles erklären. Aber wenn Sie wollen und sich die Zeit dafür nehmen, können Sie mit der Großmutter selbst sprechen. Sie ist bei mir.«

»Bei Ihnen? Ja, warum denn?«

»Das möchte sie Ihnen am liebsten selbst erzählen. Ist es möglich, dass Sie erst am späten Nachmittag mit dem Bus zurück nach Wildberg fahren?«

»Die Eltern werden sich Sorgen machen, wenn ich zu Mittag nicht daheim bin. Aber da fällt mir etwas ein. Die Gabi hat ein Telefon auf dem Hof. Ich könnte sie bitten, dass sie den Eltern etwas ausrichtet. Ich werde nicht fertig beim Zahnarzt und komme eben erst dann ...«

»Ausgezeichnet«, freute sich der alte, überaus vertrauenserweckende aussehende Herr. »Sie werden es nicht bereuen.«

Wenig später saß Angelika neben ihm in seinem schon recht betagten Volkswagen. Die Fahrt ging talauswärts und dann auf einem holprigen Forstweg steil bergan.

Während das Auto mit lautem Brummen die

Steigungen bewältigte, konnte Angelika vor Aufregung gar nicht richtig denken. Würde sie jetzt wirklich die Großmutter sehen? Mein Gott, wenn sie nur lebt! Aber warum versteckt sie sich hier und meldet sich nicht, wo es doch soviel Aufregung um sie gibt? Und was hat sie mit diesem Herrn Rohrmoser zu tun, von dem daheim überhaupt noch nie die Rede war?

Fragen über Fragen schwirrten durch Angelikas Kopf. Und dann erschrak sie plötzlich: Konnte es nicht auch sein, dass dort wohin dieser Mann mit ihr fuhr, gar keine Großmutter war? Musste sie sich nicht fürchten?

Doch da tauchte bereits das Schindeldach eines einsam am Wald stehenden Gehöfts auf.

»Dort ist sie, die Großmutter, gleich sind wir da«, hörte Angelika den alten Herrn sagen.

Und in diesem Moment sah sie auch schon die wohlvertraute Frauengestalt vor dem schmucken Blockhaus. Das Auto hielt, Angelika stürzte heraus und der Großmutter in die Arme.

Anton Rohrmoser stand dabei und sah lächelnd zu, wie sich die beiden schluchzend und vor Freude weinend abbusselten. Und vor Rührung bekam er dann selber feuchte Augen.

❀

Hand in Hand saßen dann Großmutter und Enkelin auf der Bank neben dem Hauseingang und wussten zunächst nicht, womit sie zu sprechen anfangen sollten. Der alte Herr hatte sie taktvoll alleingelassen, er war mit seinem rotbraunen Jagdhund weggegangen.

»War es schrecklich daheim?« erkundigte sich Rosa Riedmaler schließlich besorgt.

Das Mädchen nickte und begann stockend zu erzählen: Von der ersten Aufregung über das unerklärliche Verschwinden der Großmutter, von den ergebnislosen Suchaktionen, von den Verhören durch die Kriminalbeamten und am Ende von der Enttäuschung mit dem Pius. »Dabei krieg' ich jetzt ein Kind von ihm«, bekannte sie der Großmutter verlegen.

Rosa Riedmaier umarmte die Enkelin bewegt. »Schatzerl, mein Liebes! Dass auch du meinetwegen hast leiden müssen! Heiland, wenn ich das von dem Kind gewusst hätte, wäre ich nicht weggelaufen!«

»Jetzt glaub' ich schon, dass der Pius gar nicht der richtige Mann für mich gewesen wäre, Großmutter. Es macht mir nicht mehr viel aus.«

»So tapfer bist du? Ach, Kind, deinetwegen ist es mir sowieso am schwersten gefallen, mich nicht zu rühren. Aber jetzt erzähle ich dir die ganze Geschichte.«

Sie schnäuzte sich und wischte sich die Tränen aus den Augen. Dann fing sie an:

»Du bist alt genug, dass wir offen darüber reden können. Ich hab' die ewigen Streitereien mit deiner Mutter einfach nicht mehr aushalten können. Dabei war ich wohl genauso schuld daran wie sie. An ihrer Stelle wäre ich auch verbittert gewesen, wenn ich zwar die Frau vom Bauern bin und doch nicht die wirkliche Bäuerin mit allen Rechten sein darf. Aber ich hab' ehrlich Angst gehabt, was dann sein wird. Und ich bin ja noch nicht so alt, dass das Leben für mich ganz zu Ende sein muss, dass ich mich ganz ausliefern kann . . .«

Sie schnupfte und fuhr fort: »Leider hast du ja oft genug mitgekriegt, was da los war. Dein Vater ist ein guter Mensch, aber er ist zu weich. Von ihm war nichts zu erwarten. Also hab' ich selbst etwas tun müssen. Verstehst du das?«

Angelika nickte.

»Eigentlich hatte ich es anders im Sinn«, erzählte Rosa Riedmaier weiter. »Ich hab' den Hof übergeben und erst dann weggehen wollen. Aber dann hat es wieder einen fürchterlichen Krach gegeben. Und da bin ich einfach auf und davon. Damit sie mich nicht zurückhalten, hab' ich deinem Vater erzählt, dass ich nur auf die Kaiseralm zur Kathrin geh'.«

»Und wieso bist du dann hierher gegangen?«

»Das hat mit einer ganz alten Geschichte zu tun, mein Kind. Auch ich war einmal ein blutjunges Dirndl wie du.« Rosa Riedmaier lächelte ein wenig bei dieser Erinnerung. »Und damals gab es zwei junge Männer, die mich heiraten wollten. Jeder nett, fesch und sehr anständig, und ehrlich gesagt wusste ich eine Zeit lang nicht, welchen ich nehmen sollte. Aber dann heiratete ich deinen Großvater und hab' es nie bereut. Wir lebten sehr glücklich miteinander. Aber wahrscheinlich wäre ich auch mit dem anderen Mann glücklich geworden. Er war auch ein guter Mensch und Forstmann von Beruf.«

»Hat ... hat er vielleicht gar Anton Rohrmoser geheißen?« ging Angelika ein Licht auf.

»Ja, mein Kind, du hast es erraten. Der Anton und ich, wir hatten uns aber völlig aus den Augen verloren. Als ich deinen Großvater heiratete, ließ er sich in eine andere Gegend versetzen. Nach ein paar Jahren heiratete auch er und bekam eine gute Frau.«

Rosa Riedmaier strich sich gedankenvoll die Haare aus der Stirn. Dann sagte sie: »Aber davon wusste ich nichts. Ich erfuhr es erst im letzten Winter. Als ich mich in der Stadt umschaute, was ich euch zu Weihnachten schenken könnte, begegnete ich dem Anton. Jahrzehntelang hatten wir uns nicht mehr gesehen, aber wir erkannten uns auf den ersten Blick. Es ist kaum zu glauben, aber so war es.«

Jetzt fiel Angelika auf, wie schön die Großmutter eigentlich noch war, wenn sie so weich lächelte. Und es war aufregend wie ein Roman, was sie da erzählte.

»Wir haben damals lange miteinander geredet«, fuhr Rosa Riedmaier fort. »Ich erzählte ihm meine Geschichte und er mir seine. Anton war Witwer und vor einem Jahr in Pension gegangen. Jetzt wollte er sich dieses alte Haus am Berg kaufen und hier leben, wo er seine Jugend verbracht hatte.«

»Hat er denn keine Kinder, bei denen er leben könnte?« fragte Angelika.

»Doch, aber seine Töchter haben beide in die Stadt geheiratet. Die eine ist Lehrerin, die andere die Frau von einem Richter. Anton selbst aber möchte im Bergland sein. Und als er hörte, dass auch ich schon lange Witwe bin, hat er mich ganz ernst gefragt, ob wir nicht wenigstens in unseren alten Tagen noch ein Paar werden könnten.«

»Und da hast du nicht gleich ja gesagt, Großmutter?«

»Kind«, lächelte Rosa Riedmaier, »für eine Frau in meinem Alter ist das nicht mehr so leicht wie für ein achtzehnjähriges Dirndl. Wenn man jung heiratet, passt man sich bald aneinander an. Aber der Anton und ich, wir sind Menschen, die sich wahrscheinlich nicht mehr ändern können. Jeder hat sein eigenes Leben gelebt. Auch wenn man sich gern hat, ist es da nicht ganz sicher, ob man miteinander leben kann . . .«

»Wenn man sich wirklich gern hat, muss das gehen!« stellte Angelika mit großer Überzeugung fest.

»Na ja, gehofft hab' ich das ja auch. Aber ganz schnell kommt man trotzdem nicht zu so einem Beschluss, der das Leben ganz und gar ändert. Du musst auch daran denken, dass ich ja mein ganzes Leben auf dem Riedmaierhof gelebt habe, seit ich erwachsen war. Da hängt man an allem, da ist man daheim, da geht man nicht so leicht fort.«

»Das versteh' ich schon«, bemerkte Angelika. »Aber nachdem du dich mit meiner Mutter nicht vertragen hast, wär' das doch ein Ausweg und eine Lösung für euch beide gewesen.«

»Das hab' ich am Ende ja auch begriffen, mein Kind. Aber zu einem vernünftigen Auseinandergehen ist es halt nicht mehr gekommen. Ich hab' mich auch nicht getraut, offen zu sagen, dass ich zum Anton gehen will. Die Lena hätte ihren ganzen beißenden Spott an mir ausgelassen. Ich hab' ja schon fürchten müssen, dass sie mich überhaupt hasst – nicht nur wegen der leidigen Hofübergabe. Außerdem war ich nervlich schon ganz fertig. Ich wollte verschwinden und von allem nichts mehr sehen und hören.«

»Aber Großmutter«, sagte Angelika vorwurfsvoll, »hast du denn nicht daran gedacht, was bei uns los sein wird, wenn du plötzlich verschwunden bist? Die ganze Zeit haben sie nach dir gesucht! Jeden Tag waren die Kriminalbeamten bei uns! Die Mutter ist furchtbar verdächtigt worden, im Dorf geht man ihr schon aus dem Weg...«

»Das tut mir jetzt ja auch Leid«, seufzte Rosa Riedmaier. »Aber damals hab' ich halt einen Zorn gehabt, und da hab' ich gedacht, der Lena kann es nichts schaden, wenn sie einen Denkzettel kriegt. Dabei hab' ich aber nur damit gerechnet, dass du und dein Vater der Lena mit Fragen zusetzen werden. Dass sogar die Kriminalpolizei sich einschaltet deswegen und es so schlimm auf die Lena kommt, hab' ich nicht gewollt.«

»Hast du denn keine Zeitungen gelesen?« erkundigte sich Angelika leise. »Überall haben sie von deinem Verschwinden und den polizeilichen Untersuchungen geschrieben!«

Rosa Riedmaier schüttelte den Kopf.

»Als ich damals zum Anton kam, war ich ganz krank von all den Streitereien mit der Lena. Ich hätte keine neuen Aufregungen mehr ertragen. Und da hat der Anton mir die Zeitungen nicht gezeigt, in denen über mich und die Lena geschrieben worden ist, er hat mich schonen wollen und gemeint, dass sich nachher alles regeln lassen wird. Hätte man deine Mutter verhaftet, wäre er aber schon hinuntergefahren und hätte gemeldet, wo ich bin.«

»Und jetzt darf ich es den Eltern sagen?« fragte Angelika schnell.

»Ja, Kind. Jetzt bin ich gesundheitlich wieder auf der Höhe, ich werde es schon aushalten, wenn auch die Gendarmen mir Vorwürfe machen. Verbrochen hab' ich ja schließlich nichts. Und deiner Mutter sag bitte, dass es mir leid tut, wenn man sie so hergenommen hat! Das wollte ich nicht. Ich werde den Hof jetzt gleich übergeben. Ich will nichts mehr anderes, als hier mit dem Anton in Frieden leben. Richtest du das deiner Mutter aus? Und grüß auch deinen Vater und sag ihm, dass es mir leid tut!«.

Vor Rührung hatten sich Angelikas Augen mit Tränen gefüllt. Sie nickte wortlos.

»Aber reden wir jetzt lieber von dir!« sagte die Großmutter herzlich und drückte ihre Hand. »Freust du dich auch auf dein Kind? Kommst du darüber hinweg, dass der Pius dich so enttäuscht hat?«

»Ja Großmutter.« Angelika wischte sich über die Augen und lächelte. »Das ist jetzt vorbei. Ich kränke mich nicht mehr, und ich freu' mich auf mein Kind!«

Die Nachricht, dass Rosa Riedmaier lebte, war weit über Wildberg hinaus die große Sensation. Die Zeitungen schrieben darüber, und sogar im Lokalfunk wurde berichtet. Anton Rohrmoser hatte zu tun, um der Rosa Reporter und Neugierige vorn Leib zu halten.

Wegen Irreführung der Behörden kamen die

beiden mit einer Geldstrafe davon, die ihnen nicht sonderlich wehtat.

Lena verzieh der Schwiegermutter das Ungemach, das durch ihr Verschwinden über den Hof gekommen war. Die beiden Frauen wurden zwar keine Freundinnen, aber bei ihren seltenen Begegnungen waren sie recht nett zueinander.

Wesentlich trug dazu die Hofübergabe bei. Nachdem Lena endlich die wirklich Bäuerin vom Riedmaierhof geworden war, legte sie viel von ihrer ständigen Gereiztheit ab. Davon profitierte vor allem ihr Mann. Rupert änderte sich nicht mehr. Noch mehr als das Wirtschaften interessierte ihn auch weiterhin das Figurenschnitzen. Im Lauf der Jahre brachte ihm das sogar ziemliches Ansehen ein, und die Fremden kauften ihm seine Arbeiten für stattliche Summen ab.

Nachdem Lena den schrecklichen Verdacht los war, kamen bald darauf der Toberer-Pius und sein Vater herauf, entschuldigten sich und fragten an, ob die Angelika jetzt nicht doch noch Toberer-Bäuerin werden möchte. Der Pius sei ja auch der Vater von ihrem Kind.

Lena und Rupert nahmen die Entschuldigung kühl an. Angelika jedoch erklärte ohne Zögern, dass sie den Pius unter keinen Umständen mehr heiraten wolle. Sie werde auch keine finanziellen Ansprüche stellen und am liebsten überhaupt vergessen, dass sie das Kind von ihm erwarte.

Noch vor der Niederkunft gab sie dem Jäger Peter Winterhager ihr Jawort. Er wurde ihrem Töchterchen ein guter Vater. Und als dann noch ein Bub dazukam, war Angelikas und Peters Glück vollkommen.

ENDE

Hanna Staller

Der Fremde, der ihr Vater war

Ein ergreifender Schicksalsroman aus den Bergen

Von der obersteirischen Ortschaft Fichtenberg ging ein schlanker junger Mann zum Gamsjägerhof hinauf. An seinem billigen Koffer schien er nicht schwer zu tragen. Aus dem tief gebräunten Gesicht blickten etwas schwermütig wirkende Augen.

Der Weg hinauf war nicht weit. Mit einigen anderen Höfen lag das Gamsjäger-Anwesen nur wenige Gehminuten oberhalb des geschlossenen Ortskerns von Fichtenberg. Etwas abgesetzt erhob sich da oben auch die schmucke Fremdenpension der noch jungen Witwe Ella Frischenschlager, deren Mann vor eineinhalb Jahren von einer Lawine getötet worden war.

Während Alexander Gamsjäger, im Dorf allgemein Xandl genannt, sich dem heimatlichen Hof näherte, galt sein Denken jedoch einem anderen Toten. Bald nach dem noch jungen Pensionswirt war nämlich sein eigener, erst fünfundfünfzig Jahre alter Vater auf dem kleinen Bergfriedhof begraben worden. Johann Gamsjägers Herz war nicht in Ordnung gewesen. Eine Aufregung über die Xandl noch immer nicht genau Bescheid wusste, hatte dem Vater dann den Rest gegeben.

Es war dieses für die Familie Gamsjäger tragische Ereignis gewesen, das Xandls Augen frühzeitig ernst gemacht hatte. Er war der älteste von drei Geschwistern und dazu bestimmt, nach dem Vater den Hof zu übernehmen.

Doch vorher musste er noch den Militärdienst hinter sich bringen. Nach einer gründlichen Beratung mit der Mutter, dem Bruder Friedl und der erst siebzehnjährigen Schwester Steffi hatte er darauf verzichtet, um einen weiteren Aufschub für die Wehrausbildung zu bitten. Den ersten Aufschub hatte er ja schon wegen der Krankheit des Vaters und wegen seiner noch nicht voll arbeitsfähigen jungen Geschwister bekommen. Nun aber konnte die Mutter mit dem Friedl und der schon kräftigen Steffi die Wirtschaft zur Not bewältigen. Xandl war es darauf angekommen, nicht erst nach der Übernahme des Hofs zum Militär einrücken zu müssen.

Jetzt war seine Zeit bei der Gebirgsjäger-Kornpanie zu Ende, er kehrte heim. Und während er auf den Hof schaute, der bald seiner Verantwortung übergeben werden sollte, überkam ihn ein geradezu feierlicher Ernst. Da oben würde er der Bauer sein, da oben würde er wohl irgendwann eine junge Frau und Kinder haben, da oben würde er in fernen Jahren einmal ein gutes Leben beschließen.

Auf das alles hatte er sich früher gefreut, wenn er gelegentlich daran dachte, bevor der Vater starb. Doch damals lag das ja noch so weit von ihm entfernt. Das Leben des jungen Xandl war problemlos gewesen.

Nun hatte sich mit dem Ableben des Vaters alles geändert. Die Zeit der unbeschwerten Jugend war für den Dreiundzwanzigjährigen endgültig dahin.

Vor dem Wirtschaften hatte er keine Angst. Die Bergbauernarbeit war ihm nie zuwider gewesen. Schon im Knabenalter hatte er dem Vater gern geholfen. Er war gesund, in seinen sehnigen Armen steckte viel Kraft. Und der Vater hatte bei der Arbeit nicht bloß angeschafft, er legte Wert darauf, dass der Bub auch verstand, warum das und jenes auf eine bestimmte Weise gemacht werden musste und was dabei herauskommen sollte.

Der Vater! – Xandls Freude, endlich wieder daheim zu sein, wurde arg gedämpft durch das Bewusstsein, dass der Vater allzu früh und für immer fort war!

Der Gamsjägerhof zählte nicht zu den größten Höfen im Dorf, doch Wohnhaus und Wirtschaftsgebäude befanden sich in einem vorbildlichen Zustand. Der Milcherlös und der Verkauf von Kälbern allerbester Qualität, dazu noch die Ferkelzucht, brachten nicht gerade üppige Einnahmen, doch für ein bescheidenes und im Wesentlichen sorgenfreies Leben der Familie hatte es noch immer gereicht. Und wenn dann und wann mehr Geld gebraucht wurde, musste eben Holz geschlägert und verkauft werden. Soviel gab der Waldbesitz schon her.

Die Haustür flog auf und die jetzt neunzehnjährige Steffi rannte dem heimkehrenden Bruder entgegen.

»Xandl!« rief sie freudig und fiel ihm um den Hals.

Und dann kamen auch schon die Mutter und der Friedl heraus. Die Bäuerin bekam feuchte Augen, als der Sohn sie umarmte und auf die Wangen küsste. Die Brüder schlugen sich gegenseitig auf die Schultern, dass es nur so krachte.

»Wirst schon einen großen Hunger haben, das Essen ist schon fertig!« sagte die Bäuerin gerührt. Sie war eine kräftige und immer noch hübsche Frau von fünfundvierzig Jahren. Ihr helles Haar und die graublauen Augen hatte die Steffi geerbt, während die Söhne eher dem Vater nachgeraten waren: Lang und braunhaarig.

»Kannst jetzt gut schießen?‹ fragte der Friedl lustig, während die Steffi den Topf mit der köstlichen Rindfleischsuppe auf den Tisch stellte.

»Na ja, der Schlechteste war ich nicht«, lächelte Xandl. »Aber wozu brauche ich's? Krieg wird hoffentlich keiner kommen, und Jäger bin ich auch keiner.«

›Ich hätte schon Lust dazu«,, sagte der Friedl eifrig. »Vielleicht mache ich den Kurs und suche mir dann eine Stelle als Aufsichtsjäger.«

»Geh, hör mir auf, was ist denn das für ein Beruf?‹ schalt ihn die Mutter, während sie die Suppe austeilte.

»Warum, Mutter?« erkundigte sich die Steffi.

»Ist doch nicht schlecht, immer am Berg herumsteigen zu können und auch noch bezahlt zu kriegen dafür!«

»Nur ein bißerl arg wenig halt«, lächelte Xandl. Dann strahlte er die Bäuerin an: »Mutter, du weißt gar nicht, wie oft ich beim Militär an deine Nudelsuppe gedacht habe!«

»Na, hoffentlich schmeckt sie dir immer noch so gut wie früher«,, freute sich Irma Gamsjäger über das Lob des Sohns.

Xandl löffelte schweigend und mit sichtlichem Genuss. Der Friedl grinste:

»Du, die Steffi hat schon einen ...«

»Dass du dein saudummes Mundwerk nicht halten kannst!« fuhr die Schwester ihm in die Rede und wurde dabei puterrot.

»Ach so?« fragte Xandl neugierig. »Wer ist es denn?«

Schnell versuchte das Dirndl dcm geschwätzigen Bruder den Mund zuzuhalten, aber der Friedl machte sich lachend frei: »Der Moser-Hans aus Langeck geht komischerweise fast jeden Sonntag bei uns spazieren, und die Steffi hat's dann immer recht eilig ...«

»Musst du die Steffi wirklich ärgern, Friedl?« wies ihn die Mutter zurecht. Ob sie darüber geredet haben will oder nicht, ist schließlich und endlich allein ihre Sache!«

»Das meine ich auch!« rief das Mädchen.

»Man wird doch hoffentlich noch erzählen

dürfen, was es bei uns Neues gibt!« wehrte sich der Friedi beleidigt.

Den Xandl hätte es jetzt schon interessiert, ob die Schwester wirklich mit dem Moser-Hans ging und vielleicht gar heiraten wollte. Aber wenn sie so wild dagegen war, dass jetzt darüber geredet wurde, musste man halt zuwarten.

»Was gibt's sonst Neues im Dorf?« fragte er.

»Der Taschner will heiraten«, gab der Friedl Auskunft.

»Wen denn?«

»Das Dirndl, das dem alten Herrn Oberlehrer jetzt die Wirtschaft führt, eine Großnichte ist sie von ihm und aus Hochleiten stammt sie.«

»Aber die Christl will nichts wissen vom Taschner-Oskar samt seinem vielen Geld!« sagte die Steffi fröhlich. »Den täte ich auch nie heiraten.«

»Ein Dirndl ohne Besitz will der Taschner-Oskar heiraten?« wunderte sich Xandl. »Das schaut ihm aber gar nicht ähnlich.«

»Einen Besitz oder Geld hat sie nicht, die Christl«, grinste Friedl, »aber dafür halt sonst allerhand!« Seine Hände deuteten dem Bruder an, dass dieses Dirndl äußerst wohlgeformt war. Er schnalzte auch noch mit den Fingern dazu.

»Du, iss lieber deine Suppe fertig!« wies ihn die Bäuerin zurecht. »Geh, Steffi, trage jetzt das Fleisch her!«

»Darf man nicht einmal mehr sagen, dass ein

Dirndl gut gestellt und blitzsauber ist?« maulte der Friedl. »Über was darf man denn bei uns überhaupt noch reden, ha?«

Die Mutter würdigte ihn keiner Antwort. Sie schnitt den saftigen Schweinsbraten auf und lächelte ihrem heimgekehrten Ältesten zu.

Besonders die ersten Tage verflogen für Xandl viel zu schnell. Voller Genugtuung tat er wieder die gewohnte Arbeit. Jede Kuh im Stall hatte er schon beim Füttern getätschelt, jedes Kalb gestreichelt. Über die sommerlichen Wiesen war er gegangen, die Vorräte und alles Arbeitsgerät hatte er nachgesehen. Es war gut in Ordnung. Obwohl der Friedl ja nicht der Hoferbe war, hatte er tüchtig gewirtschaftet und sich voll eingesetzt. Er war ein Bruder, auf den man sich voll verlassen konnte!

Gleich am ersten Sonntag nach der Heimkehr stieg Xandl auf den Hirschenstein hinauf. Darauf hatte er sich während der ganzen Soldatenzeit gefreut. Da oben zu stehen und über die heimatliche Bergwelt zu schauen, das gehörte zu seinen allerschönsten Erinnerungen. Und besonders erinnerte er sich jetzt daran, dass er das erste Mal mit dem Vater hinaufgegangen war und dieses unvergessliche Erlebnis an seiner Seite genossen hatte.

Xandl brach schon am frühen Morgen auf.

Weil er ja nicht nur bis an den Fuß des Hirschensteins sondern auf den Gipfel wollte, hatte er eine Tagestour vor sich. Die Mutter hatte ihm Proviant und eine Flasche Tee in den Rucksack gepackt.

Am Vorabend war ein Gewitter niedergegangen, das Talgebiet dampfte in der Morgensonne. Aber weiter oben war alles klar, der Himmel spannte sich wolkenlos. Xandl durfte auf eine gute Fernsicht hoffen.

Während er ohne Hast bergan schritt, beschäftigten sich seine Gedanken mit den Geschwistern. Ob es stimmte, dass die Steffi mit dem Moser-Hans aus Langeck ging? Ganz fest schien da noch nichts zu sein, wenn sie so aufgeregt dagegen war, dass man darüber redete.

Doch ob es nun bei ihr soweit war oder nicht, früher oder später würde die Steffi einen Liebsten haben und heiraten. Sie war ein sauberes, liebes Dirndl und tüchtig dazu. Was die Steffi in die Hand nahm, wurde flink und ordentlich erledigt. Dem jungen Bauern, der sie einmal zur Frau bekam, dem konnte man schon im Vorhinein gratulieren.

Mehr Kopfzerbrechen machte dem Xandl die Zukunft des Bruders. Unlängst hatte der so leichthin gemeint, er könnte sich einfach als Aufsichtsjäger sein Brot verdienen. In Wirklichkeit aber schien der Friedl noch überhaupt nicht zu wissen, was er dann anfangen sollte, wenn der Bruder den Hof übernahm.

Xandl wusste genau, dass der Friedl genauso mit Leib und Seele Bergbauer war wie er selber. Da hatte man es dann schwer, wenn nur einer von ihnen den Hof bekommen konnte. Und das war nach alter bäuerlicher Tradition der Erstgeborene ...

So war das in dieser Welt, der Friedl hatte das Nachsehen, nur weil er jünger war. Wie der Steffi war ihm sein gesetzlicher Pflichtanteil am Erbe sicher, aber der Bauer konnte er hier nicht werden. Der Hof als Ganzes musste ungeteilt bleiben, um lebensfähig zu sein. Es würde wirtschaftlich schwer genug sein, die Geschwister bei ihrem Auszug zu bezahlen.

Xandl traute dem Bruder zu, dass er bereit war, noch viele Jahre daheim zu bleiben und wie ein Knecht zu arbeiten. Der Friedl war ein überaus verträglicher, gutmütiger Bursch. Sicher würde er sich ein- und unterordnen. Aber konnte man das verantworten? War es nicht wichtig, dass der Friedl bald mit dem Aufbau seiner eigenen Zukunft begann?

Für ihn wäre es natürlich am besten gewesen, eine Hoferbin zu heiraten und dadurch ein selbständiger Bauer zu werden. Aber würde er ein solches Dirndl finden, das er nicht nur des Besitzes wegen zur Frau haben wollte?

Von welcher Seite immer Xandl das überdachte, er fand es am vernünftigsten, den Bruder zu einer soliden Berufsausbildung zu ermuntern.

Vielleicht in der Landwirtschaftsschule! Dann konnte er später Verwalter oder etwas Ähnliches werden. Und er würde nicht darauf angewiesen sein, irgendein Dirndl nur deshalb zu heiraten, weil es eine Hoferbin war . . .

Mit solchen Gedanken im Kopf erreichte Xandl die Waldgrenze. Er durchquerte die Almregion und erfreute sich an den weiten grünen Matten. Dann gelangte er an den Fuß des Hirschenstein-Massivs. Nach einer kurzen Rast und einem Becher Tee begann er zu klettern.

Weil er bei den Gebirgsjägern gedient hatte, war nichts von der alten Gewandtheit im Fels verloren gegangen. Leicht hätte er die erhebliche längere, weit weniger schwierige Route zum Gipfel wählen können, die sogar wenig oder, gar nicht geübte Touristen schafften, falls sie schwindelfrei waren. Aber Xandl machte es Spaß, seine Kräfte an der fast senkrecht hinaufführenden Kletterlinie zu messen.

Endlich stand er dann um die Mittagsstunde hoch oben auf dem Gipfel. Im Rucksack hatte er das frische Reservehemd, er zog es an Stelle des verschwitzten an. Das Wetter hatte gehalten, was es versprochen hatte, der Fernblick über die Gipfelkette der Alpen berauschte ihn erneut.

Zufrieden saß er auf dem Fels, aß sein Brot mit einer dickem Schnitte Geräuchertem und löschte den Durst mit Tee. Der Höhenwind sang um ihn und milderte die Hitze der steil herunterbrennenden Sonne. Weltenfern lag das Tal mit dem Dorf unter ihm. Nur dünn klang das Zwölfuhr-Läuten der Kirchglocke herauf. Von Menschen war hier oben weit und breit nicht zu sehen.

Nach einer Stunde begann er mit dem Abstieg. Diesmal wählte er die leichtere Touristenroute. Und als er dann wieder über die Almen zum Bergwald hinunterschritt, kam es ihm in den Sinn, dass er erst jetzt wieder so ganz richtig zu Hause war. Mit dem vertrauten Erlebnis auf dem Hirschenstein-Gipfel hatte ihn die Heimat voll in ihre Arme genommen.

Während er frohgemut den Waldsteig hinunterschritt, fiel sein Blick auf den samtbraunen Hut eines Steinpilzes. Den nehme ich der Mutter mit, dachte er. Nachdem er ihn aus der Erde genommen und mit dem Messer gereinigt hatte, sah er einen Zweiten, und gleich darauf noch einen dritten Pilz.

Vergnügt begann er, sie zu sammeln und verwahrte sie sorgfältig im Rucksack. Je länger er sich umsah, desto mehr von den begehrten Waldgewächsen entdeckte er. Das würde ein herrliches Essen für die ganze Familie geben, und dann blieb noch genug zum Trocknen übrig.

Xandl horchte auf. In seinem Sammeleifer hatte er gar nicht die beiden Leute bemerkt, die den Steig heraufkamen. Jetzt sah er einen Mann und ein Mädchen. Nach dem Klang ihrer Stimmen waren sie in Streit geraten.

»Lassen Sie mich in Ruhe!« hörte Xandl das ihm unbekannte blonde Dirndl zornig rufen.

»Aber geh, Christl!« antwortete der Mann, sei doch nicht so!« Er packte das Mädchen am Arm und wollte es zurückhalten. Und in diesem Moment erkannte ihn Xandl – es war der Taschner-Oskar. Vermutlich war dann das Mädchen keine Sommerfrischlerin, sondern die Verwandte pensionierten Oberlehrer, von der Friedl unlängst gesprochen hatte.

»Ich habe Ihnen schon ein paarmal gesagt, dass Sie mir nicht ständig nachgehen sollen!« herrschte sie den Taschner an. »Ich will das nicht!« Sie versuchte sich loszureißen.

»Und ich habe dir schon ein paarmal gesagt, dass ich dich heiraten will! beharrte der Mann, ohne sie freizugeben »Du wirst noch einmal froh sein, dass ich mich so angestrengt habe um dich!«

›Lassen Sie mich los!«

»Nein, warum denn, wenn ich nicht will?‹ Er riss sie an sich und versuchte, sie zu küssen.

Da patschte es, das Dirndl hatte ihm eine kräftige Ohrfeige gegeben.

Der Mann ließ dennoch nicht los. »Ich werde es dir schon noch zeigen!« keuchte er. »Ob du's willst oder nicht, ich kriege dich schon . . .!«

»Genierst du dich denn überhaupt nicht?« herrschte ihn in diesem Moment der näher kommende Xandl an. »Lass das Dirndl sofort aus, Oskar!«

Der Taschner fuhr herum, »Ah, der Gamsjäger-Xandl! – Sag einmal, was geht denn dich an, was ich tue?«

›Von mir aus kannst du tun, was du willst«, antwortete Xandl ruhig. »Aber wenn das Dirndl nicht von dir belästigt werden will, dann sollst du es auch bleiben lassen. So etwas macht man nicht!«

»Na, du hast es notwendig, mir Vorschriften zu machen!« brüllte der Taschner. »Wer bist du denn überhaupt, dass da so mit mir redest? Was bildest du dir denn ein? Du bist ja noch nicht einmal ganz trocken hinter den Ohrwascheln, du Lauser!«

In Xandls Augen blitzte es auf. »Wenn du von Ohrwascheln redest, dann pass auf, Oskar! Es könnte leicht sein, dass ich sie dir ein bisserl abreibe, wenn du mir so kommst. Hau bloß schnell ab, bevor mir die Hand ausrutscht!«

»Was, du drohst mir, Gamsjäger? Na, das wird dir noch einmal leid tun, darauf kannst du Gift nehmen, du Großschnautzer! Mit dir fahre ich noch! Wirst daran denken, wenn es soweit ist!«

Mit hochrotem Gesicht wandte er sich dem Mädchen zu: »Komm, Christl, wir gehen!«

»Gehen Sie nur!« antwortete sie erregt. «,Ich brauche Sie nicht!«

Der Taschner holte Luft, Er ballte die Fäuste, und es war ihm anzusehen, dass er sich jetzt am liebsten auf den Xandl gestürzt hätte. Aber da hätte er wohl den Kürzeren gezogen. Deshalb drehte er sich wütend um und stampfte talwärts.

❀

»Dankschön«, sagte die Christl,

»Gern geschehen, Dirndl! – Ich bin der Gamsjäger-Xandl, aber das hast du ja schon gehört.«

»Sie habe ich aber noch nie gesehen im Dorf«, meinte das Mädchen freundlich,

»Weil ich erst vor ein paar Tagen vom Militär heimgekommen bin«, lächelte er. Diese Christl war wirklich so bildhübsch, wie es der Friedl schon angedeutet halte. Ihre Augen waren so blau wie der Sommerhimmel, ihr Gesichterl wie Milch und Blut. Das lange weizenblonde Haar trug sie in dicken Zöpfen geflochten. Sie zählte zu den größer gewachsenen Mädchen, war dabei schlank und ordentlich rund zugleich, wo es sich gehörte. Insgesamt ein Dirndl, von dem ein Bursch seine Augen nur schwer wegbringen konnte!

»Warum sagst du ›Sie‹ zu mir?‹ fügte er hinzu., Unter jungen Leuten ist das doch nicht Brauch bei uns!«

»Entschuldige«, sagte sie freundlich, »der Taschner hat mich ein bißerl durcheinander gebracht. Den möchte ich auf keinen Fall mit ›Du‹ anreden.«

»So ein Falott! – Dass er dir keine Ruhe geben

kann, wenn er schon weiß, dass du nichts zu tun haben willst mit ihm!«

»Ich weiß schon gar nicht mehr, was ich tun soll«, klagte die Christl bekümmert. »Es vergeht kein Tag, ohne dass er zu uns ins Haus kommt. Überall passt er mich ab. Heute habe ich geglaubt, dass ich allein in den Wald gehen kann, aber auf einmal war er schon wieder da. Und wie er mir zusetzt, hast du ja selber gesehen.«

»Er wird es schon aufgeben‹, tröstete Xandl, »Was will er denn, der Taschner, wenn du ihn nicht magst?‹

»Hoffentlich sieht er das ein«, seufzte sie. »Es ist einfach scheußlich, wenn er mir so nachsteigt!«

»Schau, was ich da gefunden habe«, lächelte Xandl, um von dem unangenehmen Thema wegzukommen. Er öffnete den Rucksack und zeigte ihr die Pilze.

»Oh!« rief sie entzückt.

»Magst du welche?« Xandl griff hinein und zog zwei besonders schöne Exemplare heraus. »Da nimm sie, ich schenke sie dir!«

»Danke!« freute sie sich. »So schöne habe ich noch nie gefunden!«

»Du bist jetzt bei deinem Onkel?« fragte er.

»Mein Großonkel ist der Onkel Franz eigentlich. Er war immer so lieb zu mir, und da muss ich ihm halt ein bisserl helfen, wo er jetzt alt und allein ist.«

»Und wo bist da sonst daheim?‹

»In Hochleiten«, gab sie Auskunft. »Mein Vater ist dort Postvorstand. Warst du schon einmal bei uns?«

»Nur durchgefahren bin ich. Aber jedenfalls bist du dann aus unserer Gegend, Christl. Gefällt es dir hier in, Fichtenberg?«

»O ja, nur der Taschner sollte mich halt in Ruhe lassen!«

»Vielleicht tut er's jetzt endlich«, tröstete sie Xandl, »Willst du jetzt mit mir hinuntergehen oder noch, heroben bleiben?«

»Ich gehe noch ein Stücken hinauf«, entschloss sie sich. »Ich bin froh, dass du mir geholfen hast, Xandl. Und ein Dankschön für die Pilze!«

»Auf Wiedersehen, Christl!« lachte er sie an und eilte mit langen Schritten heimwärts.

❁

Daheim fand Xandl eine junge dunkelhaarige Frau bei der Mutter. Die beiden saßen in der Wohnstube und tranken Kaffee.

»Du kommst gerade zurecht, magst du auch einen?« meinte die Bäuerin zu dem grüßend in der Tür stehenden Sohn.

»Erst ziehe ich mir die schweren Schuhe aus und wasche mich ein bisserl«, antwortete Xandl. »Arg heiß ist es heute.«

Es war die Ella Frischenschlager, die junge Witwe und Pensionsinhaberin, die bei der Mutter zu Besuch war. Ihr verunglückter Mann, der Karl, hatte sie geheiratet, nachdem sie einige Zeit als Stubenmädchen bei ihm beschäftigt gewesen war. Die Ella stammte aus einem anderen Landesteil, sie war ein netter Kerl und besaß einen guten Ruf.

»Schaut her, was ich gefunden habe«, sagte Xandl, als er sich gewaschen und umgezogen hatte. Er holte die Pilze aus dem Rucksack.

»Sind die aber schön!« lobte die Ella. Und die Mutter lachte: »Der Xandl und der Friedl sind ganz närrisch drauf.‹

»Aber du magst sie doch auch gern, und die Steffi auch!« erinnerte der Bursch.

»Ja, aber so verrückt darauf wie ihr zwei sind wir nicht.«

»Und ich habe immer Angst, dass giftige dabei sein könnten«, sagte die Ella. Ihre dunklen Augen betrachteten ihn mit sichtlichem Wohlgefallen.

Xandl trug die Pilze hinaus, dann setzte er sich zu den Frauen und ließ sich Kaffee und Guglhupf schmecken.

»War es schlimm in der Kaserne?« erkundigte sich die Ella.

»Nein, das nicht. Mir ist es nicht schlecht gegangen«, antwortete er. »Nur, wenn du weißt, dass du daheim gebraucht wirst, dann wartest du halt schon hart, bis es vorbei ist.«

»Ihr seid ja noch gut dran gewesen auf eurem Hof, weil der Friedl und die Christl da waren.«

»Das kann man sagen«, bestätigte die Bäuerin. »Sonst hätten wir um Befreiung für den Xandl ansuchen müssen.«

»Am Hirschenstein warst du heute?‹ erkundigte sich die Ella.

»Ja.«

»Ganz oben?«

»Ja«, antwortete er kauend.

»Da hast du heute einen guten Tag erwischt, gell?«

»Ja. Und wie schaut es bei dir aus? Hast du viele Gäste?«

»Voll ist alles. Ich könnte noch mehr Zimmer brauchen. Und vor Arbeit kenne ich mich schon bald nicht mehr aus. Aber jetzt gehst du einmal auf eine halbe Stunde zur Gamsjägerin hinüber, habe ich mir gesagt. Um die Tageszeit kann ich mir das noch am ehesten leisten.«

Xandl dachte, dass man der Frischenschlager-Ella Respekt zollen musste. Der Verlust ihres Mannes hatte sie natürlich zunächst umgeworfen. Die beiden waren erst fünf Jahre verheiratet gewesen. Aber dann hatte sich die Ella doch aufrappeln können. Das große Gästehaus ohne Mann zu führen, war keine Kleinigkeit. Aber offenbar schaffte es die Ella, sie war zweifellos eine tüchtige Frau.

»Jetzt muss ich aber wieder gehen, wenn ich kein schlechtes Gewissen haben will!« Die Ella stand auf. »Dankschön, Gamsjägerin, fein war's, ein bissen bei dir sitzen und reden zu können,‹

Sie gab allen die Hand und eilte davon.

❁

»Ich kann sie gut leiden, die Ella«, meinte dann die Gamsjäger-Irma zu ihrem Sohn.

»Ja, nett ist sie«, bestätigte er.

»Jetzt ist sie halt auch traurig, weil sie keine Kinder hat.‹

Xandl zuckte mit den Schultern. »Sie und der Karl haben sich halt zulange Zeit gelassen damit ...«

»Das sagt sich so einfach, Bub!« Die Mutter runzelte die Stirn. »Auf Befehl kommt ein Kind nicht immer. Vielleicht wollten die beiden eines haben, und es ist nicht gegangen. Kann ja auch sein, nicht?‹

Xandl wusste nicht, was er dazu noch sagen sollte, »Wo sind denn die Steffi und der Friedl?« fragte er.

»Den Friedl findest du an einem Sonntagnachmittag nie daheim«, lächelte die Bäuerin. »Und die Steffi ist halt auch ein bisserl fortgegangen.«

»Spaziert der Moser-Hans wieder herum?«

»Kann schon sein.«

»Und ins Haus herein ist er noch nie gekommen?«

»Es schaut aus, als wäre er ein bisserl schüchtern, der Bub. Kennst du ihn überhaupt.«

»Gesehen werde ich ihn schon einmal haben«, meinte Xandl. »Wie er ausschaut, fällt mir momentan nicht ein. Aber wenn ihn die Steffi mag, wird schon was dran sein an ihm.«

»Die Draufgänger müssen nicht unbedingt die allerbesten Ehemänner sein«, sagte sie.

»Da hast du Recht, Mutter!« Xandl musste an sein Erlebnis mit dem Taschner-Oskar denken. Aber irgendetwas hinderte ihn, das zu erzählen.

»Kriegt der Moser-Hans einen Hof?‹ fragte er.

»Der Friedl meint ja. Es soll sogar ein recht großer sein. Und Bruder hat er keinen.«

»Na, dann könnte ja alles stimmen für unsere Steffi'«, lächelte Xandl. »Wenn sie sich auch noch gernhaben?«

»Ich glaube, sie will solange nicht darüber reden, bis alles feststeht«, sagte die Bäuerin eifrig.

»Ein gescheites Dirndl, unsere Steffi!« Xandl sah die Mutter an: »Mehr Gedanken macht mir der Friedl. Einerseits ist es ja gut für uns, wenn er noch daheim ist, aber andererseits wird es Zeit, dass er sich auf eigene Füße stellt.«

Sie nickte. »Ich hab's mir auch schon gedacht. Aber wenn beide weggehen, der Friedl und die Steffi, dann kommen wir nicht durch mit der Arbeit. Du wirst heiraten müssen, Xandl!«

»Also gar so pressiert es ja nicht, Mutter!« Er lachte. »Vorläufig sind beide noch auf dem Hof. Und in acht Tagen wird die Steffi ja noch nicht heiraten.«

»Das nicht. Aber denken solltest du daran, Bub! Wenn ich dir den Hof übergebe, wirst du eine Bäuerin brauchen. Mit dreiundzwanzig ist man nicht mehr zu jung dafür!«

Sie zwinkerte ihm zu und begann, das Kaffeegeschirr vom Tisch zu räumen.

Der pensionierte Oberlehrer Franz Neureiter lächelte seiner Großnichte vergnügt entgegen, als sie von ihrem Gang in den Bergwald zurückkehrte. »Na, Christl, war's schön?«

»O ja, Onkel.

»Und Schwammerln hast du auch gefunden? Er betrachtete die prächtigen Steinpilze in ihrer Hand.

»Die habe ich geschenkt bekommen.«

»Ja, von wem denn?«

»Xandl Gamsjäger heißt er, hat er gesagt. So ein ziemlich großer Bursch.«

»Ah, der Xandl!« lächelte der alte Herr. »Der ist ja noch bei mir in die Schule gegangen. Ein lieber Bub war er immer. Dann ist er also schon zurück vom Militär.«

Das Mädchen holte ein Messer und schnitt auf dem Gartentisch die Pilze auf. »Schau, Onkel, nicht ein Wurm ist drinnen!«

»Na fein. Willst du sie braten oder lieber für die Suppe haben?«

»Wic wärc cs denn dir lieber?«

»Das können wir uns ja noch morgen überlegen«, schlug er gut gelaunt vor. »Bist du dem Xandl im Wald oben begegnet?«

»Ja.« Sie zögerte ein wenig. Dann gestand sie:. »Er hat mir aus einer sehr unangenehmen Sache herausgeholfen, Onkel Franz. Der Herr Taschner ist mir wieder einmal nachgegangen. Er hat versucht ...« Sie errötete etwas. »Also ziemlich zudringlich und gemein ist er halt geworden. Und da habe ich das Glück gehabt, dass dieser Bursch zufällig dazugekommen ist. Es war scheußlich kann ich dir sagen. Fast hätten die zwei meinetwegen zu raufen angefangen. Der Taschner war schrecklich zornig auf den Xandl, weil der mich beschützt hat ...«

»Na, mit dem Taschner-Oskar werde ich ein Wörterl reden!« sagte der alte Mann empört. »Den habe ich schon in der Schule streng anpacken müssen, den Lauskerl. Der hat schon damals geglaubt, er darf sich alles erlauben, nur weil er der Sohn vom reichen Holzhändler ist. Nein so etwas!«

»Lass ihn, Onkel Franz!« versuchte Christl ihn zu besänftigen. »Es zahlt sich nicht aus, sich über diesen Menschen zu ärgern.«

»Er muss sich endlich damit abfinden, dass du ihn nicht heiraten willst! Und er soll aufhören, dich zu belästigen, dieser Mistkerl!« Der alte Herr konnte sich kaum beruhigen.

»Na, vielleicht merkt er es sich jetzt und gibt

mir Ruhe«, meinte die Christl. »Ich habe ihn auch stur mit Sie angeredet – und eine Watschen hat er auch gekriegt, wie er mich angegriffen hat.«

»Na, die hat ihm dann auch gebührt«, brummte Franz Neureiter und begann, seine Tabakpfeife zu stopfen.

Nachdem sie Onkel Franz die Sache erzählt hatte, war Christ leichter zumute. Sie holte die Gießkanne aus dem Schuppen und versorgte die ausgetrockneten Gartenbeete mit dem nötigen Wasser.

So schön wäre das Leben hier in Fichtenberg für sie gewesen wenn dieser Holzhändlersohn ihr nicht so aufdringlich nachgestellt hätte! Alle Dorfleute waren so nett zu ihr, und mit dem Onkel kam sie herrlich aus.

Eigentlich hatte sie ja die Schneiderei gelernt. Sie sollte später daheim in Hochleiten das kleine Geschäft ihrer Taufpatin übernehmen. Aber dann passierte etwas Unvorhergesehenes. Die Patin heiratete noch ein zweitesmal, und ihr neuer Mann, auch ein älterer Witwer, hatte zufällig eine arbeitssuchende Enkelin, die gleichfalls Damenschneiderin war. Da musste dann die Christl zurücktreten.

Gerade zu dieser Zeit starb dem Onkel Franz seine Frau, die Tante Anna. Als er hörte, dass aus Christls Berufsplänen in Hochleiten nichts werden konnte, klopfte er bei ihren Eltern an, ob sie nicht wenigstens vorübergehend zu ihm kommen und ihm die Hauswirtschaft führen wollte. Vielleicht könnte er ihr dann sogar helfen, hier in Fichtenberg eine Schneiderei zu eröffnen. Es gab da nämlich noch keine.

Christl stimmte dankbar zu. Den Onkel Franz hatte sie schon als Kind sehr gern gehabt, und gelegentlich hatte sie bei ihm und Tante Anna einen Teil ihrer Schulferien verbringen dürfen. Die beiden, die selber kinderlos geblieben waren, verwöhnten sie dann immer, soviel sie nur konnten. Und so schöne Geschichten erzählen wie der alte Onkel Franz konnte überhaupt niemand auf der Welt!

Natürlich war es arg traurig gewesen, dass er nach über vierzig Jahren Ehe seine Anna verloren hatte. Aber Onkel Franz war keiner, der seinen Kummer unentwegt zur Schau stellte. In seiner weisen und ausgeglichenen Art bewältigte er sein Schicksal. Täglich ging er zum Friedhof, pflegte das Grab und berichtete seiner Anna, was ihm der letzte Tag gebracht hatte.

Christl kam manchmal auf den Gedanken, dass der Onkel mit diesen täglichen Friedhofbesuchen schon seine eigene Übersiedlung an die Seite seiner dort ruhenden Frau vorbereitete. Und er schien gar nicht traurig zu sein dabei. »Ich bin jetzt schon achtundsiebzig, Christl«, sagte er einmal recht fröhlich Vor dem Sterben fürchte ich mich überhaupt nicht. Nur bitte ich halt unseren Herrgott, dass es möglichst schnell geht, wenn's einmal soweit ist ...«

Mit viel Sparsamkeit und Fleiß hatten Onkel Franz und Tante Anna es zu einem hübschen eigenen Haus gebracht. Es lag am Wiesenhang über der Dorfschule. Ein gepflegter lebender Zaun schloss den Gemüsegarten und eine recht große Wiese ein, auf der Birn- und Apfelbäume standen.

Christl bewohnte das schöne Mansardenzimmer. Es war ganz mit Holz getäfelt. Aus dem breiten Fenster konnte sie über das Tal auf die gegenüberliegenden Bergwälder blicken. Sogar einen eigenen Wasch- und Duschraum gab es hier in der Mansarde. Solange das Haus nicht ganz bezahlt war, hatten Onkel und Tante dieses Zimmer jedes Jahr an Sommerfrischler vermietet.

Unter dem Fenster stand jetzt Christls von daheim mitgebrachte Nähmaschine. Onkel Franz hatte ihr sogar schon einige Kundinnen besorgt. »Damit du's nicht verlernst, das Schneidern«, lächelte er. »Aber notwendig darfst du es sonst bei mir nicht haben, für die Dorfweiber zu arbeiten.«

Von der Geldseite her hatte sie es wirklich nicht notwendig. Der Onkel bestand darauf, ihr monatlich soviel zu zahlen, wie er für eine Haushalterin hätte ausgeben müssen. Den Großteil von diesem Geld legte Christl auf ein Sparbuch. Sie fühlte sich direkt schon reich ...!

So konnte sie also höchst zufrieden sein mit ihrem Leben in Fichtenberg. Einzig und allein die Sache mit dem Taschner war unangenehm. Und seit sie ihm eindeutig gesagt hatte, dass sie ihn nie heiraten würde, verfolgte er sie ganz bösartig.

Aber irgendwann muss er es ja aufgeben, hoffte sie auch an diesem Sonntag ganz inständig.

❀

Das blonde Dirndl, das vom Taschner-Oskar so grob belästigt worden war, ging dem Xandl nicht mehr aus dem Sinn. Wenn er ins Dorf hinunterging, sah er sich jedes Mal um, ob er die Christl nicht irgendwo entdecken konnte. Und wenn es ihm dann nicht gelang, fühlte er sich enttäuscht.

Als er sie die ganze folgende Woche nicht zu Gesicht bekommen hatte, hielt er es nicht mehr aus. Am Samstag nach der Stallarbeit wusch er sich eilig und zog sich saubere Sachen an.

»Gehst du mit zum Wirt?« erkundigte sich der Friedl beim Abendbrot,

»Nein, zum Wirt gehe ich nicht«, antwortete Xandl.

»Aber du hast dich doch angezogen, wo gehst du denn dann hin?« wollte der Bruder wissen.

»Frage ich dich jedes Mal, wohin du gehst, wenn du dir ein frisches Hemd angezogen hast?«

»Na, man wird doch noch fragen dürfen«, meinte der Friedl beleidigt. »Erstick daran, wenn's ein so großes Geheimnis ist!«

»Hörst du auf?‹ wies ihn die Mutter zurecht. »Solche Sachen sagt man nicht!'

»Ich weiß nicht, was los ist bei uns«, jammerte der Friedl gekränkt. »Seinen eigenen Bruder darf man nicht mehr fragen, wohin er geht. Und bei der Steffi darf man auch nicht bemerken, wenn ihr Herzbub ums Haus schleicht . . .«

»Misch dich nicht in meine Sachen ein!« regte sich die Schwester auf. »,Zerreiße ich mir vielleicht die ganze Zeit den Mund darüber, dass du jeden Moment ein anderes Dirndl hast? Vor zwei Wochen war's die Eibegger-Liesl, und jetzt steigst du der Schaden-Reserl nach . . .«

»Ja, Himmelfix, was geht denn dich das an?« fuhr der Friedl sie an. »Spionierst du vielleicht hinter mir her?«

»Das habe ich überhaupt nicht nötig!« blitzte die Steffi zurück. »Alle Dirndln reden schon darüber, was du für ein Hallodri bist. Wenn eine nicht in Verruf kommen will, schaut sie sowieso, dass sie nichts zu tun kriegt mit dir!«

»Ja, werdet ihr nicht endlich zu streiten aufhören?« schimpfte die Mutter. »Sollen Bruder und Schwester so miteinander reden? In unserer Familie gibt's das nicht, das sage ich euch!«

Xandl hatte der Auseinandersetzung eher amüsiert zugehört. Es war wirklich nicht notwendig, sich darüber aufzuregen. Im Grunde hatten sie sich alle sehr gern, und wenn's drauf angekommen wäre, hätte jeder für den andern alles getan. Es war ja nur die Neugierde, die den Friedl so giftig machte. Er hätte halt so gerne alles gewusst . . .

Gleich nach dem Abendbrot machte sich Xandl auf den Weg. Im Dorf schlug er die Richtung zur Schule ein, und dann ging er auf das Haus seines alten Lehrers zu.

Es war ein schöner Sommerabend. Die Sonne war schon hinter den Bergen verschwunden, aber noch war es hell. Die heiße Tagesluft hatte sich abgekühlt, es war jetzt sehr angenehm.

Am Eingang zum Garten des pensionierten Oberlehrers Neureiter blieb Xandl stehen und spähte hinein. Tatsächlich erblickte er den Hausherrn und die Christl. Sie saßen unter dem Nussbaum und schienen den schönen Abend zu genießen.

Kurz entschlossen öffnete Xandl die Gartentür und ging hinein. »Grüß Gott!« sagte er, »ist es erlaubt?«

Während das blonde Mädchen errötete, rief der alte Herr erfreut: »Nur her mit dir, Xandl! Es ist ja eine Schande, wie wenig du dich um mich kümmerst, obwohl ich dir das Lesen und Schreiben beigebracht habe!«

»Ich war eingerückt«„ entschuldigte sich Xandl und drückte seinem Lehrer die Hand.

»Grüß dich, Christl«„ lächelte er dann dem Mädchen zu, nach dem er sich so gesehnt hatte.

»Grüß dich, Xandl!« Ihre blauen Augen sahen ihn überaus freundlich an.

»Ich habe schon gehört, dass du beim Militär warst«, sagte der Hausherr vergnügt. »Und dass du der Christl ritterlich gegen diesen Grobian geholfen hast, hat sie mir auch erzählt. Aber von dir hätte ich ja nichts anderes erwartet.«

»Nicht der Rede wert«„ meinte Xandl verlegen, während Christl schon wieder ein wenig rot wurde.

»Geh, hol uns ein Flascherln Wein!« wies Franz Neureiter die Großnichte an. »Wir müssen anstoßen mit dem Xandl.‹

Während Christl im Haus war, ließ er sich von dem jungen Mann erzählen, wie es ihm bei den Soldaten ergangen war. Auch nach der Mutter und den Geschwistern erkundigte er sich. Und nachdem Christl den Wein gebracht und eingeschenkt hatte, erhob der alte Herr frohgemut sein Glas: »Schön, dass du gekommen bist, Xandl! Prosit!«

Xandl stieß auch mit Christl an. Er blickte ihr dabei gerade in die Augen und meinte zu erkennen, dass sie ihm gut war. Er fühlte sich ermutigt, jetzt zu sagen, was er sich vorgenommen hatte:

»Ich habe halt auch höflich anfragen wollen, ob ich die Christl nicht einmal ein bisserl ausführen darf. Morgen wäre Sonntag . . .«

»Schau dir das an!« polterte der alte Herr scherzhaft. »Da bilde ich mir ein, du hättest dich endlich einmal an mich erinnert, und in Wirklichkeit kommst du wegen der Christl . . .!«

»Zu Ihnen und zur Christl!« verbesserte Xandl. »Das ist doch keine Sünde, oder?«

»Freut mich, freut mich!« lachte Franz Neureiter und schlug ihm auf die Schulter. »Aber deine Frage muss dir die Christl schon selber beantworten.«

›Also wie steht's, Christl?« erkundigte sich Xandl »Machst du mir die Freude?«

»Ja, gern«, stimmte sie zu. »Wann soll es denn dann sein?«

»Wann es dir recht ist.«

»Dann halt am Nachmittag, so um drei, ja«

»Wunderbar!« strahlte Xandl.

❁

Als er sie abholen kam, erwartete sie ihn schon im Garten. Ihr Anblick verschlug ihm fast den Atem. Ihre Augen waren so blau wie ihr Dirndlkleid, ihr helles Haar schimmerte in der Sonne. Und ihr Gesicht strahlte vor Freude.

»Onkel Franz hält sein Mittagsschläfchen, deshalb bin ich schon herausgekommen«, sagte sie, während sie ihm die Hand reichte.

»Ich bin hoffentlich pünktlich?« fragte er besorgt. »Wartest du schon lange?«

»Überhaupt nicht. Komm, gehen wir!«

»Und wohin magst du gehen«, erkundigte er sich.

Christl lachte. »Du hast ja mit mir ausgehen wollen! Und hier in Fichtenberg weißt du ja sicher besser als ich, was man anfangen kann.«

»Das ist wahr. Darum führe ich dich jetzt erst einmal auf ein gute Eis in die Konditorei. Magst du?«

»Klar!« Sie eilte froh neben ihm her.

Die kleine Konditorei war von Sommerfrischlern überfüllt. »Weist du was?« meinte Xandl. ›Wir können unser Eis ja draußen schlecken. Gehen wir ein bisserl spazieren?«

»Lieber als da herinnen sitzen!« stimmte das Mädchen zu.

Während sie mit ihren Eistüten über den Dorfplatz gingen, kam der Taschner-Oskar mit seinem Mercedes angefahren. Er starrte sie zornig an.

»Schau nicht hin«, meinte Christl. »Den möchte ich am liebsten schon vergessen haben.«

»Und ich möchte dem Saukerl gern ein paar Watschen hineinhauen!« grollte Xandl. Er schaute dein weiterfahrenden Holzhändler grimmig nach.

»Er verdient es nicht, dass man sich seinetwegen Gedanken macht«, sagte sie. »Nicht einmal anschaun soll man ihn!«

»Hast recht!« Xandl freute es, dass sie das so eindeutig gesagt hatte.

In diesem Moment erblickte er seinen Bruder, der mit langen Schritten zum Wirtshaus strebte. Der Friedl blickte sichtlich überrascht herüber.

»Na da schaust her!' rief er voll Anerkennung. »Jetzt wird mir so manches klar – mein Herr Bruder und die Christl!«

»Mach deinen Mund wieder zu, es zieht!« lachte Xandl, »Und beeil dich, sonst ist das Bier schon weg!«

»Na das wär was!« grinste der Friedl, zwinkerte herüber und lief weiter.

»Ein lustiger Bursch, dein Bruder«, bemerkte die Christl.

›Das schon«, lachte er. »Besonders bei den Dirndln!«

»Aber ihr vertragt euch gut, gell?‹

»Ja, da fehlt's nicht. Und eine Schwester haben wir auch noch, Steffi heißt sie.«

»Die kenne ich vom Sehen her. So eine Blonde, gell?«

»Nicht so blond wie du. Sie ist der Mutter nachgeraten.«

»Ich habe auch zwei Brüder. Und die Jüngste bin ich, wie bei euch die Steffi.«

»Und was machen deine Brüder? Bauern seid ihr doch nicht, oder?«

»Nein, mein Vater ist bei der Post. Der ältere Bruder ist Lehrer wie der Onkel, und der andere studiert noch.«

»Und du hast auch etwas gelernt?«

»Ja, Schneiderin. Der Onkel Franz will mir helfen, dass ich da ein kleines Geschäft aufmachen kann in Fichtenberg.«

»Und Bäuerin magst du keine werden?« fragte Xandl.

»Davon muss man was verstehen.«

»Man kann's erlernen.«

»Vielleicht tauge ich nicht dazu«, lächelte sie.

»Schaust nicht so aus, Christl.«

»Ausschaun kann täuschen ...«

Sie verließen das Dorf und spazierten den Wiesensteig am Bach entlang. An der alten, schon lange verlassenen Mühle setzten sie sich im Schatten einer riesigen Linde nieder und schauten ins Wasser. Der Bach war hier aufgestaut, Forellen schwammen darin.

»Ich habe viel an dich denken müssen«, gestand Xandl.

»Ach so?« Sie errötete. »Warum denn?«

»An dir ist was Besonderes, Christl. Wahrscheinlich gefällst du mir halt«, scherzte er.

»Mir hat schon manches gefallen, ohne dass ich dann viel daran gedacht habe«, gab sie zurück.

»Da wird halt kein Bursch dabei gewesen sein. Oder hast du daheim in Hochleiten einen Liebsten?«

»Kann mich nicht erinnern, da müsste ich erst nachdenken«, neckte sie ihn.

»Wenn du erst nachdenken musst, wird die Liebe nicht groß sein.«

»Braucht man denn unbedingt eine?« Christl zupfte einen Grashalm aus, warf ihn in den leichten Wind und beobachtete, wie er auf den Wasserspiegel flog.

»Unbedingt nicht«, meinte Xandl. »Aber schön ist es wahrscheinlich schon, wenn man so eine Liebe hat.«

»Warum sagst du ›wahrscheinlich‹, hast du denn noch keine gehabt?«

»Eine richtige noch nicht.«

»Na, was für eine denn?«

»Na ja«,, gab er etwas verlegen zu, »ein bisserl verliebt war ich schon, wie das halt so ist.«

»Und?«

»Es hat nicht lange angehalten. Da war halt nicht viel dran.«

»Ach, so einer bist du?« hänselte sie ihn. »Du machst die Dirndln verliebt und rennst dann bald wieder davon?«

»So habe ich es nicht gemeint. Hast denn du dir noch nie eingebildet, in einen Burschen verliebt zu sein? Ohne dass es eine wirklich große Liebe war, meine ich.«

»O ja«, antwortete sie, »In der Schule war ein Bub, der hat mir immer seinen Apfel geschenkt, den ihm die Mutter mitgegeben hat.«

»Geh, du machst dich nur lustig über mich!« lachte Xandl »Du weißt genau, was ich meine.«

»In der Liebe habe ich noch nicht viel Erfahrung, ich sage dir's ehrlich.«

»Nicht zu glauben, Christl!«

»Wieso?«

»Bei so einem schönen Dirndl wird es genug fesche Bewerber geben.«

»Solche wie den Taschner meinst du, gell?«

»Wenn es nur solche sind, macht es mir nichts.«

»Und bei anderen würde es dir vielleicht etwas ausmachen?« Sie sah ihn nicht an bei dieser Frage.

»Ich glaube schon, Christl.

»Ach so? Warum denn?«

»Ich spür's halt ...«

»Komm, gehen wir weiter!« sagte sie und stand schnell auf.

❁

An diesem Sonntag wanderten sie noch bis zur Roßbachhütte, einer bei Touristen wie Einheimischen beliebten Gaststätte am Ende des Seitentals. Sie erzählten sich gegenseitig von ihrer Kindheit, sie scherzten und fühlten sich bald so vertraut, als kannten sie sich schon lange.

Nur über die Liebe wagte Xandl an diesem Nachmittag nicht mehr zu reden.

Als er die Christl gegen Abend heimgebracht hatte, wusste er es jedoch schon ganz genau: Sie wollte er heiraten!

Der Jammer war nur, dass der nächste Sonntag noch eine ganze Woche weit weg war. Den ganzen Montag fühlte sich Xandl krank vor Sehnsucht nach diesem hellblonden Dirndl mit den tiefblauen Augen. Aber am Dienstag hatte er das Glück, sie am Vormittag im Dorf zu erspähen. Christl ging gerade in den Kaufladen hinein.

Er wartete, bis sie wieder herauskam. »Grüß dich«, sagte er, »warst einkaufen?«

»Ja. Und du?«

»Ich habe dich hineingehen gesehen. Und da wollte ich dich halt fragen, ob wir uns nicht schon früher treffen können als erst am Sonntag. Gehen wir heute noch ein bisserl spazieren am Abend?«

»Ja hast du denn Zeit?« wunderte sie sich.

»Aber ja, ich kann's mir schon einteilen. Wenn ich mit der Arbeit fertig bin, ist es noch nicht finster.«

»Dann kommst du halt«, stimmte sie zu. »Heute ist Dienstag, da geht der Onkel immer zu seiner Kartenpartie ...«

An diesem Dienstag ging Xandl mit einem so verträumten Gesicht herum, dass der Friedl ihn höhnisch fragte: »Hat dich die Christl in den Himmel schauen lassen?«

»Ich lass dich gleich was anschaun!« drohte Xandl, aber in Wahrheit freute es ihn, mit dem geliebten Mädchen in Verbindung gebracht zu werden.

Als er dann abends endlich zum Lehrerhaus kam, war ihm nicht nur wegen des schnellen Gehens heiß. Die Christl erwartete, ihn vor dem Haus im Garten.

»Setzen wir uns da her?« fragte sie herzlich und zeigte auf den Tisch unter dem Nussbaum. »Ich bringe dir gleich was zum Trinken – magst du ein Bier?«

»Gern, wenn du so lieb bist ...«

Sie brachte es und sah ihm lächelnd zu, wie er mit Genuss trank.

Eine Weile saßen sie wortlos nebeneinander auf der Bank. Über ihnen bewegten sich die Blätter sachte im Abendwind. Die Dämmerung sank ins Tal.

»Christl, ich muss dir was sagen«, fing Xandl schließlich zu sprechen an.

»Ja? Was denn?«

»Am Sonntag habe ich mich noch nicht getraut, und deshalb habe ich's gar nicht erwarten können, dass ich dich wiedersehe ...«

»Was hast du dich nicht getraut?«

»Na ja, dir das zu sagen, woran ich immer denken muss, seit ich dir zum ersten Mal begegnet bin ...«

Er stockte und versuchte im schwindenden Licht zu erkennen, was für ein Gesicht sie machte.

»Du schaust eigentlich gar nicht so aus, als wenn du dich irgendetwas nicht trauen würdest«, versuchte sie zu scherzen. Doch es gelang ihr nicht ganz. Ihre Stimme zitterte ein wenig.

»Ich habe halt Angst vor deiner Antwort«, bekannte er. »Wenn ich daran denke, dass sie anders sein könnte, als ich hoffe, dann bin ich ganz fertig, Christl!«

»Na, das muss was sein!« sagte sie halb flüsternd. »Magst du es mir nicht trotzdem sagen?‹

»Ich muss es ja, Christl, ich bin ganz närrisch verliebt in dich. Und nicht nur so ein bisserl. Ich spür's ganz genau, so gern wie dich werde ich nie wieder ein Dirndl haben. Und wenn ich mir vorstelle, dass du mich nicht so gern haben könntest wie ich dich, werde ich ganz verrückt . . .!«

»Aber das sage ich ja gar nicht!« antwortete sie leise.

»Christl – du hast mich auch so lieb?‹ jauchzte es aus ihm heraus.

Sie senkte den Blondkopf und nickte. »Ja, Xandl, von Anfang an habe ich dich lieb haben müssen!«

Da legte er den Arm um sie und zog sie an sich. Ihre Lippen, die sie ihm willig bot, schmeckten süß und rein.

Sie küssten sich lange und unersättlich.

❀

Xandl fühlte sich wie Hans im Glück. Die Christl liebte ihn wie er sie, und sie war das wundervollste Dirndl, das er sich nur vorstellen konnte. Sie wollte ihn heiraten und alles tun, um eine tüchtige Bäuerin zu werden!

Nur um etwas bat sie: Dass sie schon jetzt beschlossen hatten zu heiraten, sollte noch einige Zeit geheim bleiben. Ihr Onkel Franz mochte den Xandl, und er würde auch ganz bestimmt einverstanden und auch bei ihren Eltern ein Fürsprecher sein, nur sollte ihm halt der Entschluss nicht übereilt erscheinen.

Xandl verstand das und erklärte sich mit dem Warten einverstanden. Er konnte das umso leichter tun, als sonst ja nichts verschwiegen werden musste.

Sie trafen sich nun fast jeden Tag. Christls Onkel freute sich über jeden Besuch des ehemaligen Schülers. Es gefiel dem alten Herrn offenbar, dass das Dirndl sich gerade den Xandl als Freund ausgesucht hatte.

Auch zu Hause verriet Xandl vorerst noch nicht, dass er bereits fest entschlossen war, die Christl zu seiner Bäuerin zu machen. Aber er brachte sie oft mit. Die Geschwister verstanden sich bald prächtig mit ihr, die Mutter behandelte sie sehr freundlich.

Und doch meinte Xandl bei seiner Mutter eine gewisse Zurückhaltung gegenüber seiner Liebsten zu fühlen. Einmal fragte er sie gerade heraus:

»Gefällt dir was nicht an der Christl?«

Irma Gamsjäger sah ihn etwas unsicher an: »Ich meine, dass sie ein besonders liebes Dirndl ist.«

»Dann ist's ja gut!« freute sich Xandl und gab ihr schnell ein Busserl auf die Wange, was er zum Unterschied vom Friedl nur ganz selten tat.

Am schönsten war es freilich für Xandl, wenn er mit der Christl allein sein konnte. Und sie dachte genauso wie er. Deshalb gingen sie oft in den Bergwald und zu den Almen hinauf, wo sie sich ungestört herzen und küssen konnten.

Nur wurde es dabei halt immer schwerer, gerade dort aufzuhören, wo die Christl nicht weitermachen wollte, bevor sie nicht verheiratet waren. Doch an einem Sonntagnachmittag im Juli, als sie sich in einem Heustadel heiß küssten, schenkte Christl ihrem Liebsten auch die letzte und größte Zärtlichkeit, die ein Mädchen geben kann . . .

Von da an drängte Xandl, mit den Heiratsabsichten nun nicht mehr länger hinter dem Berg zu halten. Christl jedoch sorgte sich, immer noch ein wenig, dass ihre Eltern und auch der Onkel Franz eine Verlobung nach so kurzer Bekanntschaft nicht billigen könnten. »Nur vier Wochen noch«, bat sie, »Ich kann's ja selber schon nicht mehr erwarten . . .!«

Der Taschner-Oskar schien Gott sei Dank aufgegeben zu haben. Im Lehrerhaus ließ er sich nicht mehr blicken. Wenn er Xandl begegnete, machte er jedes Mal ein hochmütiges Gesicht und sah an ihm vorbei.

❁

Endlich waren auch die letzten Wartewochen vorüber. Als Xandl eines Abends mit der Mutter allein im Haus war, bat er: »Komm her, Mutter, setz dich zu mir, ich möchte mit dir reden!«

Sie wischte sich mit ihrer gewohnten Bewegung die Hände an der Schürze ab, warf dem Sohn einen merkwürdig ernsten Blick zu und kam zum Tisch.

»Es wird dich ja nicht mehr überraschen, Mutter, was ich dir jetzt sage: Die Christl und ich, wir sind uns schon lang einig und wollen heiraten. Du hast ja selber schon gemeint, dass es dafür Zeit ist bei mir.«

»Das habe ich befürchtet, Xandl.« Sie mied seinen Blick.

»Aber, Mutter, was hast du da befürchtet?« staunte er. »Die Christl ist ein besonders liebes Dirndl, hast du gesagt. Magst du sie auf einmal nicht mehr?«

»O ja, ich habe sie gern. Sie wäre mir sehr recht als Schwiegertochter. Eine gute Frau wäre sie für dich, die Christl, nur . . .«

Sie vollendete den Satz nicht und sah dem Sohn ängstlich ins Gesicht.

»Nur was?« fragte Xandl. »So rede doch schon, Mutter!«

»Dann muss ich es dir halt jetzt erzählen«, sagte sie traurig. »Hör zu, Bub, es hängt mit dem Vater zusammen.«

Sie knetete erregt ihre abgearbeiteten Finger, dann begann sie: »Der Vater hat gern Karten gespielt, das weißt du ja. Nur hat bisher keines von euch Kindern erfahren, wie arg ihn der Spielteufel in seiner letzten Lebenszeit gepackt hatte. Ich selber hab's ja zuerst auch nicht gewusst.

»Na und? fragte Xandl mit großen Augen.

»Er hat viel Geld verloren, Bub – sehr viel! Und es ist bis heute nicht bezahlt. Es sind Schulden da, von denen du keine Ahnung hast . . .«

»Wie viel?«

»Dreihunderttausend Schilling!«

Xandl starrte sie betroffen an. »Aber das ist doch nicht möglich, Mutter! Das darf doch gar nicht sein!«

»Wenn du nur Recht hättest«, sagte sie mit Tränen in den Augen. »Aber es ist so, ich kann dir nichts anderes sagen. Derjenige, an den der Vater das Geld verloren hat, war teuflisch schlau. Für den sind das keine Kartenspiel-Schulden, die könnte er ja nicht einklagen, der gemeine Mensch. Er hat sich vom Vater Schuldscheine ausstellen lassen. Rechtlich ist das viele Geld geborgt und muss zurückbezahlt werden. Und darauf besteht dieser Lump jetzt.«

»Um Gottes willen!« murmelte Xandl bestürzt. »Wer ist es, Mutter?«

»Der Taschner-Oskar!«

»Der?« In Xandls Augen blitzte es auf. »Ich erschlage ihn, den gemeinen Hund!«

»Ich bitte dich, mach keinen Unsinn, Bub! Die Schuld ist im Grundbuch eingetragen, als Hypothek sozusagen. Da ist nichts zu ändern. Der Taschner hat das verdammt schlau angefangen.«

Xandl konnte nicht mehr sitzen. Er sprang auf und lief mit geballten Fausten in der Küche auf und ab.

»Das hat dem Vater auch am Ende das Leben abgedrückt«, redete Irma Gamsjäger mit blass gewordenem Gesicht weiter. »Erst war die Schuld gar nicht so hoch, aber schlimm genug. Der Vater hat gehofft, dass er das Geld zurückgewinnen kann. Aber es war halt kein Glück dabei, das hat nur der Taschner gehabt.‹

»Herr im Himmel!« Xandl griff sich mit den Händen an den Kopf. »Und davon hat keiner was gewusst!«

»Ich bitt dich, Bub, denk jetzt nicht zu schlecht über den Vater. Er hat furchtbar gelitten darunter. Irgendwie hat er bis zum Schluss gehofft, dass er uns herausbringen kann aus dieser schrecklichen Sache. Und jetzt muss ich dir sagen, was sein letzter Wunsch war, den ich euch Kinder weitergeben soll, besonders dir und dem Friedl ...«

Xandl blieb stehen und sah sie mit düsterem Gesicht fragend an.

»Ihr sollt wissen, dass er alles bitter bereut hat. Seine Buben sollen nie eine Karte in die

Hand nehmen, bittet er euch. Und wenn es geht, sollt ihr ihm halt verzeihen. Besonders du, Xandl, wo du den Hof übernimmst mit dieser großen Belastung!«

Aufstöhnend setzte sich Xandl wieder an den Tisch. Er stützte den Kopf in die Hände. Drückendes Schweigen herrschte im Raum.

Nach einer Weile fragte er: »Und jetzt verlangt der Taschner also das Geld. Bis wann?«

»Heuer noch – spätestens im Dezember. Sonst müssen wir ihm die Bachwiese und etwas vom Wald überschreiben ...«

»Die Bachwiese?« erschrak Xandl. »Aber dann reicht doch das Futter nicht mehr! – Die Hälfte von unseren Kühen müssten wir dann hergeben! – Und Wald auch noch? – Der Hof ist dann nicht mehr lebensfähig, Mutter!«

»Ich weiß es«, weinte sie auf. »Darum habe ich mich auch gar nicht getraut, es dir zu sagen ...«

»Und was hat das mit der Christl zu tun? Warum erzählst du es mir gerade jetzt?‹

»Einmal hat es ja sein müssen, Bub!«, Sie wischte sich über die Augen. »Es geht ja um unseren Hof, Bub – um deinen! Und wenn du vernünftig bist, gibt's vielleicht doch noch einen Ausweg ...«

»Wenn ich vernünftig bin? Ja was meinst du denn damit, Mutter? Kann ich vielleicht soviel Geld herzaubern?«

»Xandl – mir bricht es fast das Herz, wenn ich

dir das sagen muss – aber du dürftest halt kein Dirndl heiraten, das nichts mitbringt!«

»Aha!« fuhr er hoch. »Jetzt ist es endlich heraußen! – Jetzt weiß ich endlich, was du gegen die Christl hast!«

Er sprang auf und sah mit flammender Empörung auf sie herunter: »Mutter, ich heirate die Christl und keine andere!«

»Das kann ich dir ja auch nicht verbieten«,, seufzte sie bekümmert. »Ich verstehe dich ja. Nur eines, Xandl, du musst dir klar sein, dass der Gamsjägerhof dann erledigt ist. Du sagst es ja selber: Die Bachwiesen hergeben und noch den Wald dazu, das verkraften wir nicht. Davon kann keine Familie leben . . .«

»Dann suche ich mir halt eine Arbeit«,, antwortete er grimmig. »Ich gehe als Zimmerer oder zu einem Maurermeister. Wenn der Friedl älter wäre als ich, müsste ich mir ja auch was suchen.«

»Und was soll aus dem Hof werden? – Der Gamsjägerhof, Bub! Seit ein paar hundert Jahren hat er den Gamsjägermännern gehört! Kann man den Hof jetzt einfach wegschmeißen?«

»Ich habe ihn nicht verspielt, Mutter!«

»Versündige dich nicht am Vater, Bub! Er hat bereut und mehr als genug gebüßt. Heute würde er noch leben, wenn ihm die Schuld nicht das Herz gebrochen hätte!«

Xandl ging mit finsterem Gesicht hin und her.

»Soll es der Friedl probieren«, knurrte er. »Ich verzichte, auf den Hof. Vielleicht schafft er es . . .«

»Das glaubst du doch selber nicht, Bub! Wie soll denn der Friedl schnell zu Geld zu kommen?«

»Aber ich kann das doch auch nicht, Mutter!« rief Xandl verzweifelt. »Schlag dir das aus dem Kopf, dass ich die Christl aufgebe! Aber selbst wenn ich es wollte, wär's zu spät. Wo ist denn die Frau mit viel Geld, die ich heiraten könnte?«

»Gar nicht so weit, Bub. Ich kenne sie. Und sie hat schon angeklopft bei mir, ob da nicht etwas zu machen wäre!«

Xandl blieb stehen und starrte sie ungläubig an: »Das darf doch nicht wahr sein! Hinter meinem Rücken werden solche Sachen geredet?«

»Bub, schimpf nur mit mir, wenn du unbedingt willst. Aber ich kann nichts dafür, wenn mich eine fragt!«

»Aber du hast doch hoffentlich schon bemerkt, dass ich mit der Christl gehe!«

»Damals, als wir das erste Mal darüber geredet haben, bist du noch nicht mit der Christl gegangen. Und jetzt weiß sie es ja, dass du wahrscheinlich die Christl heiraten willst. In letzter Zeit hat sie deshalb auch nicht mehr angefragt bei mir . . .«

»Ich will gar nicht wissen, wer das ist!« knirschte Xandl. »Gute Nacht, Mutter!«

In dieser Nacht schlief der Erbe vom Gamsjägerhof wenig. Von bösen Gedanken gequält wälzte er sich im Bett von einer Seite auf die andere.

Am Morgen, erhob er sich ganz zerschlagen. Beim Frühstück machte er ein so finsteres Gesicht, dass der ahnungslose Friedl spöttisch fragte: »Sakra, da muss es aber gestern geblitzt haben zwischen dir und der Christl. Ist sie jetzt frei?«

»Red nicht so saublöd daher!« wies ihn die Mutter zurecht.

»Na, man wird doch noch fragen dürfen«, maulte der Bursch. »Versteht, keiner mehr einen Spaß bei uns.«

Xandl fühlte sich krank. Den ganzen Tag arbeitete er so geistesabwesend, dass der Friedl und die Steffi sich schon ernste Sorgen um ihn machten. Aber sie wagten nicht mehr zu fragen, was los war mit ihm.

Abends brachte es Xandl nicht über sich, in diesem Zustand zur Christl zu gehen. Sie würde ihm sofort ansehen, dass etwas ganz Schlimmes passiert war. Und er wollte sie nicht beunruhigen.

Deshalb ging er statt zu ihr in den Bergwald

hinauf. Dort stieg er trübsinnig umher, bis er nichts mehr sehen konnte . . .

Indessen wurde die Christl unruhig. Sie verstand nicht, warum der Liebste so lange ausblieb. Gestern war er nicht gekommen, weil er wohl mit seiner Mutter gesprochen hatte. Aber was war heute los? Er musste sich doch denken können, wie neugierig sie war, wie es seine Mutter aufgenommen hatte.

Er muss krank sein! schoss es ihr durch den Kopf. Anders konnte sie sich sein Ausbleiben nicht erklären. Sie sagte dem Onkel Bescheid und machte sich auf den Weg zum Gamsjägerhof.

Als sie ankam, sah sie die Bäuerin mit dem Friedl und der Steffi am Küchentisch sitzen. Alle drei machten ernste Gesichter.

»Guten Abend, grüßte Christl befangen. »Ist der Xandl vielleicht krank?«

Die Bäuerin wandte sich dem Friedl und der Steffi zu: »Geht, lasst mich jetzt allein mit der Christl!«

Die beiden folgten schweigend.

»Um Gottes willen, was ist denn dem Xandl passiert?‹ fragte Christl voller Angst, als die Tür hinter ihnen zu war.

»Setz dich her, Dirndl, ich sag's dir!« Und dann erzählte Irma Gamsjäger der immer bleicher werdenden Christl knapp, um was es sich handelte.

»,...jetzt rennt der Xandl irgendwo herum und weiß nicht aus noch ein«, schloss sie traurig. »Wahrscheinlich ist er bös auf mich, weil ich es dir gesagt habe. Aber du bist ein gescheites Dirndl, Christl. Du musst wissen, was bei uns los ist. Entscheiden müsst ihr zwei, du und der Xandl, wie es jetzt weitergehen soll ...«

Christl sagte eine Weile nichts. Aus ihren Augen rannen die Tränen.

»Ich habe dich wirklich gern und bin unglücklich, dass ich dir das antun muss«, murmelte die Bäuerin. »Aber was soll ich denn machen. Würdest du an meiner Stelle den Hof einfach zugrunde gehen lassen?‹

Christl schüttelte den Kopf. Ein heftiges Weinen kam über sie. Taumelnd stand sie auf und wandte sich zur Tür.

»Geh nicht so fort!« rief ihr die Bäuerin betroffen nach.

Doch die Verzweifelte hörte nicht darauf. Schluchzend lief sie ins Dorf hinunter.

❁

Als Xandl spät in der Nacht nach Hause kam, wartete die Mutter noch auf ihn.

»Sie war da«, gestand sie ihm ängstlich.

»Wer?«

»Die Christl. Tu mit mir, was du willst, aber ich habe ihr gesagt, was los ist.«

»Mutter!«

»Ich habe ihr auch gesagt, dass ihr zwei entscheiden müsst, ob der Hof weiterbestehen soll oder nicht. Nur ihr zwei!«

»Und – was hat sie geantwortet?«

»Davongelaufen ist sie ...«

»Oh, Mutter, das hättest du nicht tun dürfen!« empörte sich Xandl.

»Es war besser, dass sie es von mir erfahren hat, Bub. Vielleicht siehst du das noch ein. Und ich habe ihr nicht zugeredet, dass sie dich aufgeben soll. Es ist ihre Entscheidung und deine, das weiß sie jetzt.«

Aufstöhnend ließ Xandl sich auf die Eckbank fallen. Er verbarg das Gesicht in den Händen.

Die Katze sprang zu ihm hinauf und rieb sich an ihm. Nur ihr Schnurren war in der Stille zu hören.

»Wenn ich nur wüsste, wie ich euch helfen könnte!« sagte die Bäuerin traurig. »du weißt gar nicht, wie viele Nächte ich mir schon den Kopf zerbrochen habe. Aber ich sehe keinen Ausweg außer dem einen ...«

Xandl schwieg, sein Atem ging schwer.

Und wer ist diejenige, die mich heiraten will und soviel Geld hat, dass sie unsere Schulden bezahlen kann?« fragte er schließlich mit einer nahezu gleichgültig klingenden Stimme.

»Die Frischenschlager-Ella!«

»Die – Ella?« Er sah die Mutter verblüfft an.

»Ja, Xandl. Sie will sich dir nicht aufdrängen.

Aber falls es dich interessiert, soll ich dir sagen, dass sie dich gern hat, Und wenn du ihr Mann werden willst, wäre es eine große Freude für sie . . .«

»Die Ella . . . !« Xandl konnte es noch immer nicht glauben.

»Sie ist eine nette und anständige Frau, Bub! Hübsch ist sie doch auch, nicht? Und gar nicht viel älter als du. Auch wenn es keine Liebesheirat ist, mit der Ella könntest du schon gut leben.«

»O Mutter, hör doch bitte auf damit! Wie soll ich an eine andere denken können, wo ich doch die Christl so lieb habe! Todunglücklich wird sie jetzt sein! Und mir dreht sich schon alles im Kopf, ganz verrückt macht mich das.«

»Dann geh jetzt schlafen, Bub. Es muss sich ja nicht heute entscheiden. Vielleicht siehst du morgen klarer. Und – sei mir nicht bös, Xandl! Sterben würde ich dafür, wenn ich dir helfen könnte damit .

»Ach, Mutter!« Er erhob sich mühsam, »Du kannst ja auch nichts dafür, dass es jetzt so schlecht steht mit uns. Gute Nacht!«

Am darauf folgenden Tag eilte Xandl sofort nach der Arbeit zum Lehrerhaus. Er zog sich nicht einmal um. Er musste die Christl beruhigen und sich mit ihr aussprechen. Dass sie jetzt unglücklich war, brannte ihm auf der Seele.

Im Gemüsegärtchen goss der alte Herr die Beete, von der Christl war nichts zu sehen.

›Guten Abend!« grüßte Xandl. »Ist die Christl im Haus?‹

»Nein, aber einen Brief soll ich dir geben, wenn du kommst.«

»Ja, wo ist sie denn?« erkundigte sich Xandl betroffen.

»Zu ihren Eltern ist sie gefahren.«

›Und wann kommt sie zurück?«

›Morgen oder übermorgen. Vielleicht erst in ein paar Tagen.« Das Gesicht des alten Herrn war ungewöhnlich ernst. »Aber sie wird es dir ja geschrieben haben«, sagte er und holte den Brief.

»Danke!« sagte Xandl. Er starrte unschlüssig auf das verschlossene Kuvert. »Dann gehe ich halt wieder. Gute Nacht, Herr Oberlehrer!«

Der Alte hielt ihn nicht auf. Aber seinem bekümmerten Gesicht war zu entnehmen, dass er Bescheid wusste . . .

Was würde in dem Brief stehen? Xandl konnte sich nicht entschließen, ihn sofort zu öffnen. Er steckte ihn in die Tasche, als dürften ihn die Dorfleute nicht sehen, denen er unterwegs begegnete. Eilig und mit einer quälenden Unruhe in der Brust ging er heimwärts.

Vor dem Hof schwenkte er ab. Er wollte jetzt weder die Mutter noch die Geschwister treffen. Wenn er den Brief las, musste er ganz mit sich allein sein.

Hastig strebte er den Wiesenpfad zum Waldrand hinauf. Die Bank unter den ersten Tannen war besetzt. Grußlos rannte er an den Sommerfrischlern vorbei. Hundert Meter weiter lag noch der Stamm einer geschlagenen Eiche. Auf dem ließ er sich nieder und riss den Umschlag auf. Dann las er:

»Lieber Xandl! Mein Versprechen muss ich zurücknehmen. Ich kann und werde dich nicht heiraten. Versuch nicht, mich umzustimmen. Es hat keinen Zweck. Wenn ich wieder in Fichtenberg bin, möchte ich nicht, dass du mich besuchst. Alles Gute! Christl.«

Die Buchstaben verschwammen ihm vor den Augen, in seinem Kopf war ein Schwindelgefühl. Er stöhnte auf und versuchte, sich klar zu werden, ob er sich nicht täuschte. Hatte die Christl das wirklich geschrieben?

Er schloss die Augen und öffnete sie wieder. Dann las er die in klarer Mädchenschrift geschriebenen Zeilen ein zweitesmal.

»Nein, das kann doch nicht sein!« murmelte er. War denn wirklich alles vorbei?

Nicht einmal reden will sie mehr mit mir! schoss es ihm durch den Kopf. Besuchen darf ich sie nicht, wenn sie wieder zurück ist.

Die Vorstellung, dass sie in Zukunft wie Fremde aneinander vorbeigehen sollten, schnitt wie ein Messer in sein Herz. War denn die Liebe etwas, was man abschalten konnte wie eine Küchenlampe?

Zutiefst traurig und verbittert starrte er ins Tal hinunter, bis er nichts mehr sah als die beleuchteten Fenster und Hauslaternen. Dann stand er auf und ging mit hängendem Kopf heim.

»Du kannst der Ella sagen, dass ich sie heirate, falls sie noch will«, teilte er der Mutter niedergeschlagen mit.

❁

Am Sonntag ging Xandl nach dem Mittagessen zur Pension Frischenschlager hinüber. Die Ella hatte ihn durch die Mutter wissen lassen, dass um zwei Uhr die beste Zeit für eine Aussprache wäre.

Sie erwartete ihn auf der Treppe vor dem Eingang. Während er auf sie zuging, betrachtete er sie. Das grüne Dirndlkleid stand ihr gut zum dunklen, fast schwarzen Haar. Ja, sie war recht hübsch und wirklich noch jung, da hatte die Mutter Recht. Aber was nutzte das, wenn er immer an eine andere denken musste?

Sie lächelte ihm verlegen entgegen. »Grüß dich, Xandl – schön, dass du kommst!«

»Grüß dich, Ella!« Während er ihr die Hand gab, brachte er es nicht fertig, ihr freundlich in die braunen Augen zu sehen.

»Komm herein«, lud sie ihn ein. »Um diese Zeit ist es ruhig im Haus. Entweder die Gäste schlafen nach dem Essen, oder sie sind schon fortgegangen.«

Er folgte ihr schweigend. Sie war etwas kleiner und zarter als die Christl. Ihre Bewegungen waren so selbstsicher, wie sie es im Umgang mit den Gästen gelernt hatte.

»Warst du überhaupt schon herinnen im neuen Haus?« fragte sie in der geräumigen Diele, in der hinter dem Pult die Zimmerschlüssel hingen.

»Nein‹, antwortete er karg.

»Dann zeige ich es dir, wenn's dir recht ist. Dort ist die Küche. Es gibt ja Vollpension bei uns. Wir haben eine Köchin und zwei Gehilfinnen.«

Sie öffnete die Tür, so dass er hineinschauen konnte. Die Küche war groß, blitzsauber und sicher modern eingerichtet, soweit er das beurteilen konnte. Zwei Mädchen waren gerade dabei, das gespülte Geschirr in die Schränke zu räumen.

»Und dort haben wir den Ess-Saal!« Ella ging voraus zu einer anderen Tür. Xandl fiel auf, dass sie immer »wir«, sagte. Als ob der Karl ihr Mann, noch am Leben wäre . . .

Es war wirklich ein Saal. Xandl blickte auf freundlich in Fensternischen stehende Tische, Die Wände waren holzgetäfelt und mit bäuerlichem Zierrat geschmückt. Alles wirkte hübsch und überaus gediegen.

»Das habt ihr wirklich schön gemacht«, sagte Xandl anerkennend.

In Ellas braunen Augen leuchtete es auf, das Lob freute sie.

»Die Gästezimmer sind alle belegt, ich kann dir jetzt keines zeigen«, erklärte sie. »Die Hälfte hat ein Bad, die anderen eine Dusche.«

»Ja wie viele sind es denn?« fragte Xandl beeindruckt.

»Zweiunddreißig. In jeder der oberen Etagen sechzehn. Fast alle sind Doppelzimmer. Zurzeit haben wir achtundfünfzig Gäste im Haus«, sagte sie stolz.

»Und im Winter sind es dann Skifahrer, gell?«

»Auch solche, die nie auf Bretteln stehen«, lächelte sie. ›Und die Privatwohnung ist dort auf der anderen Seite. Darf ich sie dir jetzt zeigen?«

Sie ging voraus und öffnete eine andere Tür in der Diele. »Küche haben wir keine eigene, wo doch die Große da ist. Da rechts haben wir das Schlafzimmer.«

Xandl blickte auf ein großes, eher modernes Doppelbett und eine Schrankwand aus hellem Naturholz.

Die Ella erwartete offenbar nicht, dass er sich dazu äußern würde. »Das ist unser Bad«, sagte sie und zeigte es ihm. Es war grün gekachelt, hatte einen riesigen Spiegel und chromschimmernde Drehknöpfe. So etwas hatte er bisher nur im Film gesehen.

Sie wies auf eine Tür: »Das Kinderzimmer ... Nur benutzt ist es halt noch nicht worden«, fügte sie ein wenig wehmütig hinzu.

Xandl schwieg taktvoll.

»Und jetzt können wir einen Kaffee im Wohnzimmer trinken«, sagte sie eifrig und führte ihn hinein. »Setz dich, ich hole ihn gleich!«

Während sie in die Küche lief, schaute er sich um. Auch in einem so schön eingerichteten Zimmer war er noch nie gewesen. Es wirke wie aus einer Illustrierten. Die Stube daheim war gemütlicher!

Die Ella kam mit dem Kaffee und einem Teller mit Gebäck. »Greif zu, Xandl«, bot sie an und setzte sich ihm gegenüber in den tiefen Sessel.

»Können wir gleich darüber reden, weswegen ich gekommen bin?« fragte er.

Sie stellte ihre Tasse ab. »Ja, bitte.«

Er sah ihr ins nun verlegen gewordene Gesicht. »Ella, es geht also ums Heiraten. Aber vorher muss ich dir etwas sagen. Ich habe die Christl Neureiter haben wollen, wir waren so gut wie versprochen. Die Mutter wird dir's ja erzählt haben. Ob ich jemals darüber hinwegkomme, dass die Christl und ich von dieser Sache mit dem Geld auseinandergebracht worden sind, weiß ich nicht. Du bist mir sympathisch, aber Liebe ist keine dabei, wenn ich dich heirate. Ich tue es nur wegen dem Geld. Und damit unser Hof nicht kaputt geht. Das ist die Wahrheit. Du musst dir gut überlegen, ob du mich unter solchen Umständen haben willst!«

»Ich hab's mir schon überlegt, Xandl.« Um ihren Mund spielte ein schüchternes Lächeln. »Es ist anständig von dir, dass du mir das alles so ehrlich sagst. Aber ich will nicht allein bleiben. Und dich sehe ich halt so gern, dafür kann ich nichts. Ich könnte ja sicher irgendeinen anderen Mann kriegen, aber dich hätte ich halt am liebsten. Und ich hoffe, dass wir zwei gut miteinander leben können. Weil ich dich gern hab, wirst ja vielleicht auch du mich mit der Zeit ein bisserl lieb haben können. Auch wenn du mich jetzt nur wegen dem Geld heiratest!«

Sie sagte das alles sehr nett, und ihre braunen Augen sahen ihn dabei bittend an. Xandl war sehr beeindruckt. Er fragte:

»Ja, hast du denn wirklich so viel Geld übrig, dass du es so einfach hinausschmeißen kannst? Bei einem anderen Mann könntest du es behalten. Dreihunderttausend Schilling, Ella!«

»Die bist du mir wert, Xandl! Wenn es drauf ankäme, würde ich mir für dich Geld bei der Bank aufnehmen. Aber zum Glück hab' ich es ja.«

In seinem Gesicht arbeitete es. Eine Weile zögerte er noch, dann nickte er: »Also dann können wir heiraten, wenn es dir recht ist. Von mir aus bald.«

Freude flog in ihre Augen. Sie machte eine Bewegung, als wollte sie zu ihm herüberspringen und ihm um den Hals fallen. Aber dann blieb sie sitzen und lächelte ihn nur lieb an.

»Ich danke dir, Xandl. Und du sollst es nicht bereuen, ich will dir eine gute Frau werden!«

»Und ich dir ein guter Mann«, antwortete er ernst. »Ich werde mich ehrlich bemühen.«

»Du hast deinen Kaffee kalt werden lassen«, sagte sie schnell. »Komm, ich geb' dir einen anderen!«

»Macht nichts«, wehrte er ab. »Wie hast du dir das überhaupt vorgestellt, Ella? Du wirst doch deine Pension weiterführen wollen.«

»Ja, Xandl, Und ich möchte dich fragen, ob wir das nicht gemeinsam machen können.«

»Du meinst, ich soll hier der Wirt werden?«

»Ja«,, lächelte sie. »Eine Hofwirtschaft ist ja auch dabei.«

Er stand auf und stellte sich ans Fenster. Da drüben lag der Gamsjägerhof. Er schloss für einen Moment die Augen. Dann murmelte er:

»In Ordnung, Ella. Soll der Friedl den Hof übernehmen!«

❁

Gedankenverloren ging Xandl heim. Jetzt hatte sich sein Leben entschieden. Das Schicksal war dagegen, dass alles so wurde, wie er es gehofft hatte. Nun blieb nichts anderes übrig, als den neuen Weg zu gehen. Er verhieß keine Freuden, aber der Gamsjägerhof war gerettet.

Xandl sah die Ella vor sich. Als er sich verabschiedete, erwartete sie wohl, dass er ihr das erste Busseerl geben würde. Doch er drückte ihr nur die Hand. Soweit war er noch nicht, sie würde Geduld haben müssen mit ihm.

Vor dem Gamsjägerhof stand ein Auto. War Besuch da? Xandl ging ins Haus. In der Stube saßen die Mutter, die Geschwister und ein bäuerlich wirkender junger Mann um den Tisch. Ein Blick in Steffis Gesicht genügte, um Xandl wissen zu lassen, wer es war.

»Schau, wer da ist!« riet der Friedl.

Und was glaubst du, was der Moser-Hans will?

Die Steffi war puterrot geworden. Sie stieß dem vorlauten Bruder mit dem Ellbogen in die Rippen.

Der Bursch stand auf und lächelte etwas schüchtern. Sein breites Gesicht war sympathisch. Ich wollte halt anfragen bei euch, ob ihr nichts dagegen habt, wenn ich die Steffi heiraten will«,, brachte er heraus.

Xandl gab ihm die »Grüß dich, Hans. Die Steffi, wie ich sie kenne, tät' es schon nicht zulassen, dass wir da etwas dagegen haben. Mir bist schon recht als Schwager.

»Ich hab schon gesagt, dass es mir auf die Mitgift nicht ankommt«, erklärte der Hans schnell. »Die Steffi und ich sind uns einig, du brauchst sie nicht gleich auszahlen, wenn du den Hof übernimmst.‹

»Das werdet ihr euch mit dem Friedl ausmachen müssen«, sagte Xandl und strich der

Schwester zärtlich über die Wange. »Alles Gute wünsch' ich dir, Steffi!«

»Wieso mit mir? fragte der Friedl verblüfft.

»Komm, Hans, setzen wir uns!« forderte Xandl den zukünftigen Schwager auf. »Reden wir gleich, wie jetzt alles werden soll.«

Er nahm Platz und sah die Mutter an: »Also die Ella und ich sind uns auch einig. Wir haben gerade ausgemacht, dass ich drüben bei ihr wirtschaften werde. In den Pensionsbetrieb muss ich mich halt einarbeiten, Und das heißt, Mutter, dass der Friedl den Gamsjägerhof übernehmen muss. Ich trete zurück.«

Dem Friedl verschlug es zum ersten Mal die Sprache. Er starrte den Bruder verwirrt an.

»Die Belastung vom Hof kommt weg‹, erklärte ihm Xandl »Da brauchst du dir keine Sorgen mehr zu machen.‹

In Friedls Augen flackerte es unruhig. »Du – du bringst ein Opfer, Xandl!« stieß er hervor. »Herr im Himmel, wie kannst du auf den Hof verzichten?«

»Es ist halt so gekommen.« Xandl bemühte sich, seine Stimme nicht traurig klingen zu lassen.

»Und der Taschner wird wirklich . . .?« Friedl sprach die Frage nicht zu Ende.

»Der Taschner kriegt sein Geld, er wird uns keine Wiese und keinen Wald wegnehmen können«, antwortete Xandl.

»Der Hund!« grollte es aus dem Friedl heraus »Der Halsabschneider, der lumpige! Um dein Glück bringt er dich, Xandl! Ich geh' hin und erschlag' ihn!«

Xandl winkte ab. »Hat keinen Sinn mehr. Es ist halt alles anders gekommen. Mach du dir keine Gedanken deswegen. Schau lieber zu, dass du dir eine tüchtige Bäuerin findest. Die Steffi und ich werden jetzt bald weg sein!«

❀

Christl war wieder in Fichtenberg und besorgte dem Onkel die Hauswirtschaft. Der alte Herr bemerkte mit Kummer, wie blass und dünn sie auf einmal war. Aber wie sollte man dem armen Dirndl helfen? Kein Wort über ihr großes Herzeleid kam ihr über die Lippen.

An einem milden Abend saßen sie miteinander auf der Bank unter dem Nussbaum. Schon begann sich das Laub zu verfärben, die ersten welken Blätter fielen ab.

Christl hob den Blick von ihrer Strickerei und sah den lieben Alten fest an:

»Onkel Franz, ich muss es dir sagen, ich krieg' ein Kind!«

Seine wasserhellen Augen weiteten sich ein wenig. »O Dirndl!« murmelte er nur. Dann griff er nach ihrer Hand und drückte sie.

»Du schimpfst gar nicht mit mir?« fragte sie leise.

»Wie kannst du nur so etwas denken!« antwortete er vorwurfsvoll. »Mein Gott, was hätten wir dafür gegeben, die Tante Anna und ich, wenn uns das vergönnt gewesen wäre! Weiß er es schon?‹

»Der Xandl?‹ Sie errötete, »Nein, Onkel Franz.«

»Du musst es ihm sagen, Kind! Da ist jetzt alles andere unwichtig. Ihr werdet eine Familie sein, und der Xandl wird es schaffen, dass ihr durchkommt.«

»Ich werde es ihm nicht sagen!« widersprach Christl hastig. »Für einen Bauern ist der Hof das Wichtigste. Der Xandl hat das schon bewiesen. Er hat sich nicht getraut, mir die Sache gleich zu erzählen. Seine Mutter hat es tun müssen. Es hätte kein Glück für uns gegeben, wenn sein Hof zugrunde gegangen wäre!«

»Aber das Kind, Christl! Der Xandl ist nicht schlecht, er wird alles liegen und stehen lassen, wenn er es erfährt!«

»Er soll nur die Ella heiraten!« sagte Christl ungewohnt hart. »Ich brauche ihn nicht mehr. Das Kind und mich bringe ich schon durch, da hab' ich keine Angst. Versprich mir, Onkel Franz, dass du dem Xandl nichts davon sagst! Ich bitte dich sehr darum!«

»Bist du denn sicher, dass du da nichts Falsches tust?‹ fragte er zögernd.

»Ja, Onkel Franz!« antwortete sie fest. »Ich

hab' genug nachgedacht darüber. Und – darf ich trotzdem bei dir bleiben?«

Er legte den Arm um sie und zog sie an sich. »Kind, wie kannst du das fragen. So glücklich bin ich, dass du da bist!«

Christl holte ihr Tüchlein aus der Schürzentasche, sie schnäuzte sich gerührt.

»Wissen es deine Eltern schon?« erkundigte er sich.

»Der Mutter hab ich es gesagt. Sie wird es dem Vater schon beibringen. Aber ich will sowieso nicht bei ihnen leben. Ich will ganz selbständig werden. Wenn ich fleißig nähe, muss das schon gehen . . .«

»Jetzt hör mir zu, Christl«, sagte der alte Herr ernst. »Verdienen musst du nicht, solange ich noch lebe. Aber es ist wahr, dass du dir was aufbauen musst.‹ Und damit du es schon jetzt weißt – mein Haus gehört dir, wenn ich einmal nicht mehr bin. Und überhaupt alles, was ich habe!«

»Onkel Franz! – Bitte, sprich nicht davon!« protestierte sie heftig.

Doch, über so etwas muss man rechtzeitig reden. Ich hab' schon das Testament gemacht. Es liegt in der mittleren Schreibtischlade. Wir müssen vernünftig denken, Christl. Ich bin ein ziemlich alter Mann, und es beruhigt mich, wenn alles geregelt ist. Du weißt nicht, wie glücklich mich der Gedanke macht, dass ich dir und deinem Kind helfen kann. Nur sehen möcht' ich es halt noch gern, dein Kleines.«

›Oh, du Lieber! schluchzte Christl auf und küsste ihn bewegt auf die faltige Wange.

»Bist ja mein Sonnenschein geworden!' murmelte er und wischte sich mit der Hand über die Augen.

❁

Es war eine sehr stille Hochzeit, die an einem nebeligen Oktobertag Gäste der Pension Frischenschlager gefeiert wurde. Natürlich hatte die Steffi gemeint, es könnte ja eine große Doppelhochzeit werden, aber Xandl hatte nur melancholisch gelächelt. »Deine Hochzeit und meine das ist nicht dasselbe, Schwesterlein! Wir müssen schon getrennt heiraten . . .«

Auch die praktisch eingestellte Ella legte keinen Wert auf einen großen Wirbel. Ihre Hochzeit mit dem Karl war eine große Sache gewesen. Und doch hatte das Glück so schnell geendet. Jetzt hoffte sie, nach einer bescheidenen Hochzeit zu einem lange währenden Frauenglück zu kommen.

Erst bei den Vorbereitungen erfuhr Xandl, dass seine Braut gar keine nahen Verwandten besaß. Die Ella war als uneheliches Kind eines Dienstmädchens zur Welt gekommen. Die Mutter war schon gestorben, der Vater war nicht bekannt.

Als Xandl das hörte, bewegte es ihn merkwürdig. Zum ersten Mal regte sich in ihm ein warmes Gefühl für diese Frau, die als Kind so arm gewesen war.

Mit der Verwandtschaft ihres verstorbenen Mannes stand Ella nicht besonders gut. Man hatte ihr übel genommen, dass sie, die ehemalige Kellnerin, sein ganzes Vermögen geerbt hatte. Dass sie nun schon wieder heiratete, wurde ihr auch schlecht angekreidet. Und so waren nur Xandls Familienangehörige bei der Trauung. Die Mutter und der Friedl fungierten als Trauzeugen.

Nachher aßen sie in der Pension, in der es um diese Jahreszeit keine gab. Ella hatte von ihrer im wohnenden Köchin Rehbraten und viele andere gute Sachen vorbereiten lassen.

Während sie bei Tisch saßen, benahmen sich alle, als wäre dies eine nette Familienzusammenkunft und nicht mehr. Niemand hielt eine Rede, auch keine großen Trinksprüche wurden gesagt. Nur Irma Gamsjäger lächelte dem jungen Paar mit nassen Augen zu und murmelte: »Alles, alles Gute wünsch' ich euch!«

Nach dem Kaffee verabschiedeten sich die Leute vom Gamsjägerhof bald. Ella und Xandl standen sich sichtlich befangen gegenüber. Sie trug ihr langes Festdirndl und er seinen Trachtenanzug.

Ella fasste sich zuerst. »Weil du jetzt mein Mann und hier daheim bist, werden wir dir wohl ein paar von deinen Sachen herüberholen müssen, lächelte sie.

»A ja. Daran hab ich noch gar nicht gedacht«, gab er verlegen zu.

Sie fuhren in Ellas großem Kombiwagen hinüber und packten mit Hilfe seiner Mutter alles ein, was er brauchte. Als sie dann wieder zurück waren und Ella die Sachen geschäftig in den Schlafzimmerschrank räumte, fiel Xandl etwas auf: Nirgends war mehr ein Kleidungsstück von ihrem verstorbenen Mann zu sehen. Auch später entdeckte er nichts mehr. Ella war eine kluge Frau, sie musste geahnt haben, dass es ihn stören würde.

Nur im Wohnzimmer hing eine eingerahmte Fotografie vom Karl. »Macht es dir was aus, wenn sie da bleibt?« erkundigte sie sich. Ihre Stimme klang bittend.

»Überhaupt nicht«,, antwortete Xandl. »Ich hab' den Karl immer gut leiden können . . .«

Die Zeit bis zum Abend nutzte er, um im Stall nach dem Rechten zu sehen. Karl Frischenschlager hatte beim Neubau der Pension das alte Wohnhaus abgerissen, aber die Wirtschaftsgebäude standen noch. Es wurden Kühe, Schweine und Hühner gehalten. Die Pension sollte mit Fleisch aus der eigenen Wirtschaft versorgt werden. Das Vieh wurde von einem Ehepaar betreut, dem der Karl eine Wohnung unter dem Dach des Wirtschaftsgebäudes eingerichtet hatte. Es waren ruhige und freundliche Leute mittleren Alters. Xandl hatte den Eindruck, dass er mit ihnen gut auskommen würde.

Dann saß er mit Ella zum ersten Mal beim Abendbrot. Sie lächelten einander verlegen zu.

»Du hast alles so fein hergerichtet, und ich hab' nach dem vielen Essen zu Mittag gar keinen richtigen Hunger, entschuldigte er sich. »Gearbeitet hab' ich heute auch nichts.«

»Mir geht's genauso« bekannte sie fröhlich. »Weißt du was? Wir schauen jetzt, was es im Fernsehen gibt.«

Xandl war es recht. Das Fernsehen konnte die Zeit bis zum Schlafengehen überbrücken.

Sie machten es sich nebeneinander auf der Sitzbank bequem und taten, als interessiere sie jetzt nichts brennender als der über den Bildschirm laufende Film. Aber wenn Xandl hinterher nach der Handlung gefragt worden wäre, so hätte er gar nichts davon gewusst. Seine Gedanken waren anderswo!

Da saß sie also neben ihm, die Ella, und sie war nun seine Frau. Gewiss hoffte sie jetzt, dass er den Arm um sie legen und ihr die ersten Zärtlichkeiten schenken würde. Sie hatte ein Recht darauf, aber er konnte es einfach nicht.

Er schloss die Augen. Christls Gesicht tauchte vor ihm auf. Sie blickte ihn so traurig an, dass es ihm ins Herz schnitt . . .

Du darfst nie wieder an sie denken! befahl er

sich und trank hastig das vor ihm stehende Glas leer. Dann schenkte er sich selbst nach.

Das Fernsehstück endete, das Schlafengehen war nicht mehr länger hinauszuschieben.

»Geh du zuerst ins Bad«, schlug Ella vor. »Ich hab', noch ein bisserl in der Küche zu tun ...«

Auf dem großen Doppelheft lag ein feiner neuer Schlafanzug für ihn. Nachdem er sich rasch gewaschen und die Zähne geputzt hatte, legte er sich hin und wartete. Er löschte auch das Licht aus.

Es dauerte ziemlich lange, bis er Ella kommen hörte. Er spürte, wie sie neben ihn unter die Decke schlüpfte. Dann war es ruhig, sie bewegte sich nicht.

Aber plötzlich flüsterte sie: »Gute Nacht, lieber Xandl! Und du musst mir kein Busserl geben, wenn's dir noch nicht danach ist.‹

Da tat sie ihm leid. Er griff zu ihr hinüber und zog sie in seine Arme ...

❁

Der Holzhändler Oskar Taschner saß im Büro seines Sägewerkes und rechnete. Die Angestellte kam herein. Er sah auf.

»Die Gamsjäger-Brüder wollen zu ihnen«, meldete sie.

Sein Gesicht verfärbte sich etwas.

»In welcher Angelegenheit?«

»Sie haben's nicht gesagt.«

»Dann frag sie, du dumme Gans!« herrschte er sie an.

In diesem Moment stand schon der Xandl in der Tür, und hinter ihm Friedl: »Die angebliche Schuld wird jetzt gelöscht, Taschner!«

»Was heißt angeblich? – Was willst du denn damit sagen, ha?«

»Das weißt du genauso gut wie wir«, knurrte Xandl. »Aber den Gamsjägerhof lassen wir von dir nicht kaputtmachen. Keinen Baum und keinen einzigen Grashalm kriegst du, du Halsabschneider. Das, was du unserem armen Vater abgeluchst hast, soll dir kein Glück bringen! Da hast du einen Scheck. Bestätige den Empfang und gib den Schuldschein her. Die Freistellungserklärung für die Hypothek unterschreibst du auch!«

Der Taschner blickte überrascht auf das Scheckblatt, das ihm der Xandl auf den Tisch geknallt hatte.

»Ah, daher kommt also das Geld. Die Hochzeit hat es dir eingebracht!« meinte er ätzend. »Aber weiß ich, ob der Scheck auch gedeckt ist?«

»Red nicht blöd herum – ruf an bei der Sparkasse!« fuhr ihn Xandl an. »Da kriegst du gleich Auskunft. Und das andere geht dich einen Dreck an!«

Einen Moment lang überlegte der Taschner, ob er hier in seinem eigenen Büro so mit sich reden lassen musste. Aber die Blicke der Gamsjäger-Brüder waren so drohend, dass er lieber ruhig blieb. Der Form halber rief er den Sparkassenleiter an. Der Scheck war gedeckt!

Schweigend unterschrieb er die Empfangsbestätigung und die Freistellungserklärung für die Hypothek. Was sollte er sich lange herumstreiten, wenn er dreihunderttausend Schilling einstecken konnte. Einen leichteren Gewinn gab es schon nicht mehr. Schließlich legte er den Scheck in den Tresor und holte den vom alten Gamsjäger ausgestellten Schuldschein heraus.

»Da habt ihr ihn«, brummte er. »Eigentlich dürfte ich ihn ja nur eurer Mutter geben, solange sie die Hofbesitzerin ist, aber mir kann's jetzt gleich sein.‹

Xandl war versucht, den Schein in Stücke zu reißen und dem Oskar die Fetzen ins Gesicht zu werfen. Aber dann steckte er ihn ein. »Komm, Friedl, gehen wir . . .!«

Der Holzhändler blickte ihnen aus dem Fenster nach. Jetzt erst wurde er sich bewusst, dass er mehr gewonnen hatte als das Geld. Um den Hof zu retten, war der Xandl gezwungen gewesen, die Ella zu heiraten. Der Weg zur Christl war wieder frei . . .!

Noch an diesem Tag ging der Holzhändler zum Lehrerhaus. Die Christl erschien in der Tür, sie musste ihn kommen gesehen haben. Er nahm es als gutes Zeichen.

»Grüß dich, Dirndl!« lachte er breit. »Jetzt haben wir uns schon lange nicht mehr gesehen.«

»Mein Onkel ist nicht da«, antwortete sie kühl.

»Ich komm' ja eigentlich zu dir und nicht zu ihm«, verriet er ihr. »Hast du nicht ein bisserl Zeit für mich?«

»Da können Sie gleich wieder umdrehen, Herr Taschner!« erwiderte sie hart, »Für Sie hab' ich weder heute noch ein anderes Mal Zeit!«

»Was, noch immer bist du so stolz, obwohl dich der Gamsjäger sitzen gelassen hat?«

Christl drehte sich um und schlug ihm die Tür vor der Nase zu.

❀

Xandl Gamsjäger gewöhnte sich nur schwer an sein neues Leben. Von früh bis spät bemühte er sich, sich nützlich zu machen und mit dem Gastgeschäft vertraut zu werden. Im Dezember begann die Wintersaison, da musste alles vorbereitet sein. Schon kamen die ersten Zimmerbestellungen.

So willig er sich für alles interessierte, die neue Umgebung blieb ihm irgendwie fremd. Das große Haus war gähnend leer und kalt.

Auch die Wohnung vermochte ihn nicht zu erwärmen. Für seine Begriffe war alles luxuriös eingerichtet – nur richtig gemütlich war es hier nicht.

Wo gab es hier einen Tisch mit so dicker Eichenholzplatte wie daheim? Wo die Sitzecke mit dem Herrgottswinkel in der Küche? Wo den Herd, in dem traulich das Feuer knisterte, und aus dem die gute Wärme von Buchenscheiten kam? Und den Kachelofen in der Stube? Die zentrale Ölheizung war gewiss praktisch, sie machte keine Arbeit. Aber mollige Wärme bereitete sie einem nicht.

Xandl war es, als wohnte er selbst in einem Gästezimmer . . .

Dabei gab sich die Ella alle Mühe, ihm das Leben angenehm zu machen. Ständig wollte sie wissen, was er sich zum Essen wünschte. Wann immer sie mit dem Auto in die Stadt einkaufen fuhr, brachte sie ihm schöne und praktische Sachen mit – einmal Hemden, ein anderes Mal Schals und dicke, weiche Pullover, dann wieder ein gutes Rasiermesser. Sie staffierte ihn aus wie einen feinen Herrn.

Unermüdlich warb sie um seine Zuneigung und selbst um kleinste Zärtlichkeiten. Die Hochzeitsnacht in seinen Armen hatte sie ermutigt. Jetzt meinte sie, nicht mehr befürchten zu müssen, dass es sehr lange dauern würde, bis er sie aus ganzem Herzen lieben konnte.

Xandl gab sich redliche Mühe, Ella ein guter Mann zu sein. Ihre Anstrengungen bewegten ihn. Es fiel ihm auch nicht mehr schwer, sie abends beim Fernsehen an seiner Schulter lehnen zu lassen, ihr über das Haar zu streicheln oder nachts ihre heißen, sehnsüchtigen Küsse zu erwidern.

Und doch hatte er ein schlechtes Gewissen. Ella wusste, warum er sie geheiratet hatte. Mehr als er ihr gab, konnte sie nicht erwarten. Aber verdiente sie nicht einen Mann, der sie genauso liebte wie sie ihn?

Dass er das nie fertig bringen würde, war ihm klar. Die Ella hatte er recht gern, sogar mehr als erwartet. – Aber wenn ihm die Christl in den Sinn kam, zitterte sein Herz . . .

Deshalb bemühte er sich sehr, an die Christl möglichst nicht zu denken, und ihr nicht zu begegnen, wenn er im Dorf zu tun hatte.

Und dann sah er sie eines Tages doch. Er saß im Auto und wartete auf die Ella, die in den Laden gelaufen war. Und da kam die Christl heraus. Einen Moment lang trafen sich ihre Blicke. Xandl hob grüßend die Hand, aber sie sah rasch weg und ging an ihm vorbei.

Betroffen starrte er ihr nach. Und dann durchzuckte es plötzlich seinen Kopf: Bekam sie ein Kind? – Die Christl war zwar nie besonders schmal gewesen, aber auch noch nie so rund um die Mitte! Und auch in ihrem Gesicht meinte er etwas Neues gesehen zu haben.

Der Gedanke ließ ihm keine Ruhe. Ob die Ella etwas wusste? Sie hatte die Christl in letzter Zeit doch sicher öfter gesehen als er, und Frauen kannten sich da besser aus. Aber was würde die Ella denken, wenn er sie danach fragte?

Je länger er darüber sann, desto mehr drängte es ihn, sich Klarheit zu verschaffen. Wenn die Christl ein Kind bekam, dann musste es von ihm sein. Von wem denn sonst?

Er ging zum Gamsjägerhof hinüber und sah zu, dass er die Mutter allein sprechen konnte.

»Ich hab zufällig die Christl gesehen – und jetzt hab' ich den Eindruck, dass sie ein Kind kriegt. Weißt du was, Mutter?«

»Ja, das dürfte schon stimmen.‹ Sie sah ihn ernst an. »Sie ist bestimmt schwanger.‹

›Aber das kann doch nur von mir sein!« stieß er erregt heraus. »Sie hatte doch keinen anderen!«

›Daran hab' ich auch schon gedacht, Bub. Und dir hat sie nie etwas gesagt?«

»Wir haben doch schon seit dem Sommer kein einziges Wort mehr miteinander geredet, Mutter! Aber wenn das so ist, muss ich ihr helfen! Da kann ich mich jetzt doch nicht drücken, auch wenn ich mit der Ella verheiratet bin!«

Irma Gamsjäger dachte nach. Dann meinte sie: »Ja, du musst tun, was anständig ist, Bub. Da wird die Ella nichts dagegen haben können.«

»Ich muss mit der Christl reden!« sagte Xandl aufgeregt. »Pfüat dich, Mutter!«

Xandl entschloss sich, mit der Ella vorerst nicht darüber zu sprechen. Erst wollte er sich Klarheit verschaffen. Er konnte sich zwar nicht vorstellen, dass ein anderer Mann der Vater von Christls Kind war, aber falls das so sein sollte, musste sich die Ella nicht unnötig aufregen.

Es war jetzt bereits Anfang Dezember. In das schon tief winterliche Tal kam die Dunkelheit früh. Xandl nutzte sie, um möglichst ungesehen zum Lehrerhaus zu kommen. Er fegte sich mit dem Besen den Schnee von den Schuhen und klingelte.

Im Vorraum flammte das Licht auf, dann stand der Hausherr in der Tür.

»Guten Abend, Herr Oberlehrer!« grüßte Xandl rasch. »Ich muss unbedingt mit der Christl reden!«

Einen Augenblick lang überlegte der alte Herr. Dann gab er Xandl die Hand. »Komm herein!«

Christl saß im Wohnzimmer und strickte. Aus dem Radio klangen Adventlieder. Als sie Xandl erblickte, schoss ihr ein feines Rot in die Wangen.

»Du hast Besuch!« sagte der alte Herr. »Entschuldigt mich bitte ein bisserl ...« Er verließ das Zimmer und schloss die Tür hinter sich.

»Grüß dich, Christl!« sagte Xandl befangen.

»Grüß dich. Was willst du?«

»Darf ich mich setzen?« bat er.

»Von mir aus«, antwortete sie möglichst

gleichgültig. »Aber hab' ich dir nicht geschrieben, dass du mich nicht mehr besuchen sollst?«

»Das schon«, murmelte er und ließ sich auf den nächsten Stuhl nieder. »Aber...«

»Ich hoffe, es ist alles in Ordnung bei dir«, unterbrach sie ihn schnell. »Du arbeitest jetzt in der Pension, gell?«

»Der Friedl übernimmt den Hof«, antwortete er. »Die Ella hat uns geholfen, aus der Schuld herauszukommen. Jetzt bin ich halt bei ihr drüben.«

»Sie kommt mir sehr nett vor«,, bemerkte Christl. »Ich wünsche euch alles Gute,‹

Xandl zögerte etwas, Dann sah er sie forschend an: »Christl, ist es wahr, dass du ein Kind kriegst?«

»Ja!« Sie brachte ein Lächeln zustande.

»Und – und ist es von mir, gell?«

»Von dir?« Christl schüttelte den Kopf. »Nein, da brauchst du dir keine Gedanken zu machen. Von dir krieg ich das Kind nicht, Xandl!«

»Aber von wem denn dann?« fragte er verblüfft.

»Geht dich das was an?«

Er senkte den Kopf. »Na ja, wenn das Kind nicht von mir ist, geht's mich freilich nichts an. Aber ich muss dich halt fragen, hab' ich mir gedacht. Weil ich dir helfen möcht', so gut ich kann.«

»Ich brauch' keine Hilfe«, sagte sie stolz. »Ich komme schon allein durch mit meinem Kind!«

»Du heiratest ihn also nicht, den anderen?‹

»Nein, ich heirate keinen. Ich will ein Kind haben, und das genügt mir. Kennst du dich jetzt aus?« Sie blickte ihn triumphierend an.

»Und – sagst du mir nicht, wer er ist, der andere?«

»Das braucht dich jetzt nicht mehr zu interessieren! Es ist allein meine Angelegenheit . . . Aber jedenfalls dank' ich dir schön, dass du helfen wolltest«, fügte sie etwas weicher hinzu.

»Na dann geh' ich halt wieder.« Er stand etwas unschlüssig auf. »Alles Gute wünsch' ich dir und deinem Kind . . .!«

»Pfüat dich, Xandl!« antwortete sie beherrscht.

❁

Mitte Dezember setzte in der Pension der volle Saisonbetrieb ein. Ella und Xandl hatten viel Arbeit. Die Zeit der stillen Tage war vorbei.

Auch an besinnliche Weihnachten war nicht zu denken. Die fast sechzig Gäste mussten sich wohl fühlen und feiern können, allein darauf kam es an. Am Heiligen Abend war Ella so erschöpft, dass sie ihrem Mann nur mehr ein flüchtiges Gute Nacht-Busserl geben konnte und gleich darauf einschlief.

Gäste kamen und gingen, die Saison dauerte bis ins Frühjahr hinein. Als Xandls Schwester im Fasching ihren Moser-Hans heiratete, war es gar nicht einfach, sich ausreichend Zeit für die Teilnahme an der Hochzeit zu nehmen. Und es wurde eine große und fröhliche Hochzeit. Es stimmte Xandl etwas wehmütig, wenn er da an seine eigene dachte.

Doch er wollte sein Schicksal nicht beklagen. Der väterliche Hof war gerettet. Der Bruder musste nicht in die Fremde gehen. Und er selbst hätte eine schlechtere Frau bekommen können als die Ella, der er so viel bedeutete und die so lieb zu ihm war.

Nur freilich – die Gedanken an Christl schmerzten noch immer. Er zerbrach sich vergeblich den Kopf, wer der andere Mann war. Vorsichtig fragte er ein wenig herum, aber niemand wusste etwas.

Als er vor Ostern auf einen Sprung zur Mutter hinüberging, hörte er von ihr:

›Die Christl hat vorgestern ein Dirndl bekommen . . .«

Xandl sah sie an‹. »Und weiß man jetzt, wer der Vater ist?«

»Nein. Es heißt, dass sie es nicht sagen will.«

»Für die Ella und dich ist es vielleicht besser so« meinte Irma Gamsjäger. »Die Christl hats nicht unbedingt nötig, dass sie Alimente bekommt. Ihr Onkel tut alles für sie. Angeblich wird sie auch das Haus erben. Und als Schneiderin kann sie daheim arbeiten, wenn's drauf ankommt. Da gibt es keine Schwierigkeit mit dem Kind.«

Xandl starrte durchs Küchenfenster auf die wieder schneebeladenen Bäume hinaus. Der Winter war noch einmal zurückgekommen.

»Der Friedl wird auch endlich vernünftig«„ hörte er die Mutter in seine Gedanken hinein sagen. »Er will jetzt doch die Reserl heiraten. Ich glaub', sie ist die richtige Frau für ihn. Und es wird auch Zeit, dass eine junge Frau ins Haus kommt, Allein schaffen wir die Arbeit nicht mehr, wo jetzt die Steffi fort ist.«

»Das stimmt«, meinte Xandl geistesabwesend und verabschiedete sich. Er war froh, dass der Friedl nicht länger von einem Dirndl zum anderen fliegen wollte. Aber viel mehr beschäftigte ihn die Nachricht von der Christl . . .

Die Ella hatte merkwürdigerweise noch nie eine Bemerkung dazu gemischt, dass die frühere Liebste ihres Mannes schwanger war und ein Kind bekam. Auch in diesen Tagen sagte sie nichts, obwohl Xandl überzeugt war, dass sie von Christls Niederkunft wusste.

Doch eines Abends, als sie beide müde zu Bett gegangen waren, schmiegte sie sich an ihn und stöhnte auf:

»Oh, Xandl – ich möcht' auch so gern ein Kind haben . . .!«

❁

Erst im Mai war der Frühling wirklich und endgültig ins Tal gekommen. Fast ohne Pause lösten die Sommerfrischler die Skiurlauber ab. Ellas Pension florierte. Jetzt gab es nur noch einen unerfüllten Wunsch in ihrem Leben. Mit allem anderen konnte sie zufrieden sein. In Xandl hatte sie den Mann gefunden, mit dem sie wieder glücklich war.

In den ersten Ehemonaten war noch die Angst in ihr gewesen, er könnte seine eigenen Wege gehen und sie verlassen, nachdem sie ihm das viele Geld für den Taschner gegeben hatte. Ihr entging nicht, dass die Christl in Fichtenberg blieb. Warum ging sie nicht in ihr Dorf zurück, wenn sie hier so enttäuscht worden war. Ella dachte: Wenn mir ein Mann das antut, dann will ich möglichst weit weg sein von ihm ...

Mit einem inneren Zittern hatte sie gewartet, ob es bald Abende und Nächte geben würde, die Xandl außer Haus verbrachte. Sie hatte sich ihn ja nur gekauft. Kannte seine alte Liebe nicht wieder durchbrechen? Gab es nicht genügend Männer, die sich neben ihrer Frau bedenkenlos eine Geliebte hielten? Und wer, außer der eigenen Ehefrau, fand da schon etwas dabei?

Xandl lieferte jedoch nicht die kleinsten Anzeichen, die solche Ängste bestätigt hätte. Es gab keinen Abend und keine Nacht, die er nicht bei ihr verbrachte. Er arbeitete unermüdlich, kümmerte sich selbst um alles, und nichts schien ihn mehr zu interessieren als die erfolgreiche Entwicklung des Gästebetriebes. Er hatte sogar schon Ideen, was da noch alles gemacht werden könnte.

Immer war er nett und aufmerksam zu ihr. In all den Monaten hatte sie aus seinem Mund noch kein einziges grobes Wort gehört, Und er war auch stets bereit, ihren Hunger nach Zärtlichkeiten zu stillen.

Freilich – von selbst fing er kaum jemals damit an. Die Männer waren da eben verschieden, Aber schließlich hatte sich ja auch der Karl bald nach der Hochzeit nicht viel anders benommen.

Alarmiert war Ella, als sie eines Tages entdeckte, dass die Christl schwanger war. Sie sprachen zwar kaum jemals miteinander, aber man sah sich gelegentlich beim Einkaufen, und man grüßte sich recht freundlich.

Natürlich dachte Ella sofort an ihren Mann. Mit einem anderen war die Christl nie gesehen worden. Was würde jetzt sein?

Sie hatte unruhige Nächte. Sie fürchtete die Verbindung, die ein gemeinsames Kind zwischen Xandl und Christl wiederherstellen konnte. Das Kind würde ihn vielleicht wieder zur anderen zurücktreiben.

Sie beobachtete Xandl misstrauisch. Doch an seinem Verhalten änderte sich nichts. Und als Christl ihr Kind schließlich zur Welt gebracht hatte, konnte sich Ella wieder beruhigen. Xandl schien das nichts anzugehen . . .

Auch der Holzhändler Oskar Taschner machte

sich seine Gedanken über den jungen Gamsjäger und seine ehemalige Geliebte. Erst hatte er gemeint, bei der Christl nun freie Bahn zu haben, Doch als sie ihn auch noch dann entschieden abblitzen ließ, als Xandl bereits mit der anderen verheiratet war, überkam den Taschner ein Argwohn: Sicher hatte der Gamsjäger die Witwe nur wegen dem Geld geheiratet. Und mit der Christl würde er halt ein Verhältnis haben!

Der Holzhändler konnte sich nicht vorstellen, dass ein Mann ein so reizvolles junges Weibsbild wie diese Christl aufgab ...

Die Schwangerschaft des ledig bleibenden Mädchens verstärkte seinen Verdacht. Verdammt schlau machten es die beiden! Sie taten, als hätten sie nie etwas miteinander gehabt. Aber nach der Geburt des Kindes würde der Gamsjäger bestimmt ins Lehrerhaus geschlichen kommen. Oder die zwei würden sich irgendwo anders heimlich treffen!

Im Frühjahr begann der Taschner aufzupassen. Vom Balkon seines Hauses konnte er das Lehrerhaus sehen. Da hockte er nun oft, wenn es Abend wurde, und spähte mit seinen starken Feldstecher hinauf. Besonders am Dienstag, wenn der Oberlehrer hei seiner Kartenpartie war! Denn dann konnte es der Gamsjäger mit seiner Geliebten ja ungestört treiben.

Stundenlang stierte der Holzhändler durch das Fernglas auf die beleuchteten Fenster des Lehrerhauses. Manchmal sah er die Christl in ihrem Mansardenzimmer hin und hergehen, manchmal bewegten sich Schatten hinter den Wohnzimmergardinen. Aber vom Xandl Gamsjäger entdeckte der Taschner trotz großer Anstrengungen nie etwas. Und das erleichterte ihn nicht, es machte ihn eher wütend, keinen Beweis gegen die beiden zu finden.

Auch in den sonnigen Nachmittagsstunden ging der Holzhändler zuweilen auf den Balkon, um das Lehrerhaus zu beobachten. Da saß dann dieses schöne blonde Dirndl neben dem Kinderwagen, hatte den Rock über die weißen Knie hinaufgezogen und die Bluse offen. Bei diesem Anblick konnte es dem Taschner-Oskar ganz anders werden. Und da überfiel ihn glühende Eifersucht und wilder Hass gegen den anderen, der ihn bei der Christl ausgestochen hatte.

Als er den Xandl eines Tages im Gespräch mit dem Bürgermeister vor dem Gemeindeamt stehen sah, konnte sich der Holzhändler nicht halten. Er bemerkte sehr laut:

»Mancher kommt ohne Arbeit in die Höh'. Das Geld erheiratet er sich, und Kinder macht er beim Fremdgehen!«

Xandl fuhr herum, Der Taschner hatte das zu seinem Begleiter, dem Eibegger-Naz gesagt, aber der Sinn war klar.

»Ist es nicht wahr, Naz?« fuhr der Holzhändler gehässig fort. »Nur eine dumme Witwe und auf der anderen Seite ein abgefeimtes Dirndl fürs Bett muss einer finden, dann hat er's geschafft!«

Es stand eine Menge Leute herum, irgendjemand lachte wiehernd auf. Und in diesem Moment gingen Xandl die Nerven durch. Mit einen Sprung war er beim Taschner und packte ihn an der Joppe:

»Wen meinst du denn da, ha? Vielleicht mich?«

Der Oskar glaubte nicht, dass der junge Gamsjäger hier vor allen Leuten zuschlagen und sich eine Strafe einhandeln wollte. Frech sagte er: »Derjenige, den es angeht, wird es schon wissen. Fühlst du dich betroffen, ha? Tu deine Pratzen weg!«

»Du dreckiger Halsabschneider!« brüllte Xandl. Und im nächsten Moment hatte der Taschner eine solche Watschen im Gesicht, dass er rücklings hinflog.

❁

Der Vorfall hatte für Xandl unangenehme Folgen. Der Holzhändler verklagte ihn. Bei der Verhandlung beim Bezirksgericht lag eine ärztliche Bestätigung vor, dass der Geschlagene eine starke Schwellung im Gesicht und auch eine vorübergehen Störung des Gehörvermögens erlitten hatte.

Xandl wollte beweisen, dass er vom Taschner beleidigt und gemein provoziert worden war. Aber es gelang ihm nicht. Seinen Namen hatte der Kläger nicht ausgesprochen. »Und selbst wenn der Herr Taschner sie grob beleidigt hätte«, sagte der Richter, »hätten sie nicht das Recht gehabt, ihn niederzuschlagen. Eine Selbstjustiz gibt es bei uns nicht . . .!«

Sodann wurde Xandl zu tausend Schilling Geldstrafe sowie zur Bezahlung der Arzt- und Gerichtskosten verurteilt.

An sich hätte ihm das wenig ausgemacht. Eher war es eine Genugtuung für ihn, dass er diesem Saukerl eine hineingehaut hatte. Und viele Leute im Dorf, besonders die jungen, gönnten dem Taschner diese gewaltige Bauernwatschen. Es wurde viel darüber geredet, und natürlich erfuhr Ella alles. Auch das, was der Taschner über den Xandl und die Christl angedeutet hatte . . .

Ella reagierte tief betroffen, sie war unendlich traurig. Jetzt spürte sie es genau: Auch wenn Xandl sie in der Zeit ihrer Ehe bisher nicht betrogen hatte – einmal würde die andere stärker sein, weil sie das Kind von ihm besaß. Und der Vater von dieser kleinen Hannerl war sicher der Xandl. EIlas Gefühl sagte es ihr.

Ihr Wunsch, selbst ein Kind zu bekommen, wurde jetzt übermächtig. Danach hatte sie sich immer schon gesehnt. Und sie war überzeugt, dass dann der Xandl nie von ihr weggehen würde. Das Kind musste ihn mehr binden als alles andere.

Vor zwei Wochen hatte Ella wieder einmal vergeblich gehofft, ihr monatlich regelmäßig kommender Zustand würde ausbleiben, als Zeichen dafür, dass sie endlich schwanger geworden war, Aber das Glück, Mutter zu werden, gab es scheinbar nur für andere Frauen. Sie wusste schon nicht mehr, was sie tun sollte.

In ihrer ersten Ehe hatte sie schon alles Mögliche unternommen. Zunächst suchte sie ohne Karls Wissen einen Frauenarzt auf. Er konnte keine Mängel an ihr feststellen und empfahl Geduld.

Als sich ein Jahr danach immer noch nichts bei ihr rührte, fuhr Karl mit ihr zu einem Professor nach Graz. Auch er fand keine Ursache bei ihr, empfahl jedoch eine Badekur, die nicht half. Das Geld und die drei Wochen waren verschwendet...

An das alles erinnerte sich Ella mit Bitterkeit. Die Vorstellung, Xandl könnte sich eines Tages schon des Kindes wegen wieder der anderen zuwenden, machte sie ganz verrückt.

In diesen Tagen geschah es, dass die Kräuter-Zita wieder einmal kam, um beim Hintereingang der Küche um Abfälle zu betteln. Die Zita war ein uraltes Weib, ihr Rücken war bereits so krumm, dass sie sich mehr auf allen Vieren kriechend als gebend fortzubewegen schien. Sie galt schon als ziemlich schwachsinnig. Aber weil sie früher einmal so manches nützliche Kräutlein anzubieten hatte, erhielt sie jetzt auf den meisten Höfen Almosen. Ihr Anblick erweckte Mitleid.

Weil die Alte aber zumeist vor Schmutz starrte, hatte Ella sie nie besonders gern beim Gästehaus gesehen. Dieses Mal aber schoss ihr ein erregender Gedanke durch den Kopf. »Komm mit, Zita!« schlug sie vor und ging mit ihr zum Wirtschaftsgebäude hinüber. Hier konnten sie ungestört reden.

»Krieg ich was zu essen?« fragte die Zita heiser. Sie stützte sich schwer atmend auf den Krummstock und sah misstrauisch zu Ella auf.

»Selbstverständlich gebe ich dir was. Etwas ganz Feines kriegst du sogar. Nur muss ich dich zuerst etwas fragen. Sag, Zita, du hast dich doch immer bei den Kräuterln gut ausgekannt, gell?«

»Besser wie jeder andere!« kam krächzend die Antwort.

»Und wenn eine Frau ein Kind hat haben wollen – hast du da auch was gewusst?«

›Was hast du gesagt – wenn eine kein Kind hat haben wollen?«

»Nein, Zita, umgekehrt! Wenn eine Frau ein Kind wollte, aber keines gekriegt hat. War da eine Hilfe möglich?‹

»Na freilich war's möglich!« kicherte die Alte.

»Und was hast du ihr da gegeben? Geh, verrate es mir, sei so gut!«

»Erst will ich was zu essen haben.«

»Ist gut!« raunte, Ella ihr mit heißen Wangen

zu. Setz dich da auf die Bank, ich bring dir sofort etwas ganz Feines!«

Nachdem sie der höchst unangenehm riechenden Greisin auf die Bank geholfen hatte, eilte sie in die Küche und richtete auf einem Tablett Braten und Zutaten an. Auch ein großes Glas Wein und ein Stück Torte nahm sie mit.

Die Zita fiel sofort hungrig über die guten Sachen her. Mit zitternden Händen hob sie das Glas zum Mund und trank gierig.

»Lass dir Zeit, Zita!« empfahl Ella, obwohl sie schon voll Ungeduld auf die Auskunft des Kräuterweibleins wartete. »Trink nicht alles auf einmal hinunter, sonst kriegst einen Rausch!«

»Du bist gut zu mir, junge Frau. Ich kann sowieso nicht alles auf einmal essen. Was übrig bleibt, steck ich ein.«

›Du kannst auch wiederkommen«,, lächelte Ella. »Und wenn es hilft, was du sagst, dann kriegst du auch viel Geld von mir!«

»Ah, du selber willst ein Kind kriegen, schöne junge Frau«, kicherte die Zita »Da kann ich dir schon helfen. Aber du musst schwören, dass du nicht weitersagst, was ich dir anrate. Sonst gibt mir niemand mehr was. Allen Weibern helf' ich, die in Not sind, hörst du?«

»Keine Menschenseele erfährt etwas«,, versprach Ella aufrichtig.

»Also dann hör zu, schöne junge Frau – ganz hinten im Tal, wo der Bach aus dem Wald kommt, musst du dir was holen. Blümerln wachsen dort, schaun aus wie Maiglöckerln, sind aber keine. Ein Kopftücherl voll nimmst mit heim davon, tust sie fein zerstampfen und lässt den Saft durch ein Sieb rinnen. So ein halbes Weinglaserl voll brauchst, es muss nicht so groß sein wie das da. Schmecken tut das Safterl gar nicht gut, aber es hilft sicher. Ich sag dir's ganz sicher!«

Die Zita kicherte und sagte noch: »Dann braucht dich dein Mann nur anzuschaun im Bett, kriegst schon ein Kind, schöne junge Frau!«

❀

Am nächsten Morgen fiel Xandl beim Frühstück ein: »Jetzt hätte ich bald darauf vergessen: Die Mutter will heute Abend mit mir und dem Friedl reden, wegen der Hofübergabe! Der Friedl will ja heiraten.«

»Geh nur!« lächelte Ella.

Am Vormittag kaufte sie einiges im Dorfladen ein. Als sie herauskam, stieß sie auf die Christl mit ihrem Kinderwagen.

Ella wurde es ganz heiß. »Grüß dich«, sagte sie couragiert. »Ich hab' dein Kinderl noch gar nie gesehen. Darf ich hineinschauen?«

»Aber ja«, lächelte Christl.

Xandls Frau beugte sich über den Kinderwagen. »Ach wie lieb!« seufzte sie entzückt. »Hanerl heißt die Kleine, gell?«

»Ja«, bestätigte Christl.

Und dann wartete sie den ganzen Tag hart auf die Stunde, in der Xandl abends zu seiner Mutter hinübergehen würde. Da sollte es noch nicht finster sein, damit sie noch schnell den Bach hinauflaufen und holen konnte, was ihr die Kräuter Zita angeraten hatte. In ihr zitterte es vor freudiger Hoffnung, wenn sie sich vorstellte, dass nächstes Jahr um diese Zeit auch sie mit einem Kinderwagerl durchs Dorf fahren könnte ...

Xandl verließ Ella um halb acht. Wie erwartet, waren der Bruder und die Mutter mit der Stallarbeit fertig. Sie saßen beim Abendbrot.

»Dass du überhaupt noch herfindest auf den Gamsjägerhof!« rief Friedl, als der Bruder eintrat.

»Ich hätte nichts dagegen, wenn ich mehr Zeit für euch hätte«, lächelte Xandl und setzte sich.

»Iss mit!« forderte ihn die Mutter auf und schob ihm die hausgemachte Wurst hin.

»Die schmeckt daheim immer noch am besten. Er schnitt sich ein Stück Brot vom Laib und langte zu,

Friedl begann zu erzählen, dass die »Olga« gekalbt hatte und die Preise am Ferkelmarkt gar nicht gut standen. Mit der Reserl, seiner Braut, habe er sich schon überlegt, lieber mehr auf Schafzucht umzusteigen.

»Kannst es ja probieren.« Xandl kaute bedächtig. »Aber ganz aufgeben würde ich die Ferkelzucht nicht.«

So redeten sie eine Weile über die Hofwirtschaft. Irma Gamsjäger ging eine Flasche Wein holen. »Das muss ja gefeiert werden, wenn wir wieder einmal beisammen sind«, lächelte sie.

»Ach geh, Mutter, für den Xandl ist ein Wein nichts Besonderes mehr«, scherzte Friedl. »Der ist jetzt ein Wirt und sauft mit jedem Gast ein paar Glaserin.«

»So stellst du dir das vor. . .!«

»Die Ella würde sich bald scheiden lassen!' lachte die Bäuerin. Dann wurde ihr Gesicht Ernst. »Reden wir zuerst von der Hofübergabe, solange wir keinen Schwips haben.«

Sie stieß mit den Söhnen an, und dann begann sie darzulegen, wie sie sich alles vorgestellt hatte. Wie üblich wollte sie für sich selbst nicht mehr als Wohnung, Kost, ein bescheidenes Taschengeld und notfalls Pflege zugesichert haben. Aber in einer Familie wie dieser war das alles kein Problem. Für die Mutter würde bis zum Ende ihrer Tage gesorgt werden. Die Reserl als zukünftige Bäuerin versprach da alles Verständnis zu haben.

»Wir brauchen doch eine gute Oma!« grinste der Xandl.

Dann redeten sie über die Erbteile vom Xandl und der Steffi. Die Schwester und ihr Mann hatten ja schon vor ihrer Hochzeit gesagt, dass die Auszahlung nicht eilte. »Und wir brauchen vorerst überhaupt nicht drüber zu reden«, schloss sich der Xandl an.

»Da hab' ich aber ein schlechtes Gewissen«, widersprach der Friedl. »Erst verzichtest du auf den Hof, und jetzt soll ich nicht einmal ...«

»Lass es gut sein!« lächelte Xandl. »Schau nur zu, dass aus dem Gamsjägerhof was wird, da lässt sich noch einiges machen.«

»Ich hab's ja gleich gewusst, dass es zwischen meinen Kindern keinen Streit geben wird!« freute sich Irma Gamsjäger. »Jetzt kann ich beruhigt zum Notar gehen ...«

Als Xandl an diesem Abend nach Hause zurückkehrte, hatte er mit der Mutter, und dem Friedl ungewohnt viel, getrunken. Sie ließen ihn einfach nicht fort. Und es machte ja auch Freude, im vertrauten Familienkreis zu feiern.

Es war bald Mitternacht! In der Pension schlief schon alles. Auch im Schlafzimmer war es dunkel, Ella hatte Gott sei Dank nicht gewartet.

Xandl ging leise ins Badezimmer und schlich sich dann ins Bett. Um Ella nicht zu wecken, machte er kein Licht. Er drehte sich auf die Seite und schlief sogleich ein.

❁

Die Morgensonne schien ins Zimmer. Xandl erwachte und blickte auf die Uhr. Schon bald sieben! Hatte Ella den Wecker zu stellen vergessen?

Er griff zu ihr hinüber. »Ella, wir haben verschlafen!«

Und zugleich erschrak er: Ellas Schulter fühlte

sich so seltsam an – so kalt! Und sie rührte sich nicht!

»Jesus-Maria!« murmelte Xandl. Er beugte sich über sie, und da sah er es – Ella war tot!

Ihr Gesicht war weiß wie das Leinen, ihr Mund wie vor Schmerz geöffnet, die kleinen Hände zu Fäusten geballt. Alles an ihr kalt und starr!

Entsetzt sprang Xandl aus dem Bett und taumelte. Die Tote und das Zimmer verschwammen vor seinen Augen Er verstand nichts, er vermochte nicht zu denken.

›Ella!« schrie er sinnlos. »Ella – was ist denn?«

Irgendwelche Geräusche waren im Haus. Die Mädchen hatten die Arbeit aufgenommen, einige Gäste waren schon in den Badezimmern.

In panischer Angst stürzte Xandl ins Wohnzimmer zum Telefon. Er wählte mit zitternden Fingern die Nummer des Dorfarztes. Das Signal ertönte schier endlos, bis schließlich abgehoben wurde. Es war nicht der Arzt, sondern seine Frau. »Mein Mann ist schon unterwegs«, sagte sie. »Ist etwas Dringendes?«

»Frau Doktor!« keuchte Xandl. »Hier ist die Pension Frischenschlager. Meine Frau, ich glaub' sie ist tot!«

»Wer? – Eine Sommerfrischlerin?‹

»Nein, Frau Doktor, der Xandl Gamsjäger spricht hier. Meine Frau – die Ella!«

»Aber doch um Gottes willen nicht die Ella Frischenschlager?«

»Ja, die Ella, Frau Doktor! Als ich vorhin aufgewacht bin, hat sie ganz weiß und kalt im Bett neben mir gelegen. Und ganz steif ist sie schon, ich weiß nicht, was da passiert ist!«

»Aber das ist ja furchtbar!« sagte die Arztfrau betroffen. »Ich werde sehen, dass ich meinen Mann verständigen kann. Aber wenn das so ist, wie Sie sagen, müssen Sie gleich die Gendarmerie anrufen, Xandl!«

»Ja, ich tu's«,, murmelte er und legte den Hörer auf.

Eine Weile stand er wie gelähmt. Nebenan lag die Ella tot im Bett – er konnte es immer noch nicht begreifen. Mein Gott, warum war sie auf einmal tot . . .?

Er zog sich hastig an, dann wählte er die Nummer der Gendarmerie. Der diensthabende Beamte forderte ihn auf, die Tote so liegen zu lassen, wie sie war. Man würde unverzüglich kommen.

Der Sitz des Gendarmeriepostens war im Nachbardorf. Es dauerte einige Zeit, bis der Wagen angefahren kam.

Indessen war Leben ins Haus gekommen. Xandl hörte die ihm schon vertrauten Geräusche der die Treppe heruntergehenden und sich zum Frühstück begebenden Gäste. Die Küchenmädchen und Serviererinnen mochten sich wundern, dass Chef und Chefin heute noch nicht da waren, aber sie verrichteten die gewohnte Arbeit.

Als Xandl das Gendarmerieauto kommen hörte, ging er hinaus. Er war unrasiert, sein Haar zerrauft. Die erstaunten Blicke der Gäste kümmerten ihn nicht. Schweigend führte er die Beamten ins Schlafzimmer.

Fast gleichzeitig kam der Gemeindearzt an. Er betrachtete Ella nur kurz und richtete sich wieder auf.

›Tot ist sie bestimmt«, bemerkte der leitende Gendarm, »aber warum?«

Der Arzt sah Xandl an. »Die Ella war doch nicht krank?«

Xandl schüttelte den Kopf. »Überhaupt nicht!«

»Sonderbar schaut sie aus«, meinte der Beamte. »Irgendetwas stimmt da nicht. Wir fotografieren sie jetzt einmal.«

»Obduziert muss sie auf jeden Fall werden, sagte der Arzt, während das Blitzlicht aufflammte.

Man telefonierte, um den Abtransport der Toten zu veranlassen. Die Zeit bis zum Eintreffen des Autos nutzten die Beamten, um sich von Xandl noch einmal alles erzählen zu lassen: Wann er seine Frau zum letztenmal lebend gesehen hatte, wo er abends war, wann er heimgekehrt war und wie er am Morgen das Furchtbare entdeckte.

Nachdem man Ella fortgebracht hatte, saß Xandl wie betäubt im Zimmer und starrte vor sich hin. Inzwischen wusste man im Haus, was geschehen war. Bleich kam das eine Serviermädchen zum Xandl, murmelte ein Beileid und stellte ihm eine Tasse Kaffee hin. »Sie müssen was zu sich nehmen!« sorgte sie sich.

Der starke Kaffee belebte ihn etwas. Er ging ins Bad, duschte und kleidete sich ordentlich an. Dann versuchte er, sich wie gewöhnlich zu beschäftigen.

Am halben Vormittag kam der Friedl angelaufen. Er stürzte herein und rief: »Sag, dass es nicht wahr ist, Xandl!« Doch er brauchte keine Antwort. Das Gesicht des Bruders verriet ihm alles.

Xandl berichtete stockend. Dann bat er: »Lass mich jetzt allein, Friedl! Ich bin noch ganz durcheinander...«

Gegen abend erschienen die Gendarmen ein zweitesmal. Sie ersuchten Xandl, mit ihnen zum Postenkommando zu kommen. Es müsste ein genaues Protokoll aufgenommen werden.

Xandl bat die Köchin, sich um alles zu kümmern. Nach dem Abendbrot würde er sicher wieder zurück sein. Dann stieg er zu den Gendarmen ins Auto.

Als er im Dienstzimmer des Postenkommandanten saß, hörte er eine ganz unerwartete Frage:

»Wann haben Sie mit Ihrer Frau zum letztenmal gestritten, Herr Gamsjäger?«

»Überhaupt nie!« antwortete Xandl erstaunt. »Wie kommen Sie denn darauf?«

»Das erfahren Sie noch. War Ihre Ehe also harmonisch?«

»Ja, was man halt darunter versteht, Herr Inspektor. Gestritten haben wir uns wirklich nie. Recht gern haben wir uns gehabt, die Ella und ich.«

»Und Sie haben Ihre Frau auch aus Liebe geheiratet?«

Xandl senkte den Kopf, er zögerte. »Also, ehrlich gesagt, am Anfang war das anders. Die Ella hat mich unbedingt haben wollen. Aber sie war eine liebe Frau, ich hab' sie dann richtig gern gehabt. . . .«

»Sie geben also zu, dass Sie Ihre Frau zunächst nicht aus Liebe geheiratet haben?«

»Ja, so war es, Herr Inspektor«,, sagte Xandl aufrichtig.

»Und vorher sind Sie mit der Christl Neureiter gegangen, stimmt das?«

›Ja, das ist wahr.«

›Sie waren so gut wie verlobt mit ihr.«

»Ja. Aber warum . . .«

»Fragen stellen wir!« wies ihn der Beamte streng zurecht. »Wie war das, haben Sie die Christl Neureiter sitzen gelassen, weil Sie das Dirndl nicht mehr mochten?«

›Nein, so war das nicht«, murmelte Xandl.

»Sie haben also die eine geliebt, aber die andere geheiratet! Da muss es Sie doch zurückgezogen haben zur Christl, oder?«

»Leicht war das nicht«,, gab Xandl zu. »Aber ich war ehrlich zu meiner Frau. Ich hab' es ihr vorher gesagt, und es hat nichts mehr gegeben zwischen der Christl und mir.«

»Und das Kind? Es ist doch von Ihnen!«

»Nein, Herr Inspektor. Ich hab's auch geglaubt, aber die Christl sagt, dass . . .«

»Sie haben also doch Kontakt mit ihr! Warum haben Sie das verschwiegen?‹ unterbrach ihn der Beamte streng.

»Dass ich mit der Christl nach meiner Hochzeit geredet hab', streite ich ja nicht ab, Herr Inspektor! Aber nur wegen dem Kind bin ich hingegangen, sonst war nichts!« Xandl schlug erregt auf den Tisch. »Ich weiß nicht, was das alles mit dem Tod von der Ella zu tun haben soll!«

»Wir müssen Sie in Untersuchungshaft nehmen, Herr Gamsjäger«, antwortete der Beamte sachlich. »Da ist die richterliche Anordnung, falls Sie es nicht glauben.‹

»Mich verhaften?« Xandl starrte ihn ungläubig an. »Ja, warum denn, um Gottes willen?«

»Weil Ihre Frau vergiftet worden ist. Es besteht der Verdacht, dass Sie sie umgebracht haben!«

»Aber warum hätte ich die Ella umbringen sollen?« stöhnte Xandl auf. »Das ist doch verrückt!«

»Weil wir informiert sind, dass Sie das Liebesverhältnis mit der Christl Neureiter fortgesetzt haben. Da musste ihre Frau im Weg sein. Wollen Sie nicht lieber gleich ein Geständnis ablegen?«

»Die Ella vergiftet?« Xandl sprang empört auf. Erst jetzt begann er, es zu begreifen. Aber da hatten ihn schon die Gendarmen gepackt und legten ihm Handschellen an.

❀

Indessen sprach schon das ganze Dorf über Ellas plötzlichen und so geheimnisvollen Tod. Gerüchte liefen herum: Sie habe sich umgebracht, weil ihr Mann sie wegen einer anderen verlassen wollte, sagten die einen. Andere raunten sich hinter vorgehaltener Hand eine noch sensationellere Version zu: Xandl habe ihr das Gift gegeben, weil er die Pension allein führen und seine ehemalige Geliebte, die Christl Neureiter, heiraten wollte ...

»Jeden Dienstag, wenn der Onkel von der Christl beim Kartenspielen war, hat sich der Xandl zu ihr geschlichen, ich hab's selber ein paarmal gesehen«, verriet der TaschnerOskar mehreren Leuten.

Der alte Oberlehrer hatte von Ellas Tod schon gegen Mittag beim Tabakkaufen gehört. Obwohl man in seiner Gegenwart keine schlimmen Sachen geredet hatte, bedrückte ihn die Nachricht sehr. Er beschloss, Christl vorerst nichts zu sagen.

Doch bevor er zu Hause anlangte, fiel ihm ein,

dass sie es ja doch schon bald erfahren würde. Besser wäre es von ihm als von anderen, vielleicht wenig taktvolleren Leuten.

Er ging in die Küche, setzte sich und begann, die Pfeife zu stopfen.

»Das Essen ist schon fertig, Onkel Franz«, rief Christl vom Herd herüber. »Brauchst nicht mehr zu rauchen anfangen.«

Er legte die Pfeife weg und nahm sich vor, erst nach dem Essen von der Ella zu reden. Aber als ihm die Christl bei der Suppe gegenübersaß, erkundigte sie sich: »Was hast du denn, Onkel Franz? Du machst so ein Gesicht – ist dir vielleicht nicht gut?«

»Ich – ich weiß nicht«,, versuchte er sich herauszureden.

»Aber du hast doch was!« beharrte sie. »Komm, sag es mir schon, Onkel Franz!«

»Also dann bleibt mir nichts anderes übrig, Christl. Ich wollte dir halt die Mahlzeit nicht verderben – die Ella ist gestorben . . .«

»Aber doch nicht die Frau vom Xandl!« Christl dämpfte die Stimme, um das Kind nicht zu wecken. »Ich hab die Ella doch erst gestern beim Einkaufen gesehen. Sie war pumperlgesund!«

»Ja, gestern war sie noch gesund, und heute früh tot. Es ist bestimmt kein Irrtum, Christl!«

»Aber woran ist sie denn gestorben, wenn ihr gestern noch gar nichts gefehlt hat?‹

Der alte Herr zuckte mit den Schultern. »Das weiß man noch nicht. Man hat sie zur Untersuchung ins Spital gebracht ...«

Christl senkte bestürzt den Kopf. Mein Gott, dachte sie, wie schrecklich! Das hat die Ella nicht verdient. Auch wenn sie das mit dem Xandl gemacht hat. Es war ja gar nicht so sehr ihre Schuld. Er hat sie halt wegen dem Geld nehmen müssen, und sie hat nicht allein bleiben wollen.

Das Essen wurde kalt. Nach ein paar Löffeln Suppe brachte auch der Onkel nichts mehr hinunter.

Verwirrt und immerfort an das Ereignis im Gästehaus denkend, saß Christl am Nachmittag mit dem Kind in der Sonne Ein Auto hielt vor dem Garten, zwei Gendarmen kamen herein.

»Grüß Gott. Sind Sie das Fräulein Christl Neureiter?« fragte der eine.

»Ja«,, antwortete sie überrascht. »Was gibt es denn?«

»Wir müssen Ihnen ein paar Fragen stellen. Ist es wahr, dass Sie vor einem Jahr mit dem Xandl Gamsjäger so gut wie verlobt waren?«

Sie nickte verlegen. »Ja ...«

»Und dann hat er Sie wegen der Ella Frischenschlager sitzen gelassen, nicht wahr?«

»Ganz so war das nicht – ich hab' mein Versprechen zurückgenommen!« Sie wurde rot.

»Hatten Sie sich zerstritten mit ihm?‹

Christl biss sich auf die Lippen.

»Wenn Sie nicht antworten wollen, müssen Sie es nicht unbedingt tun«, klärte sie der Beamte auf. »Aber wenn Sie nichts zu befürchten haben, sollten Sie lieber reden.«

»Es war besser für ihn, er hat Geld für den Hof gebraucht«, sagte sie leise.

»Sie haben also gewusst, dass er die Witwe aus finanziellen Gründen heiraten will?«

Sie nickte.

»Haben Sie vielleicht gedacht, das könnte später auch für Sie von Vorteil sein?«

Christl sah ihn entsetzt an. »Ich soll an so etwas gedacht haben?«

»Wann haben Sie den Gamsjäger zum letztenmal gesehen? Wann war er bei Ihnen?«

»Da war ich noch mit der Hanni schwanger.«

»Und seither nicht wieder?«

»Nein.«

»Auch nicht an manchem Dienstagabend, wenn Ihr Onkel außer Haus Karten gespielt hat?«

»Wie kommen Sie denn darauf? Wer behauptet denn das?« fragte Christl empört.

»Dankschön«, sagte der Beamte und steckte den Notizblock ein. »Übrigens – wer ist der Vater von dem Kind?«

Christl lief rot an. »Muss ich das sagen?«

»Nicht unbedingt . . .«

»Also dann sag' ich es nicht«, murmelte sie erleichtert.

»Wie Sie wollen.« Die beiden Gendarmen gingen.

Christl blickte ihnen hilflos nach. Was sollte das alles bedeuten? Warum stellte man ihr solche Fragen?

Der Onkel kam aus dem Haus, er hatte sein gewohntes Mittagsschläfchen gehalten. »Mit wem hast du denn jetzt geredet?« fragte er. »Da war doch jemand?«

»Zwei Gendarmen waren da. Über den Xandl haben sie mich ausgefragt, Onkel Franz. Was meinst du denn wozu?«

»Gendarmen? Über den Xandl?« fragte er erschrocken.

Christl sprang auf. »Onkel Franz – die werden doch nicht den Xandl verdächtigen, dass er...« Sie sprach den schrecklichen Verdacht nicht aus.

»Nein, unmöglich!« antwortete der alte Herr sichtlich betroffen. Und beruhigend fügte er hinzu. »Das wird halt so eine Routinebefragung sein, wie sie in der Vorschrift steht.«

Sie wandte sich bekümmert der kleinen Hanni zu. Der gute Onkel wollte ihr nur die Angst nehmen, sie fühlte es. Aber sicher war da etwas ganz Furchtbares im Gang.

Sie konnte an nichts anderes mehr denken. Und dann kam am nächsten Tag die Nachricht, dass man Xandl wegen Mordverdachts verhaftet hatte.

Nein! schrie es in Christl auf. Er hat es nicht getan ...

Die gerichtsmedizinische Untersuchung ergab, dass Ella an einer Übermenge von Maiglöckchensaft gestorben war. Eine winzige Dosis des darin enthaltenen Wirkstoffes konnte Herzkranken helfen, bei Gesunden jedoch zu Lähmungserscheinungen führen. Die gewaltige Menge, die Ella mit Zucker versüßt getrunken hatte, war tödlich gewesen!

Vor dem Untersuchungsrichter bestritt Xandl beharrlich, seiner Frau den Gifttrunk gegeben zu haben. Er wies jeden Verdacht so entschlossen zurück, dass der Richter manchmal selbst an der Schuld dieses offenbar unglücklichen Mannes zu zweifeln begann.

Aber da gab es ein ganz eindeutiges Motiv für den Mord: Die frühere Geliebte mit dem Kind wartete, und die ungeliebte Frau war im Weg. Und außerdem war unerklärlich, warum sich die junge und wohlhabende Frau selbst umgebracht haben sollte. Einen Streit mit ihrem Mann hatte es nicht gegeben. Seine Beziehung zur früheren Geliebten war gut getarnt. Die Christl Neureiter wollte ja nicht einmal zugeben, dass er der Vater ihres Kindes war.

Aus diesen Gründen musste Alexander Gamsjäger der Prozess gemacht werden. Die Geschworenen würden zu entscheiden haben, ob er des Mordes schuldig war oder nicht.

In Fichtenberg hielt das Personal den Pensionsbetrieb mühsam aufrecht. Ein Teil der Gäste reiste ab, weil sie sich in einem solchen Haus nicht erholen konnten. Doch es kamen neue, die beim Reisebüro gebucht hatten und von der schrecklichen Sache nichts wussten.

Eines Tages bemerkte die Köchin die Kräuter-Zita beim Hintereingang. Sie reichte ihr einen Teiler Suppe hinaus.

Die Alte löffelte gierig, dann sagte sie: »Mit der schönen jungen Frau möcht' ich reden – ruf sie her!«

»Die junge Frau?« staunte die Köchin.

»Ja. Sag ihr, dass ich wieder da bin!«

»Aber unsere junge Frau ist ja gar nicht mehr da, Zita, weißt du denn das nicht?«

»Weg ist sie? Ich glaub's nicht! Sie will mir vielleicht nicht das geben, was sie mir versprochen hat.« Die Zita machte eine zornige Gebärde.

»Was hat sie dir denn versprochen? Wenn du es mir sagst, kann ich dir vielleicht helfen.«

»Ein Safterl hab' ich ihr verraten, damit du es nur weißt! Ein Kind hat sie kriegen wollen. Wenn es wirkt, gibt sie mir viel Geld, hat sie gesagt, die schöne junge Frau. Jetzt soll sie sich nicht verstecken vor mir. Sag ihr, sie soll herauskommen,

Die Köchin wurde hellhörig. Sie dachte nach, dann meinte sie. »Gut, ich sag' es der jungen Frau. Aber ein bisserl warten musst du noch, sie schläft nämlich. Trink inzwischen ein Glaserl Wein. Magst du?«

»O ja!« freute sich die Alte.

Der braven Frau, die Ella immer gern gedient hatte, klopfte das Herz bis zum Hals. Sie holte den Wein und steckte einen Fünfzigschillingschein in die Schürzentasche.

»Lass es dir schmecken!« sagte sie dann.

Die Zita trank mit sichtlichem Vergnügen.

»Wenn du ein so gutes Safterl weißt, könntest du meiner Nichte in Salzburg auch helfen«,, meinte die Köchin. »Wir müssen die Chefin sowieso noch ein bissen schlafen lassen. Verrat mir das Safterl, ich gebe dir sofort fünfzig Schilling dafür!«

Sie holte den Geldschein hervor und hielt ihn Zita vor die Augen.

»Du gibst mir das Geld wirklich?«

»Ja, aber erst nennst du mir das Safterl, das du unserer jungen Frau gegeben hast!«

»Na gut.« Die Zita kam ganz nahe heran und flüsterte es der Köchin ins Ohr!

❁

Völlig atemlos und ganz aufgelöst vor Erregung kam die schwergewichtige Köchin wenig später auf den Gamsjägerhof gelaufen. Sie berichtete, was sie soeben von der Kräuter-Zita gehört hatte.

Friedl ließ alles liegen und stehen, rannte der Köchin voraus zur Pension und telefonierte mit der Gendarmerie. Auch den Rechtsanwalt, den er für Xandl genommen hatte, benachrichtigte er. Dann hielt er die Kräuter-Zita fest, bis die Beamten kamen . . .

Der Fall Gamsjäger wurde aufgeklärt, Xandls Unschuld erwiesen. Die Nachricht verbreitete sich sehr schnell. Und erst jetzt wurde bekannt, dass die Zita auch einer kinderlosen Frau im Nachbardorf den schrecklichen Zaubertrank empfohlen hatte. Misstrauen gegen die geistesgestörte Alte hatte dort jedoch das Unglück verhindert. Jetzt wurde die verwahrloste Frau in ein Pflegeheim eingewiesen.

Als Xandl bleich und hohlwangig in Fichtenberg aus dem Postbus stieg, fühlte er keine Freude über die Heimkehr. Ohne nach links oder nach rechts zu schauen, ging er sofort zum Friedhof hinauf,

Dann stand er mit gefalteten Händen an Elias Grab. Nicht einmal an ihrer Beerdigung hatte er teilnehmen können. Friedl und die Mutter hatten alles Notwendige besorgt. Auf ihre Anfrage hatte Xandl im Gefängnis entschieden, dass Ella weder neben ihrem ersten Mann, noch im Familiengrab der Gamsjägerleute, beigesetzt werden sollte. Sie bekam ein eigenes Grab, in dem er einmal selbst neben ihr liegen wollte . . .

Nachdem er mit der armen Ella stumme Zwiesprache gehalten hatte, ging er auf den Gamsjägerhof, um die Mutter und Friedl zu begrüßen. So froh die beiden offensichtlich waren, dass er nun wieder frei und daheim war – ein freudiges Wiedersehen wurde es nicht.

Xandl hielt sich nicht lange auf. Es drängte ihn, dorthin zu gehen, wo die Ella ihm mit den größten Hoffnungen eine neue Heimstatt geschenkt hatte. Und er brannte darauf, der braven Köchin für die Aufklärung des Unglücks und für seine Befreiung zu danken ...

Eine freudlose, von quälenden Erinnerungen belastete Zeit brach für Xandl an. Nur durch ein völlig überraschendes Ereignis wurde sie nicht lange nach seiner Heimkehr aus dem Gefängnis belebt. Der Eibegger-Naz erschien eines Abends in der Pension und wollte mit ihm unter vier Augen sprechen.

»Was willst du?« fragte Xandl, nachdem er den Bauern ins Wohnzimmer geführt hatte.

»Es betrifft den Taschner-Oskar«, sagte der Naz und hatte ein schlechtes Gewissen in den Augen. »Er hat euch um dreihunderttausend Schilling betrogen.«

»Wieso betrogen?« fragte Xandl. »Natürlich ist er ein Gauner und Halsabschneider. Aber mein Vater hat das Geld halt verspielt.«

»Er hätte es nicht verspielt, wenn der Taschner nicht mit gezinkten Karten gearbeitet hätte!«

In Xandls Augen blitzte es auf: »Eibegger, ist das wahr?«

»So wahr, wie ich vor dir sitze! Ich war dabei!«

»Und gibt's einen Beweis? Ist der noch möglich?«

»Ich bezeuge es, wenn du willst. Und es gibt noch jemanden, der dabei war.«

Xandls Blick forschte erregt im faltigen Gesicht des Mannes: »Aber warum sagst du das erst jetzt, Eibegger?«

»Ich habe mich nicht trauen dürfen. Er hat mich mit einer Schuld in der Hand gehabt!« sagte der Naz zornig. »Aber jetzt halte ich nicht mehr den Mund, wo du soviel Unglück gehabt hast, Xandl!« Und dann fragte er ängstlich: »Aber hilfst du mir, wenn's drauf ankommt?«

»Beim Andenken von meinem Vater!« sagte Xandl.

Am nächsten Vormittag ahnte der Taschner-Oskar nichts Gutes, als plötzlich die Gamsjägerbrüder in seiner Kanzlei standen. »Was – was wollt's denn ihr von mir?« stammelte er.

Xandl machte es kurz: »Wir können dir beweisen, dass du unseren Vater mit gezinkten Karten begaunert hast. Du hast jetzt die Wahl: Entweder du schreibst mir jetzt einen Scheck auf dreihuntertausend Schilling aus und spendierst zusätzlich das ganze Holz für den Kindergartenbau, oder du marschierst vors Gericht! – Was ist dir lieber?«

Der Holzhändler schluckte. »Bist du närrisch? – Was redest du denn da?«

»Ich frage dich zum letztenmal, Taschner: Willst du das Geld zurückgeben oder vor's Gericht?«

»Soll ich dir geschwind eine verpassen, damit du besser denken kannst?« fuhr Friedl den Taschner drohend an.

Der Holzhändler zog schweigend sein Scheckheft heraus und schrieb!

❁

So aufregende Ereignisse wie den Tod der Ella Gamsjäger gab es in den nächsten Jahren für die Einwohner von Fichtenberg nicht mehr. Da waren Hochzeiten wie die vom Friedl und der Reserl, es gab Geburten und normale Sterbefälle. Die Bauern jammerten wie gewohnt über die Preisentwicklung beim Vieh und Holz, aber andererseits brachte der Fremdenverkehr immer mehr Geld ins Dorf.

Nicht zuletzt war das ein Verdienst vom Xandl Gamsjäger, dem rührigen und ideenreichen Vorsitzenden des Fremdenverkehrsvereins. Er setzte die maßvolle Errichtung von Skiliften durch und achtete darauf, dass bestimmte Bergregionen naturbelassen und still blieben. Wer zum Beispiel den Ausblick vom Hirschenstein genießen wollte, musste immer noch mit eigener Kraft hinaufkommen.

Der Tatkraft Xandls war es zuzuschreiben, dass Fichtenberg ein vielbeachtetes Hallenbad erhielt, obwohl fantasielose Gemeinderäte meinten, früher hätte man auch ohne eine so sündhaft teure Anlage leben können. Doch der dann steil anwachsende Touristenandrang gab Xandl und nicht den Knausrigen Recht!

Die Pension Frischenschlager, deren alleiniger Besitzer Xandl Gamsjäger nach Elias Tod nun war, konnte sich nach diversen Erweiterungen und Erneuerungen mit jedem guten Alpenhotel mittlerer Größe vergleichen. Der junge Chef strengte sich unermüdlich an, seinen Gästen erstklassige Erholung zu bieten. Nicht wenige alte Hoteliers in der Umgebung rätselten, wie dieser an sich ungebildete und unerfahrene Bauernbursche so erfolgreich arbeiten konnte. Xandl Gamsjäger war noch nicht einmal dreißig und dennoch hatte er sich in Fachkreisen bereits höchsten Respekt verschafft.

Doch trotz seiner Jugend war er ein einsamer, von Schicksalsschlägen gezeichneter Mann. Schon glänzten Silberfäden in seinem Braunhaar. Der Kinnbart, den er nun trug, machte ihn älter als er war. Und niemand ahnte, wie gleichgültig sein Privatleben diesem so dynamischen und erfolgreichen jungen Mann bereits war . . .

Nicht einmal dem Bruder oder der Mutter verriet Xandl, wie es in seinem Inneren aussah. Er vergrub sich in seine Arbeit, er ging jede Woche mit Blumen zu Elias Grab, und er schwieg. Dass er sich immer noch schuldig fühlte, die schöne junge Frau verraten zu haben, die unweit im Lehrerhaus lebte, sagte er keinem Menschen. Aber immer noch beschäftigte ihn das Rätsel, wer der Vater von Christls Tochter sein mochte . . .

Ein Fremder, ein Mann von Christls Heimatort?

❀

Christl war mit ihrem Leben zurechtgekommen. Als geschätzte Schneiderin verdiente sie so gut, dass sie unbesorgt in die Zukunft schauen konnte. Ihr Kind war für sie ein großes Glück und eine wunderbare Aufgabe.

Onkel Franz lebte nicht mehr. Bald nach seinem einundachtzigsten Geburtstag war er plötzlich verändert! Er fühlte keine Schmerzen, aber war völlig appetitlos, wollte nichts mehr essen und magerte zusehends ab.

Gegen seinen Willen ließ Christl den Arzt kommen. Nachher nahm der Doktor sie beiseite und sagte: »Wir sollten ihn jetzt ins Krankenhaus bringen und gründlich untersuchen lassen. Wahrscheinlich wird man feststellen, dass er operiert werden muss. Es dürfte sich um ein Geschwür handeln. Aber ihr Onkel will auf keinen Fall mehr aus dem Haus. Er hat mir soeben gesagt, dass er hier in Frieden sterben will. Weil er gebildet und geistig hellwach ist, weiß er, was er im

Krankenhaus zu erwarten hätte. Die Verlängerung seines Lebens würde er mit unnützen Qualen bezahlen müssen! Er will nicht an Schläuchen und Drähten hängen und schließlich in einem weißen Zimmer hinter einem Vorhang sterben. Er hat sein Leben hinter sich, sagt er, er ist bereit, auf den Friedhof zu übersiedeln. Und er bittet Sie und mich, ihm das zu gönnen . . .«

Weinend fügte sich Christl in das Unvermeidliche. Sie begriff, um was es dem Onkel ging. Sie wollte alles ihr Mögliche tun, um ihm einen freundlichen Abschied von dieser Welt zu geben.

Der Sterbende war dankbar und fast heiter in seinen letzten Tagen. Sein Leben erlosch leise. Christl fand ihn tot, etwas zur Seite geneigt und mit einem zufriedenen Ausdruck im Gesicht, in seinem Lehnstuhl sitzen . . .

Fast das ganze Dorf begleitete den beliebten alten Lehrer auf seinem letzten Weg. Auf dem Friedhof trat auch Xandl zu Christl, um ihr seine Anteilnahme zu bezeugen. Ein paar Sekunden lang blickte er auf die kleine Hanni, die an Christls Seite stand . . .

Der Mann und die Frau, die vor Jahren an ein glückliches gemeinsames Leben geglaubt hatten, gingen sich nun nicht mehr aus dem Weg. Wenn sie sich im Dorf sahen, grüßten sie freundlich wie andere Leute auch. Aber es kam nie vor, dass sie miteinander sprachen.

Christl fragte sich manchmal, wie es jetzt in

Xandl wohl aussah. Geheiratet hatte er kein zweitesmal. Ob er nun für immer allein leben wollte?

Einmal ertappte sie ich bei dem Gedanken, Xandl, sie und Hanni könnten vielleicht doch noch einmal eine glückliche Familie werden. Doch während ihr bei dieser Vorstellung ganz warm ums Herz wurde, wies sie sich auch schon zurecht: Allzu viel war geschehen seit der Zeit ihrer einzigen großen Liebe. Die Vergangenheit musste begraben bleiben ...

Bei diesem festen Vorsatz blieb Christl auch dann, als Hanni das erste Jahr in die Schule ging und ein unvorhergesehenes Problem auftauchte: Das Kind entdeckte natürlich, dass alle anderen Kinder einen Vater hatten, Sichtlich bekümmert berichtete Hanni daheim, was ihre kleinen Freunde und Freundinnen erzählten. Da gab es Väter, mit denen man spielen konnte, die einen lieb hatten mit denen man wanderte, die schöne Sachen bastelten!

»Und ich habe keinen!« stellte Hanni dann oft sehr traurig fest.

Christl schnitt das ins Herz. Sie dachte angestrengt nach, wie sie Hanni klarmachen konnte, dass sie sich damit abfinden musste, zum Unterschied von den anderen Kindern, keinen Vater zu haben.

»Weißt du«, erklärte sie ihr eines Tages, »natürlich hast auch du einmal einen Vater gehabt.

Sehr lieb war er zu dir und mir. Doch als du noch ganz klein warst, ist er einmal in den Wald hinaufgegangen und nie mehr wiedergekommen.«

»Nie mehr?« fragte Hanni traurig.

»Nie mehr. Und seither haben wir halt keinen Vater. Das ist nicht schön, aber wir zwei haben uns doch auch so sehr lieb, Hanni, gell?«

»Sehr lieb!« bestätigte das Kind und schmiegte sich zärtlich an die Mutter.

Wie täglich wartete Christl an einem kühlen Herbsttag auf die Heimkehr Hannis von der Schule. Immer wieder blickte sie durch das Küchenfenster. Jeden Moment musste das Kind durch den Garteneingang kommen.

Eine Viertelstunde nach zwölf wurde Christl unruhig. Was fiel Hanni ein, nicht gleich nach Unterrichtsschluss heimzugehen! Von der Schule herauf brauchte sie nicht länger als zwei Minuten!

Sie wird sich verspielt haben, dachte sie zunächst zärtlich. Doch als Hanni nach einiger Zeit immer noch nicht zu sehen war, nahm sie sich vor: Jetzt muss ich ihr energisch klarmachen, dass sie sofort heimzugehen hat, wenn der Unterricht vorbei ist!

Dazu sollte es jedoch an diesem Tag nicht mehr kommen. Hanni war um halb eins noch immer nicht da, und auch vor der Schule war sie nicht zu sehen, als Christl dann ziemlich aufgeregt hinuntereilte.

»Die Hanni ist nicht nach Hause gekommen«„ sagte Christl zum jungen Lehrer, nachdem sie ihn herausgeläutet hatte »Wissen Sie was von ihr?«

»Nein«„ antwortete er. »Sie ist um zwölf mit den anderen Kindern aus der Klasse fortgegangen.«

»Nein, so etwas!« wunderte sich Christl.

»Vielleicht ist sie bei der Monika«„ meinte der Lehrer. »Die beiden sind ja befreundet.«

Das Elternhaus der kleinen Monika lag unweit entfernt. Christl lief hin und fand die Familie am Mittagstisch.

»Lasst euch nicht stören!« sagte sie, »ich möchte nur die Monika fragen, wo meine Hanni ist.«

Das schwarzhaarige Dirndl schau sie schüchtern an, sagte aber nichts.

»Also was ist?« fragte ihr Vater. »Ist die Hanni mit anderen Kindern mitgegangen?«

Die Monika schüttelte verneinend den Kopf.

»Vielleicht ist sie bei der Liesl!« rief Christl ungeduldig und rannte davon.

Aber auch dort war Hanni nicht. Die Liesl wusste nichts. Und auch zwei weitere Schulkameradinnen ihrer Tochter, die Christl jetzt schon in angstvoller Sorge befragte, konnten keine befriedigende Auskunft geben.

In aufkommender Panik lief Christl zum Lehrer zurück: »Die Hanni ist verschwunden! Was soll ich machen?«

»Das gibt es doch nicht!« meinte er noch kauend. »Irgendwo im Dorf muss sie doch sein!« Er ließ sein Mittagessen stehen und kam mit.

Der Ort war um diese Jahreszeit von Touristen leer. Nur wenige Leute gingen auf der Straße. Christl und der Lehrer erkundigten sich bei allen, ob sie die Hanni gesehen hätten. Erfolglos!

»Der Bürgermeister muss etwas tun!« fiel Christl ein. Sie war blass, ihre Lippen zitterten.

»Aber du musst doch nicht gleich so viel Angst haben!« redete der besonnene Mann der mit den Tränen kämpfenden jungen Frau zu. »Was kann denn bei uns schon passieren? Wir sind doch nicht in Amerika!«

Er ging mit Christl aufs Gemeindeamt und gab der Angestellten den Auftrag, alle Häuser mit Telefon anzurufen. Dann meinte er: »Ich an deiner Stelle wurde jetzt heimgehen, Christl! Wahrscheinlich ist deine Hanni längst da.«

Christl befolgte den Rat. Aber als sie atemlos daheim ankam, war von Hanni immer noch nichts zu sehen.

Jetzt warf sie sich weinend über den Gartentisch. Vergeblich bemühte sich der Lehrer, sie zu beruhigen.

Er schickte seine Frau herauf und eilte ins Dorf zurück, um sich an der Suche zu beteiligen.

❀

Am späten Nachmittag war das Kind noch nicht gefunden. Christl war schon halb ohnmächtig vor Angst. Da stand plötzlich Monikas Vater in der Tür.

»Jetzt wissen wir es«,, sagte er. »Der Monika ist es doch eingefallen. Die Hanni hat ihr gesagt, sie will ihren Vater suchen. Sie glaubt, dass er oben im Wald ist. Die Monika sollte es nicht verraten.«

Christl sprang auf und starrte den Mann an: »Wir müssen sie sofort suchen!«

»Ja, natürlich. Die anderen kommen schon. Du wirst sehen, wir haben deine Hanni bald!«

»Aber wenn sie weiß Gott wohin gelaufen ist?« schluchzte Christl. »In einer Stunde wird es ja schon finster!« Sie schlüpfte hastig in ihren Walklodenjanker und eilte hinter Monikas Vater her.

Etwa ein Dutzend Männer war bereits unterwegs. Während der Bürgermeister Gruppen einteilte und ihnen Suchabschnitte zuwies, kam Xandl mit seinem Auto vorbeigefahren. Er blieb stehen und erkundigte sich, was los war.

»Ich gehe mit!« sagte er nach einem Blick auf Christls verweintes Gesicht. Nachdem er seinen Umhang und die starke Stablampe aus dem Auto geholt hatte, schloss er sich an.

Die Gruppen hasteten zum Wald hinauf. Der Tag ging seinem Ende zu, es war Eile geboten. Man begann, Hannis Namen zu rufen.

»Kennt sie sich ein bisserl aus hier heroben?« wurde Christl von einem der Männer gefragt.

»Nur am Waldrand und ein Stückerl hinein«, antwortete sie verzagt, »aber auch nicht überall.«

Xandl, der bei einer anderen Gruppe suchte, hatte indessen gehört, warum das Kind in den Wald gelaufen war. Er konnte es nicht begreifen. Warum glaubte Hanni, ihren Vater im Wald zu finden? Und wer war der Mann . . .?

»Hanni . . .! Haaa-nni!« Fortwährend hauten die Rufe.

Xandl kam an der Stelle vorbei, wo er vor Jahren Christl zum ersten Mal gesehen und vor der Zudringlichkeit des Holzhändlers gerettet hatte. Hier war der Anfang seiner großen Liebe gewesen.

Aber er konnte jetzt keinen melancholischen Gedanken nachhängen. Schon begann das Tageslicht zu schwinden.

»Haa-nni!« rief er, so laut er konnte. »Haanni . . .!«

Xandl blieb jäh stehen. Hatte er da eben nicht ein dünnes Stimmchen gehört?

»Hanni! – Hierher!« rief er schnell. »Wo bist du?«

Und auf einmal erblickte er etwas Helles zwischen den Bäumen. Tatsächlich, dort kam das Kind heruntergelaufen. Es stolperte und schlug auf dem steinigen Waldboden auf.

Xandl sprang zu ihr. »Hanni – hast du dir wehgetan?‹ Er nahm sie auf seine Arme.

Über das verschmutzte Gesichtchen flog ein Leuchten: »Nein, gar nicht. – Bist du mein Vater?‹

Xandl schluckte. Seine Augen wurden feucht, eine unerwartete Rührung übermannte ihn. Statt einer Antwort drückte er das Kind fest an sich und küsste es aufs Haar. Dann rief er:

»Ich habe die Hanni! – Sagt es weiter . . .!«

Christl war außer sich vor Freude. Sie busselte Hanni leidenschaftlich ab und musste sich zurückhalten, um Xandl nicht um den Hals zu fallen und auch ihn zu küssen.

»Leutln«, sagte er bewegt zu den Männern, »bei mir ist zurzeit gesperrt. Aber geht zum Wirt hinunter. Trinkt und esst, was ihr könnt, ich zahle es dann!«

Er selbst begleitete Christl zum Lehrerhaus und trug das jetzt sichtlich erschöpfte Kind auf seinen Armen.

»Bitte, komm herein!« forderte Christl ihn auf, als er sich an der Tür verabschieden wollte.

Er ließ Hut und Umhang im Vorzimmer und folgte ihr in die Wohnküche, wo Christl sich setzte und Hanni auf den Schoß zog. »Herzerl, hast du keinen schrecklichen Hunger?«

Das Kind schüttelte den Kopf und blickte mit

glänzenden Augen zu Xandl auf. »Mutti, jetzt habe ich meinen Vater, gell?«

»Ja, jetzt hast du ihn«, murmelte Christl.

Xandl starrte sie mit großen Augen an, in seinem Gesicht arbeitete es.

»Hanni ist wirklich dein Kind!« sagte sie fest und hielt seinem Blick stand. Dann lächelte sie und meinte: »Aber jetzt muss unsere kleine Ausreißerin endlich etwas zu essen kriegen. Hast du noch Zeit? Ich habe genug für uns drei ...«

Während sie das Mittagessen aufwärmte, zeigte Hanni dem Vater ihre Spielsachen. Dann saßen sie gemeinsam am Tisch, und Xandl wusste nicht, wohin er mehr schauen sollte – auf die schöne blonde Frau, oder das braunäugige liebe Kind, dessen Vater er war!

»Du wirst wissen wollen, warum die Hanni dich da oben im Wald gesucht hat«, sagte sie dann zum Xandl. »Sie hat keine Ruhe gegeben, weil alle anderen Kinder einen Vater haben. Und da habe ich ihr halt erzählt, dass du einmal da hinaufgegangen und nicht mehr zurückgekommen bist. Anders konnte ich mir nicht mehr helfen ...«

»Und – warum hast du behauptet, dass sie nicht mein Kind ist?«

»Weil ich es so für besser gehalten habe«, sagte sie leise. »Und ich war halt auch zu stolz dazu ...«

Xandl suchte ihren Blick. »Christl, kannst du

dir vorstellen, dass wir drei eine Familie sein könnten? Ich möchte für die Hanni so gern der Vater sein, den sie sich so lange schon wünscht! Und das, was zwischen dir und mir einmal war, habe ich bis heute nicht vergessen können. Ich liebe dich immer noch!«

Christls blonder Scheitel senkte sich. Dann nickte sie:

»Ja, Xandl. Wenn du willst, gründen wir endlich eine Familie. Mein Herz gehört noch immer dir!«

ENDE